U0825959

预谋心动

YUMOU XINDONG

完结篇

红刺北 著

时代出版传媒股份有限公司
安 徽 文 艺 出 版 社

图书在版编目（CIP）数据

预谋心动. 完结篇 / 红刺北著. -- 合肥 : 安徽文艺出版社, 2023 8
ISBN 978-7-5396-7745-3

Ⅰ. ①预… Ⅱ. ①红… Ⅲ. ①长篇小说—中国—当代 Ⅳ. ①I247.5

中国国家版本馆CIP数据核字(2023)第070952号

YUMOU XINDONG WANJIE PIAN

预谋心动 完结篇

红刺北 著

出 版 人：姚 巍
责任编辑：王婧婧
装帧设计：曹希予　陈秋含

出版发行：安徽文艺出版社 www.awpub.com
地　　址：合肥市翡翠路1118号 邮政编码：230071
营 销 部：(0551)63533889
印　　制：湖南天闻新华印务有限公司 电话：(0731)88387856

开本：150 mm × 210 mm 1/32　印张：10　字数：287千字
版次：2023年8月第1版
印次：2023年8月第1次印刷
定价：46.80元

（如发现印装质量问题，影响阅读，请与出版社联系调换）

版权所有，侵权必究

目 录 CONTENTS

第十六章 拒绝

考入第一军校后，左洛欢看过所有课程的书，觉得没有什么好学的，便在学校待了一个月，攒够积分后就离校出去玩了。

左洛欢选择了西区，以此为方向去了西江流放星。她在西江流放星认识了一个朋友，两人性情相投，每每交谈甚欢。

左洛欢来西江流放星还有一个目的，想去看看377军开采矿场的进程。

她一开始是打算与朋友告别后自己去矿山区看看的，却没有来得及。

因为洪家继承人邀请两人参加赌城的周年活动，甚至想请两人常驻当嘉宾，左洛欢自然一口拒绝，朋友却答应了。

举办周年活动的赌城太热闹，左洛欢几乎天天和朋友一起待在里面，有时候会受邀去洪家用餐，她算是陪着朋友过去。

洪家摆放了不少大的矿石，听继承人说是从矿山区运来的，想要检测里面有没有银青。

“377军条件不好，我们想要与他们合作，我们出检测仪器和开采车，快谈好了。”当时洪家继承人见左洛欢对矿石感兴趣，便提了一句。

那时候洪同道基本不管事，洪家产业都交给洪家这个义子管理，左洛欢和洪同道没有交集，只是在洪家举行聚会时，左洛欢无意间误入了洪同道的书房，她在桌面上看到一份关于矿料的检测报告。

洪同道一个不管事的人，桌子上为什么会有矿料检测报告？

左洛欢才翻开一页，门便被打开了。

来人是洪同道。

洪同道见到她顿时脸色骤变，大步上前，猛然拿过检测报告，质问她为什么会在这里。

“走错路了。”左洛欢双手抬起，耸肩笑了笑，“抱歉。”

洪同道让她出去，眼神阴沉。

左洛欢朝门口走去，脸上的笑意淡了下来，她怀疑那份矿料检测报告有问题，便想着当天晚上再来探查一次。

只是事情的发展最终超出了左洛欢的想象，回去后所谓的朋友骤然发难，她腰侧上的伤便是他偷袭所伤，深可见骨，即便如此，她还是躲开了对方的致命一刀。

“你果然不简单。”朋友没有预料到左洛欢的身手这么好，看着自己手中带血的匕首，“可惜……刀刃上涂了一点东西。”

左洛欢低头看着自己腰侧，意识逐渐模糊，最后残留在脑海里的，只有对方朝自己走过来的画面。

等她再醒过来时，面对的人已经成了洪同道。

洪同道认为左洛欢看完了桌面上的文件内容，便想要审问出她背后的人是谁，有没有通风报信过。

纪越之问左洛欢在里面待了多久，她说记不清了，其实她从未忘记。

从她睁眼开始，在地下室一共待了九天十夜，纪越之看到的那个视频只是第一天，到第十晚时，她已奄奄一息，甚至洪同道都没耐心审问了，而是直接让人将她拉去矿山背后处理。

左洛欢趁机杀了带她去矿山背后的两个人，拼命逃了出去。

之后便传来了洪家继承人被杀的消息，西江流放星乱了一阵子，她才找到回去的机会。

天渐渐亮了，左洛欢扭头看向窗外，脸上带了一抹笑容，眼神却冰冷异常：他最好还留在西江流放星。

“唉，你们三人的脸色……”罗绍圆一早起来看着三个人，打量了半天，最后莫名收了声，低头用光脑给左洛欢发了一条消息。

“你是不是要搞事情？人够不够？要不要我从北区喊人？”

罗绍圆虽然不擅长计谋，但她有种强烈的直觉。从昨天晚上开始，她就觉得左洛欢几个人不太对劲，更不用提这几天周边那些讨人厌的“眼睛”了。

“罗同学不是号称以一敌十？”左洛欢回复了一条消息。

罗绍圆一抬头就见到左洛欢在冲她笑，不由得冷笑一声。

别人都说左洛欢像她父亲，罗绍圆可从来不这么觉得。委员长从来都是不笑的，要笑也是真心笑，哪像左洛欢常年挂着这种虚伪的笑容。

罗绍圆继续发消息：“随你，有事喊我。”

“来这里几天，多谢星主照顾。”早餐过后，纪越之对负责接待他们的周里道，“我们想去拜访星主，不知能否有机会？”

周里连忙笑道：“当然可以，星主早就说过几位想去的话随时可以。”

星主在西江流放星的行政中心工作，几个人在周里的带领下，坐着飞行器去了行政中心大楼。

“已经联系星主了，他半个小时后就能开完会议，几位可以先行参观。”周里客气地道。

行政中心大楼没有市中心的建筑建得那么奢华，但也足够肃穆壮观，几人从顶楼乘坐电梯下去，到达二十四楼。

几人在这层楼参观了一圈，半个小时便过去了。他们正好走到了会议室门口，西江流放星的星主一出来，见到左洛欢和纪越之便热情地打起了招呼：“一直想要去见左小姐和纪少爷，但事务繁忙，没想到两位竟然过来了。”

星主一边和两人握手，一边弯腰，十分殷勤。

他这样的表现也没什么不对，西江只是一个流放星，地小、资源少，这样一个星主遇上联邦军委会中最重量级的集团军首领的子女，自然要殷勤。

左洛欢的视线从星主身上移到他身后的人，随后极快地收回目光，心道：又搭上西江流放星的星主了？

“这位是……星主的儿子？”纪越之偏头看见后面穿着一身高档西装的年轻男人，问星主。

星主转头看向身后的人，立刻解释道：“不是，这是我的秘书张咏真，很年轻吧？但做事利索。”

纪越之点了点头，将手中准备的礼物递过去，算是给星主的见面礼。

“几位去地下赌城玩了吧？”星主热情地道，“可以多玩玩。”

“我们的运气不太好。”左洛欢笑了笑，道，“再玩可能输得干干净净。”

“哈哈，图个乐子，玩几把没事。”星主带人去了会客室，张咏真利索地给众人倒茶。

纪越之坐在左洛欢旁边，两人靠得很近，整个会客室都是他和星主交谈的声音。

左洛欢懒散地靠在沙发上，右手藏在纪越之身后，越过了他的腰，轻轻地勾着他的右手。

张咏真端着点心，从沙发后绕过，余光正好见到两人藏在后面的小动作。

“这是西江流放星上的特产。”张咏真将点心放在茶几上，介绍道。

“谢谢。”纪越之对他点了点头，有一种上位者对下位者轻描淡写的礼貌。

“西江流放星也就这点东西能拿得出手了，其他的好东西都是从外面进来的。”星主指着茶几上的点心道，“不过肯定比不上首都。”

“吃起来味道还不错。”江弘伸手拿了一块，咬了一口，道。

纪越之坐得笔直，右手背在身后，被左洛欢握着，他忍不住想，她这么做是为了给那个张咏真看？

“你们喜欢就行。我听说几位来这里，是因为同学在西江流放星。”星主看着几人，最后，他的目光落在罗绍圆身上，“是这位同学吗？”

“不是，学弟今天在医院照顾父母，没有过来。”纪越之道，“他父母在 377 军，前段时间因为开矿意外受伤了。”

“这样……”星主叹了一声，“377 军开采这么多年也没有找到有用的矿料。”

“听说东面那座山开采完之后，没有找到矿料的话 377 军就会离开。”纪越之道，“明年应该会归队。”

“377 军这些年辛苦了。”星主摇摇头，叹息道，“我们西江流放星的财政本来就不行，每年为当地的居民谋福利，就是想资助他们都办不到。”

几个人又在会客室坐了一会儿，纪越之对星主道：“我们能不能去参观检测矿料的研究所？听说就在行政区，我们还没见过检测矿料的场面。”

“当然可以。”星主转头对自己的秘书道，“咏真，你带着几位过去看看吧，我下午还有两场会议，不过今天研究所的人在工作吗？”

“在的。昨天晚上，377军送了东边开采出来的矿石过来。”张咏真微微低头道，“今天应该在分离矿石原料了。”

“正好。”星主和纪越之几人告别，转身出了会客室。

张咏真走在前方，侧身对纪越之道：“几位跟我来。”

研究所就在行政大楼隔壁，是一栋六层的白色建筑，进去需要刷卡，张咏真在楼下和人联系了一下，等着楼上来人，他才和那个人一起带着几人上去。

“抱歉，进出研究所程序比较繁复，有些检测结果比较重要，不能外泄。”张咏真回头解释道。

纪越之点头表示理解。

左洛欢则散漫地站在一旁，目光偶尔落在他身上，将“一个陪着地坤出来，却对周围的一切都百无聊赖的天乾的神态”表现得淋漓尽致。

“几位都是第一军校的学生吗？”张咏真眼神中露出一些艳羡，“我当初也准备考军校，可惜有一门文化课没有通过。”

“我不是。”罗绍圆道，“我是北方军校的。”

张咏真惊讶：“那来这……”

“寒假没事，就跟着他们过来玩。说真的，西江流放星没什么好玩的。”罗绍圆打了个呵欠，踢了踢左洛欢的脚后跟，“过几天我们还是去西区玩算了。”

左洛欢侧身靠在电梯的玻璃镜上，朝纪越之看去，无所谓地道：“看他。”

纪越之的嘴唇微微翘起，目光中似乎充满世家公子对穷地方的好奇：“这里挺好玩的，很多东西都没有见过。”

“那就再留几天。”左洛欢道。

几个人中左洛欢能做最终的决定，但她又在乎纪越之的想法，这两人表面看着不亲近，实则一有机会便弄点小动作，确实是热恋中的地下情侣。

张咏真通过电梯门悄悄观察着身后几个人之间的关系。

“三楼进行矿石分解，送到四楼进行粗略分析检测，之后将这些分析过的粗料再送上五楼进行进一步提纯，分离出杂质，最后送到六楼出最终的检测结果。”张咏真带着他们来到三楼走廊，一路解释。

“那二楼是干什么的？”罗绍圆走在最前面，转过身大大咧咧地问道。

张咏真客气地解释：“二楼都是研究员的办公室。”

“张秘书对研究所很了解。”纪越之说这话时，视线落在三楼分解室内的大岩石上，仿佛只是随口一提。

“身为星主的秘书，什么信息都需要了解一点。”张咏真不好意思地笑了笑，神情中有遇上同龄人的放松，“有时候压力很大，怕做不好。好在研究所就在行政大楼隔壁，所以比较了解。”

纪越之点了点头：“张秘书能不能陪我们进去看看，我从来没见过分解岩石，很好奇。”

“当然可以。”张咏真微微弯腰，推开分解室的大门，示意纪越之他们进来。

“我就不去了，我四处看看。”罗绍圆有点无聊地道，“一个破岩石有什么好看的。”

“都说了研究所是机密场所。”江弘对罗绍圆不满地道。

“又不进去，随便看看。”罗绍圆看着张咏真，“秘书，我也不要你陪。”

江弘道：“要不然你先回去。”

“不想回去，谁知道你们之后要去哪里玩。”

眼看两人要吵起来，张咏真劝道：“让研究所的导员陪罗同学到处逛逛，这样可以吗？”

“也行吧。”罗绍圆兴致缺缺地问旁边研究所的导员，“你们研究所有吃的吗？”

“没有，我们吃饭会去旁边行政中心大楼的食堂。”研究所导员道。

“行吧，你们在这旦研究，我先到处逛一逛。”罗绍圆抬脚就走。

纪越之和左洛欢先走进分解室，里面大小不一的岩石被机器快速分解成粉末状，随后被装入特定的容器内，然后有研究员过来，取下装着容器的盒子，送到一个往上传输的管道中。

“分解出来的岩石粉末会通过这根管道输送到四楼的研究室，在那里进行粗略的纯度检测。”张咏真一边带着他们参观，一边解释道。

接下来大家一起参观了四楼、五楼，不过没有上六楼去。

“六楼不对外开放，只有整个检测过程进行到后期时，才会有教授过来进行最后的检测。”张咏真有些遗憾地道，“这几天六楼都没有研究员，我也没有来看过呢！”

“分解岩石的门道居然也这么多！”江弘在一旁感叹道。

“今天谢谢张秘书，这里很有意思。”纪越之转头对张咏真道，“既然参观完了，那我们就先回去了，不打扰了。”

“我该做的。”张咏真展开一只手臂，请这三人一起出去。

几人走到一楼后，江弘往上面看了看，一脸郁闷地道：“罗绍圆没下来？”

“我早下来了。”罗绍圆从大门外走进来，手里还拿了好几个袋子，看起来都是吃的，她手里还拿着一杯饮料，“在附近逛了一圈，吃的真多。”

她身后研究所的导员一脸麻木，亲眼见到她吃了那么多，嘴还不停，谁都会麻木，那姿态，看起来像八百年没有吃过东西。

“行了，回去。”左洛欢道。

送他们回去的人还是周里，一直送到西江府的餐厅。

“最近有个游戏挺好玩的，还有四人模式，要不要一起玩？我觉得房间内的光屏音响质量不错。”罗绍圆在光脑上翻了翻，让左洛欢看，“战斗游戏，要不要玩一玩？”

“你玩过？”左洛欢问。

“没，上个月新出的，还没来得及玩。”罗绍圆扭头问旁边的服务生，“你们有没有游戏手柄？送四个到我房间里。”

“有的。”服务生便出去拿游戏手柄了。

等四个人吃完饭后，游戏手柄已经送到罗绍圆房间内了。

几个人都去了她房间，捣鼓了一阵，才玩起了游戏。

枪击爆头的声音在房间内轰然作响，耳朵都快被吵聋了。

如果对面那栋楼某个房间内的人能看到里面的情况，会发现他们的窃听器旁就放着音响，而且音量还被调到最大。

“我绕着研究所走了一圈，周围没有什么防守的人，但有激光装置。他们的玻璃是单面的，我在外面看不到里面的情况。”罗绍圆坐下来道，“后来我去行政中心的食堂逛了逛，在八楼，如果我们先从厨房管专用道口进食堂，再从窗户边跳到旁边的研究所顶楼上，可以避开激光装置，减少麻烦。”

“不是我们。”左洛欢靠在沙发边，伸手指了指自己，纠正道，“是我。”

纪越之皱着眉头 转头去看她：“我也去。”

左洛欢笑了声：“你留在房间内，帮我演场戏。”

纪越之沉默了片刻，道：“严岩父母在377军，会有武器，让他带给你，和你一起去。”

“好。”左洛欢答应下来。

“研究所三、四、五楼应该没有问题。”纪越之微微仰头，看着左洛欢，“张咏真故意说六楼不对外开放，但我认为二楼才是他们放重要东西的地方，二楼电梯按钮的磨损程度最浅，不会是研究员的办公室。”

左洛欢一怔，她没有告诉纪越之太多东西，他也不认识张咏真，但他竟能察觉出这么多东西。

“江弘，你家有没有人在酒店工作？”左洛欢问道。

“你想要哪种工作人员？”

“换洗床单的服务员。”左洛欢道，“下午来一趟，晚上和第二天早上各来一趟。”

江弘想了想，道：“要等几天。”

“可以。”

几个人在罗绍圆房间内打了一下午游戏，到晚上才各自回房。

周里发现这群少爷、小姐大概是玩累了，对西江流放星失去了兴趣，除了去医院看了一下学弟的父母，后面就一直窝在酒店，偶尔出来泡泡温泉，在酒店内的清吧里喝喝酒。

“啧啧，年轻人精力旺盛，天天到了中午就开始了，一天换好几次床单。”周里看着走廊的监控摇头。

监控显示，左洛欢敲门，进了纪越之房间。

“可惜房间内没有装监控，不然我们还能看直播。”监控室内有人道，“听说这两人都是顶级的天乾和地坤。”

周里回头瞪了说话的人一眼：“瞎说什么，西江府从来不往房间内装监控，我们注重客人的隐私。”

实际上西江府曾经装过监控，后来西区有个背景强大的人来地下赌城玩，意外发现了房间内的监控，差点把整个西江流放星的娱乐行业搞垮，所以西江府房间中才不敢再装监控，就连窃听器也只有左洛欢那几间房间里才有，还是临时装的。

中午，左洛欢像往常一样走进纪越之房间，在房间内待了两个多小时，纪越之便叫了房间清理服务。服务员是江家的人，推着车进来，左洛欢趁机躲进车内，从而被带出了酒店。随后她和严岩会合，等夜深了，行政大楼熄灯、封楼后才行动。

“学姐，研究所里有什么？”严岩将他父母曾经用过的装备包带了过来，里面只有两根带钩子的长绳、两把匕首和两把手枪，但子弹没有多少。

“不清楚。”左洛欢当时什么也没有看到，但正因为洪同道对她的所作所为，她才更加怀疑有问题。

两人从厨房的专用管道口进去，顺利到达行政大楼的八楼，按照罗绍圆给的方向，走到那扇窗户旁。

严岩预估了这两栋建筑之间的距离后，忍不住问：“从这儿跳？”

他觉得根本跳不到隔壁研究所的顶楼去，两栋建筑表面看着很近，实际隔得太远了。

“嗯。”左洛欢推开窗户，直接跳了出去。

严岩连伸手阻止的机会都没有，看着她凌空几个跨步，便成功落在研究所的顶楼。

好像看起来也没有那么远。

严岩深吸一口气，也跳了过去。但他预估失败，眼看着伸手都没办法攀住顶楼的边缘。

这下要摔断腿了，他心想，这周围还有激光装置，最好别触发警报。

这时，上方忽然抛下一根绳子，严岩立刻抓住，悬在六楼下方片刻，然后才顺着绳子快速爬了上去。

左洛欢收回绳子："学弟，回去最好再练练。"

严岩："是。"

两人在顶楼转了一圈，最后选择切开门上的锁。

左洛欢带着严岩走到六楼，没有推开安全通道那扇门，而是继续往下走，一直走到二楼。

两人走得极为小心，这时候左洛欢才发现这里也有激光装置。一个普通的矿石检测中心，完全没必要用这些东西，这越发显示里面有什么不可告人的秘密。

好在她提前发现了，两人走得虽然艰难，但终于找到一间明显加密过的办公室。

左洛欢从口袋里拿出江弘弄来的万能开锁器，贴在锁上，过了十几分钟，锁便开了。

两人对视一眼，轻轻地走了进去。

这间办公室内的办公桌很普通，但墙角放了一个保险箱。

左洛欢盯着那个保险箱半晌，最后选择不碰。她环视周围，视线一一扫过书架上的书籍。

书很多，以矿石检测技术方面的为主，还有不少图册。

左洛欢示意严岩过来检查这些书，她伸手拿出那些和自己当初见过的文件大小相同或比之大一圈的图册。

她翻过一本讲岩石形状的图册，纸张很厚，市面上很多图册都喜欢用这种光面的纸，不过……

左洛欢捏着那本图册，发现手感不对。

她借着光脑发出的光，仔细检查图册，最后轻轻撕开一张，里面露出一页文件。

她发现，每张纸都有夹层。

左洛欢将纸张撕开，取出里面的文件，这些都不是她当初见到的那份。

旁边的严岩将所有内容都录了下来。

这是一份完整的检测结果，他刚好看到检测结论，倒吸了一口气。

“西江流放星的矿山有银青？”

左洛欢忽然将取出来的文件塞给严岩：“趁机离开。”

她自己拿着图册和最开始取出来的那张文件从办公室快速离开。

这时候，严岩才听见走廊中传来了另一个人的脚步声。

张咏真站在走廊上，见到左洛欢，脸上露出奇怪的微笑：“你来了。”

“张秘书？”左洛欢当着他的面将图册塞进自己的背包，“你怎么在这儿？”

“在等人。”张咏真盯着左洛欢，翻出一把匕首，“现在等到了。”

“是吗？”左洛欢的手搭在走廊扶栏上，骤然从二楼往下跳。

张咏真站在二楼，望着楼下的左洛欢：“水百，没见到你的尸体，我就知道你没死。”

左洛欢停下脚步，看着从黑暗中出来的一只两米高的机器人狗，退后几步。她扭头，朝二楼的张咏真看去：“水百是谁？”

“我没有想到你竟然是左狄鸿的女儿。”张咏真朝下面的左洛欢微笑，“不枉我在这儿等了几天。”

张咏真那天在行政中心大楼见到左洛欢后，便觉得有种莫名的熟悉感，但水百从来不和人亲近，也不太喜欢地坤，可左洛欢竟和那个纪越之在大庭广众之下勾勾搭搭，据说两人表面上分开住，实际一有空就纠缠在一起。

只是那股莫名的熟悉感，他始终忽略不掉，最后，他选择晚上一个人在研究所守着。

那天张咏真带他们过来时，他故意一边介绍一边误导他们，说六楼不对外开放，教授只在特定的日子才来，其实研究所最德高望重的教授每天就在二楼办公室，而且他办公室墙角的保险箱，只要一打开就会发出警报。

张咏真每晚都在六楼检测室等着，没有告诉任何人。如果没人来，那么那股熟悉感便是他的错觉。但如果真的有人来了……一定是水百。

这几年，他们做事很小心，只有水百发现端倪并且逃脱了。

张咏真根本不回应左洛欢的话，显然百分百确定她就是水百。

左洛欢脸上带着的一点笑意彻底消失，她仰头，面无表情地看着他："我以为你至少会亲手杀我。"

张咏真闻言，从二楼一跃而下："上次临时有事，才将你交给洪同道。这次不会了，你毕竟是我的朋友，我想亲手送你上路。"

在张咏真下来的瞬间，严岩带着文件趁机逃到安全通道处，快速上了楼。严岩不敢多停留，飞速跑到顶楼，拿出背包的钩绳，朝旁边的行政中心大楼扔去，借着绳子快速滑到行政大楼。

他一定要将文件带出去。

研究所一楼，左洛欢看着下来的张咏真，忽然笑了一声："送我上路？可以试试。"

"我很好奇，你是怎么从矿山中逃出来的？"张咏真有完整形态的二代机器人狗可操控，根本不将左洛欢的话放在心中。

洪同道将左洛欢折磨得只剩下一口气，还打了各种乱七八糟的药，尤其是迷绮罗药剂，是审问天乾最好的药剂，再强悍的天乾，被注射迷绮罗后也忍受不了痛苦。所以洪同道一时放松警惕，只让两个手下将人带去矿山背面处理掉。

结果人没处理掉，两个手下反而被杀。

当时，张咏真去杀了洪家继承人，让洪同道掌控洪家产业，导致西江流放星有一阵动乱，等他再加多人手寻找水百时，已经找不到任何踪迹了。

左洛欢站在中间，视线掠过那只机器人狗。

红色的眼睛，还握有一把光枪，这是伽什罗人的机器人狗。

她淡淡地开口："在矿料车内埋了几天而已。"

她只靠着一根空心野草管呼吸，整个人在运输车上的矿料内足足埋了两天时间，有几次她以为自己会死在那儿，最后矿料被运进星舰仓内，起飞后，她才挣扎着出了舰仓，被驾驶员救了下来。

"矿料车？"张咏真似乎被戳中了什么笑点，弯腰哈哈大笑，隐隐有种疯癫的感觉，和白天见到的冷静的秘书模样完全不同，“在那种矿料里埋了两天，没有死？水百，你果然命大。”

左洛欢从袖口摸出一把软刃，在指间漫不经心地转动着：“你是伽什罗人？”

张咏真的笑声戛然而止，直起身，看着左洛欢：“是，原本还想和你当几年朋友的，谁让你要去洪同道书房呢！”

“我高攀不起伽什罗人。”左洛欢指间的软刃骤然朝机器人狗扔去，毁了它握着的光枪枪膛。

“原本想痛快一点送你上路。”张咏真的脸色逐渐变得阴沉，眼瞳也成了竖状，他选择和机器人狗前后夹击左洛欢。

机器人狗的光枪枪膛被毁，无法使用，转瞬之间，前肢处弹出一把弯刀，对着左洛欢砍去。

另一边，张咏真握着一把光枪朝左洛欢射来。

左洛欢侧身躲开机器人狗的弯刀，伸手抓住它的肩部，用力将其带到自己面前，挡住了张咏真的光枪子弹。

机器人狗的脑袋和四肢直接转了一百八十度，可它仍能近身攻击左洛欢。

眼看弯刀的刀尖就要刺中左洛欢的眼睛，她屈膝击中了它的腹部。

机器人狗虽然没有痛觉，但左洛欢的力度极大，一击将其撞远。她顺势抓住它的前肢，两米高的机器人狗被拎着砸到从后方袭击而来的张咏真身上。

张咏真被砸得退了几步，抬起手，用光枪朝左洛欢射击。

左洛欢余光见到落到地上的软刃，借着躲避时的翻滚动作，将软刃重新抓回手中。

机器人狗和张咏真站在一边，一起朝她攻击，她没有后退，直接迎了上去，一脚踹向张咏真。

不过是腾空的瞬间，两人便已经交手了好几招。张咏真躲过了左洛欢一脚，她反而被踢中腹部，只不过他手中的光枪被她抓住了。

她借力将枪口转了个方向，打中了机器人狗头部的芯片。

张咏真来不及看机器人狗的状况，他用力夺回自己的光枪，对着左洛欢疯狂扫射，却发现对方离得越来越近了。

左洛欢躲开密集的光枪弹，甚至还有心情抬起手背擦掉自己唇边的血渍，瞬间出现在张咏真面前。他只见到左洛欢左手微抬，指间软刃划过了他的脖子。

那一刹那，张咏真没有什么痛觉，只感到脖子冰凉而已。

“上次，你一个人偷袭我，这次还敢一个人？”左洛欢神情冷漠，侧身垂手站在旁边，只有指间软刃上残留着一丝血迹。

听见她的话，张咏真下意识地想反驳，想说他还带了机器人狗过来，手中还有光枪……只是他怎么也说不出话来，喉咙里只能发出一种奇怪的声音。

下一秒，他看见有一片红色出现在自己眼前。

在倒地前的一瞬间，张咏真的大脑才接收到信息——原来那是从他脖子里喷洒出来的血。

左洛欢神色漠然地望着倒地的张咏真。

他倒在血泊中。

左洛欢握着软刃，弯腰在他衣服上擦了擦血迹，低声道：“给你个痛快，当朋友送你一场。”

左洛欢收起软刃，从腰后拿出一把光枪，低头看着它，蓦地想起今天下午纪越之将它交给自己的场景。

这把光枪是纪西修让十七军的武器研发部门专门为纪越之设计的，给他防身用。

光枪只有巴掌大小，方便携带。在纪越之成年礼那夜，他便用这把光枪对着左洛欢，今天却借给她用。

左洛欢垂眼，轻轻地笑了一声，眼中带着看不清的情绪，然后才将这把光枪收了起来。

如果她一开始就用这把光枪，她大可不必这么费力地对付张咏真和机器人狗，但不到迫不得已，她不可能使用，有心人一查，便会查到纪越之身上去。

研究所一楼闹出来的动静不算小，左洛欢没有在这里多待，她快速上楼，离开了。走之前，她隐隐约约感觉到有人往这边赶。

严岩已经成功回到自己家中，他将录下来的文件发给了纪越之，然后暂时将纸质文件藏了起来。

左洛欢赶过去时，江家的人在酒店的后门等着她，将她藏在换洗床单的推车中，在纪越之叫了床单换洗服务后，便推着车上楼，进了纪越之的房间。

这时候，他们收到了正在泳池玩乐的江弘的消息。

“研究所那边被人发现了，酒店经理接完通信，要往你们那儿去了，不知道为什么，他们还是在怀疑你们。”

这几天江弘和罗绍圆总在酒店的公共场所玩乐，即便有人怀疑他们也拿不出证据，但纪越之和左洛欢不同。

“你换完被单先出去。”左洛欢对江家的人道。

“是。”

两人光脑在震动，是江弘的消息：“大概一分钟就能到你们房间，他们手中拿了房卡，别露馅了。”

纪越之见左洛欢安然无恙，心中松了一口气，在关上房门后，便安静地望着她。此时，大量的鸢尾香被释放出来，他一把将她推向沙发，自己跪坐上去。

左洛欢看见纪越之出手推她，没有躲，反而任由他将自己推倒在沙发上。在他跪坐上来时，伸手护住了他的腰。

此刻，纪越之双腿分开，跪坐在沙发上。两人面对面，靠得极近，但他直起身子，尽力不碰到她的大腿。

左洛欢察觉到空气中的费洛蒙波动，地坤似乎有些紧张，她释放出强大的天乾费洛蒙，和地坤费洛蒙混合在一起，安抚着他。

整个房间瞬间充满了一种旖旎的气味。

“别紧张。”左洛欢伸手轻轻地抚着纪越之的腰，将他按坐在自己大腿上。

这是纪越之第一次在非潮期感受到左洛欢这么浓厚的天乾费洛蒙，不带任何压迫感，甚至在安抚他。在察觉到对方的掌心贴在自己腰侧，指尖轻轻揉按着他时，他几乎瞬间便软了下来，跌在她的怀里。

在左洛欢说要回来之后，纪越之便算着时间去浴室洗了澡，换上了浴袍，尽力呈现出暧昧的样子，但左洛欢还穿着原来的衣服。纪越之双手搭在她的肩膀上，下意识地提醒：“衣服……”

他不知道自己此时的声音变成什么样了。

左洛欢闻言，轻笑了一声，微微仰头，对上他漂亮干净的眼睛，带着某种强势的意味：“帮我脱。”

纪越之抿了抿唇。

那些人快来了，他想要尽快将左洛欢身上的衣服脱下来，可是，他的双手有些抖，只来得及脱下她的外套，扔到远处。

房间外传来脚步声。

来不及了！

纪越之双手揽住左洛欢的脖子，亲了上去。

这时，门外传来一道“嘀”声，酒店经理带着几位像是客人的人闯了进来。

左洛欢在心中叹了一口气，迎上他的唇，温柔地触碰着，一只手拉起快滑落下去的浴袍，顺势挡住了他的后颈。

“洛欢……”纪越之低低喊了一声，带着几分喘息，推开左洛欢，想要往房门那边看去。

左洛欢压住纪越之，不让他看，同时快速伸手，拿过沙发上的薄毯，盖住他的全身。

天乾的费洛蒙瞬间变得可怖，威压极重，进来的那几个人中，有人抵抗不住，直接跪了下来，连头都抬不起来。

左洛欢将纪越之裹住，眉宇间带着极深的戾气，盯着最前面的酒店经理：“还想在这儿看多久？”

她语气轻描淡写，酒店经理却霎时大汗淋漓，带着人立刻连滚带爬地出去了，口里喊着：“客人，对不起，一定是系统给错了房间号。”

听着房门被关上，左洛欢才收敛了费洛蒙，微微松手，低头去看纪越之。

他的状况不太好，被大量浓厚的天乾费洛蒙围绕着，整个人外露的肌肤都泛起了薄红，一双漂亮的眼睛中，似乎横生出氤氲的水汽。

左洛欢抬手用指腹帮他拭去唇边的一点水润，另一只手轻轻地按着他的后颈，哄着：“把费洛蒙收了，听话。”

纪越之的身体不舒服，他微蹙眉，将费洛蒙收了起来，把头埋进左洛欢的脖颈，不说话。

两人没有起身，就这么抱着。

左洛欢的指腹一下又一下地按压在纪越之后颈上，舒缓地坤身体的不适，等着他恢复过来。

天乾完全不在乎自己身体的状况，只是温柔地抚慰着地坤。

纪越之躺在左洛欢怀里，强忍着，他那光洁的额头上隐隐出现了细汗，眉间倒是渐渐舒展开来。

“好点了？”左洛欢低头贴在他耳边轻声地问。

“嗯。”纪越之抬头，双手推着左洛欢的肩膀，想要起身，但是才站起来，身体便晃了晃。

左洛欢起身，揽着他，然后带着他去床上坐下。她弯腰，帮他拨开额间的湿发，温声道：“我出去一会儿，很快回来。”

周里接到上面的消息，说张咏真在研究所被杀，监控也被毁了，现在上面派了人正在搜查周围的情况，让他观察一下左洛欢和纪越之一行人有没有什么异动。

江弘和罗绍圆这些天一直在酒店玩，到处都能看到他们的身影，左洛欢和纪越之也在房间内，虽然周里等人听不清房间内的声音，但一天几次清理房间的服务不假。

周里向上面汇报这一行人的情况，但上面问他有没有亲眼见到。

窗帘拉着，节目放着，又没有监控器，他们只能看到走廊那里，哪里能亲眼见到？

上面一听，立刻命令他想办法打开纪越之的房门，看两人是不是真在里面。

周里只能派酒店经理和打手故意去纪越之房间。

“周理事真有意思，让我们过来看看他们是不是在干这档子事。”

“房间里的费洛蒙都快冲上天了，难怪两个人天天在房间里待着。”

“到底是顶级的天乾和地坤。”

一从房间内出来，几个打手就在后面谈论。

酒店经理走进电梯，按了一楼，半点没有刚才在房间内诚惶诚恐的样子，啧啧几声，道："别的不说，那个地坤一双眼睛看过来的样子，啧啧。"

"经理，你看到那个纪少爷的样子了？"后面一个人好奇地问，"刚才那个左洛欢动作太快，我都没看清。"

"我被她的费洛蒙压制得抬不起头，也没有看到。"另外一个人跟着附和道。

"就看到了一点点。"酒店经理有点可惜地道，"先回去告诉周理事，里面一切正常。"

几个人以为道完歉就够了，他们下了楼，在大厅处各自散开后，酒店经理又恢复了原来面带微笑的模样真诚地接待客人。

只是酒店经理刚接待完一名客人，就听见了对面电梯开门的声音，他下意识地朝那边看去，见到了面无表情站在里面的左洛欢。

左洛欢将纪越之安顿好后，外套也没有穿，径直走了出来，跟着这群人来到一楼大厅。

"左小姐，"酒店经理脸上瞬间露出歉意，"刚才是我们的疏忽才导致……"

左洛欢从电梯内走出来，径直朝酒店经理走去，一言不发，直接踹了他一脚。

一楼大厅，不知情的客人顿时在旁边发出惊叫，下意识地远离他们。

左洛欢俯身看着酒店经理："刚刚是哪只手开的门？"

酒店经理蜷缩在地上，脸色煞白。刚才左洛欢那一脚没有留任何余地，他痛得说不出话来。

左洛欢笑了一声："看来你自己也分不清。"

她抬脚，分别踩向酒店经理的两只手，对方凄厉的喊声让周围的人不寒而栗。

"左小姐、左小姐，这是怎么了？"周里好像是被人临时喊醒，披着件衣服就往这边冲，"有话好好说。"

"你们酒店经理拿着房卡，带着一堆人过来，开了我朋友房间的锁，然后和我们说不小心开错了。"左洛欢抓起酒店经理，让他看着前台的光脑，"既然系统不听使唤，那就砸了吧。”

周里心中恨得咬牙切齿，脸上却惶恐地道：“左小姐说得是，这些系统早该砸了换新的，这帮人现在做事越来越不仔细了，该罚！”

“嗯。”左洛欢居高临下地点头，随后走了过来，偏头看向周里，“来之前不是说你要替星主招待好我们，这就是你所谓的招待？”

周里微微躬着腰：“真的对不起左小姐，都是我们的过错。”

“该做的事做不好，按照集团军的规矩，该罚。”左洛欢走到周里面前，慢条斯理地道。

周里浑身一僵，抬头：“左小姐……”

左洛欢用手背拍了拍周里的脸：“怎么，担心我也会打你？”

听到这话，周里心中松了一口气——左洛欢还是会顾着一点面子。

“那你没担心错。”左洛欢继续道。

周里神色一滞，甚至怀疑自己听错了，然而下一秒，他便被左洛欢掐住脖子，几乎不能呼吸，脖子红红的。

左洛欢又突然松手，将他摔出去，撞在大厅柱子上。

周里无暇顾及背部的剧烈疼痛，摔倒在地上的他抓着自己的脖子，拼命呼吸，又剧烈咳嗽。他趴在地上，狼狈极了，像是要将肺咳出来。

“下次再胡乱进我们房间，”左洛欢看着地上的两人，“不如直接挖了眼睛。”

众人看着左洛欢走进电梯，没有人敢阻拦。

她将一个拥有集团军背景的权贵子女形象演绎得淋漓尽致，何况这次确实是酒店做错了。

回到纪越之房间，左洛欢站在门口，顿了顿，转身去洗手间洗干净了手，拿了一块温热的毛巾，才重新往房间走去。

他们特意没有用净化器除去房间内的费洛蒙，这也导致坐在床上休息的纪越之的不适不仅没有缓解，反而因为没有天乾的安抚，变得更加强烈。

左洛欢一进去便见到他安静地靠坐在床上，十指紧紧按在雪白的床单上，一时间分不清是床单白，还是他的手更白。

她打开循环净化器，坐了过去，伸手轻轻地掰开纪越之的手指，他的手指便无意识地缠了上来。

左洛欢任由纪越之和自己的手指交缠，另一只手则抽出来，抬起他的脸。

纪越之浑身都烫得厉害，他现在不处于潮期，但左洛欢的费洛蒙能轻而易举地勾起他的反应，因为忍耐太久，他脸上的薄红竟渐渐退去了，只剩下苍白。

左洛欢让他靠在自己肩膀上，再用温热的毛巾轻轻地擦拭他脸上的汗，低声哄道："已经开了循环净化，待会儿就好了，你忍忍。"

纪越之隐隐约约听见左洛欢在说话，睁开眼睛看她，哑着声音问："待会儿是多久？"

"很难受？"左洛欢听着他沙哑的声音，不由得皱眉问道。

地坤能嗅到天乾身上残留的一点费洛蒙，心中安定了不少，有些依恋地在她肩膀上蹭了蹭："嗯。"

左洛欢以为他是在点头，并未多想，将毛巾扔在一旁，继续帮纪越之轻轻地按压着后颈。

纪越之被按得舒服，他抬起湿润的眼睛望着左洛欢的下巴，脑中虽然乱成一团，但他一直有一个清晰的思路：他现在的状况，做些什么，她不会在意。

行为随心动，纪越之忽然仰头亲在左洛欢下巴上，他双眼紧紧闭着，但左洛欢若仔细看就会发现那长长的睫毛在轻轻颤着。

左洛欢按着纪越之后颈的手一顿，没有立刻推开他，手上移，轻柔地托住他的头，以免他仰头太累而难受。

纪越之靠在左洛欢肩膀上，直起身，唇一点点往上蹭，在两人的唇即将碰上时，左洛欢往旁边偏了偏头，他只碰了碰她的唇角。

纪越之被左洛欢躲避的动作弄得一怔，神志渐渐清醒，他挣扎着起身，离开她的怀里："文件有没有发给左委员长？"

左洛欢没有立刻回答纪越之，而是扶着他靠坐在床头："我帮你倒杯水，先润润嗓子。"

纪越之没有看她，视线落在侧面的桌前：“谢谢。”

旖旎的气息还没有散开，房间内依稀还能闻到至寒冰雪和甜腻鸢尾花混合后形成的清新甜香，但两人之间的距离仿佛陡然之间拉开了。

纪越之靠在床边，神色恢复冷静，只余下眼尾那抹红色久久散不去，他抬眼对左洛欢道：“有人特意隐瞒矿山有银青的事……”

他的嗓音还是沙哑的。

“这些事我会处理，明天再说。”左洛欢打断了他的话，视线落在纪越之手中的杯子上，有些生硬地道，“早点休息。”

“银青一事非同小可，这背后可能有其他人插手，不能耽误，你要联系……”纪越之说得急，声带受到刺激，不由得咳了几声。

左洛欢快步走到纪越之面前，抽出他手中的杯子，亲自将水递到他唇边，喂给他。

纪越之下意识地仰头，启唇，任由她将水送了过来。

左洛欢动作仔细，纪越之喝了半杯，便想偏头不喝了，只是左洛欢还托着水杯。他睁开眼睛看向她，一双漂亮带着氤氲水汽的眼睛像是带着钩子，瞬间飘进了左洛欢心中。

“喝好了？”左洛欢怔忪过后才移开水杯问道。

“嗯。”

听着他声音清亮了些，左洛欢才放下水杯：“张咏真手里有二代机器人狗，这应该是伽什罗人的手笔，另外还牵扯了首都的集团军。”

首都都能有安插进来的伽什罗人，西江流放星有伽什罗人也不足为奇，但左洛欢后半句话……

“之前在洪家地下室，我见到有一批崭新完整的光枪，外包装箱显示，是首都那几个集团军常用的样式。”左洛欢继续道，“今天张咏真手里也有光枪。”

光枪是集团军才有的东西，黑市中流通的大部分都是仿制的光枪，要么就是废旧损坏的光枪流入了黑市，再被能人修好后出售，从来没有崭新完整的光枪。

纪越之仰头看她："检测报告不见了，那些人该乱了。"

显然西江流放星有人在隐瞒矿场的真相，不想被联邦知道，而现在张咏真在研究所被杀，检测报告不见了，接下来会发生什么，他们一定会很担心。

检测报告被谁偷了？联邦那边会不会知道？这些都是那些人要担忧的问题。

"我已经将消息发给了父亲。"左洛欢道，"现在就看西江流放星有多少人冒出来。"

房间内混合在一起的费洛蒙已经被净化器吸收得差不多了，纪越之逐渐恢复正常，左洛欢伸手将电视关了："睡吧，明天见。我帮你关灯。"

她的声音带着温柔的安抚意味。

纪越之朝窃听器的位置看了一眼，轻轻"嗯"了一声，躺在床上，听着她走出去的声音，随后，房间内陷入一片黑暗。

因为在酒店一楼大厅弄出的动静太大，第二天星主自然过来看望左洛欢几人，还带来了各种礼品，给他们赔罪。

和星主一起来的人中还有洪同道，这酒店也有他一部分股份，他过来道歉也在情理之中。

"周里做事不靠谱。"星主为此一晚上没有睡觉，"要不是事务多得抽不开身，我早让张秘书亲自来招待几位了。"

下意识地提起张秘书，星主的脸便拉了下来："不知道是谁，胆敢杀害张秘书，我一定不会放过背后的人。"

"张秘书怎么了？"纪越之问道。

"张秘书不知道得罪了什么人，被人残忍杀害了。"洪同道率先出声。

洪同道的视线落在纪越之身上，西区虽然长年温度适宜，但西江流放星靠近北区，这个月的温度早已降了下来。纪越之里面穿着一件高领衣服，将脖子挡得严严实实的，洪同道根本看不见任何想看的东西，自然也无法知晓纪越之身上是否有和天乾亲密过的痕迹。

“你们西江流放星的秩序这么乱？”罗绍圆当即皱眉道，“星主的秘书都能被人杀害？”

“几位放心，我已经在酒店多安排了人手，你们的安全不会有问题。”星主连忙道。

“还是早点回去为好。”江弘打了个呵欠，“况且这里该玩的也都玩了。”

“现在恐怕不行。”星主摇头道。

纪越之不由得抬眼朝星主看去：“星主这话是什么意思？”

“我们的损失不只是张秘书。”星主长叹一声，“昨天夜里，我们港口的停舰场被毁了，几位要走，恐怕也得一周之后。”

“既然如此，就在这里再待两周。”站在纪越之身后的左洛欢开口道，同时，她轻轻碰了碰他的腰。

这个小动作，背对着他们的江弘和罗绍圆没有发现，只有对面的星主和洪同道能看见。

“那就请几位多担待，我们已经在全力抢修了。”星主松了一口气，才带着人离开。

等人走之后，四人才重新回到自己的房间。

纪越之用光脑给左洛欢发消息：“他们发现张咏真死后，便去毁了停舰场，大概是要阻碍我们离开，一旦有不对，便用我们当筹码。”

一个是纪西修的儿子，一个是左狄鸿的女儿，用他们来当谈判的筹码再合适不过，毕竟他们可是联邦两大集团军领导的子女。

洪同道势必和伽什罗人勾结了，至于星主……

纪越之又用光脑给左洛欢发去一条信息：“我不确定星主是不是也参与其中。”

毕竟，张咏真是星主的秘书，周里也是星主的人，再加上星主和洪同道交往密切又有合作，纪越之也无法确定星主有没有和伽什罗人合作。

一切指向都太过明显。

左洛欢回复消息：“星主在明面，小心便是，不足为惧。下午去医院看望严岩父母。”

严岩父母开矿出现意外，现在结合检测报告来看，极有可能是因为执意开采东面矿山，才被人所害。

纪越之回复："好。"

严岩昨天晚上将检测报告藏好了，便回医院照顾父母。他父亲的伤已经好得差不多了，只有母亲还未清醒过来。

"小岩，你在这儿照顾你妈。"严岩的父亲道，"我要去矿场一趟，团长要求377军全体集合。"

严岩想起昨天晚上见到的那份检测报告："你们要离开西江流放星了？"

"再怎么想离开现在也走不了。"严岩的父亲无奈地笑了笑，"昨天晚上，港口停舰场被人毁了，至少要一周才能修好。"

严岩一怔："那你们集合……"

严岩父亲的眉梢间流露出一丝掩盖不住的喜悦："你卢叔替我们开矿，研究所那边总是拖拖拉拉的，他就另外找人检测了岩石，发现里面有可能存在银青。虽然外面的检测结果不是特别准确，但是团长已经决定再一次检测东面那座矿山上的岩石。"

"会有银青的。"严岩看着父亲，低声道。

"希望如此，那我们这么多年的辛苦也不算白费。"严岩的父亲大步走出医院。

等左洛欢几人到医院后，便听严岩说起了这件事。

纪越之的目光突然变得冷厉，太快了，躲在背后的洪同道动作太快，接下来恐怕要将替罪羊推出来。如果银青一事昭告联邦，藏匿在暗处的人会再次躲起来。

果不其然，没几天时间，星主便从张咏真的死查出研究所那位教授的所作所为。

教授隐瞒了东面那座矿山真实的检测结果，想要等377军走之后签下矿山，和伽什罗人合作，把银青出售给伽什罗帝国。

这个背叛联邦的人，在被揭发后开枪自杀。

而377军也将之前送去其他机构检测的那份样品重新送去研究所检测，这一次，在377军团长的亲眼见证下，确认西江流放星东面那座矿山有银青。

西江流放星的星主大为震撼，连忙向联邦汇报情况。

“研究所的那个教授死前坚称自己只做过这一次假，之前的矿山确实没有检测出银青。”江弘扯了扯嘴，“谁能信？”

“他们不知道是谁盗走了检测报告，也不知道是谁杀了张咏真，只能断尾求生。”纪越之看向左洛欢，“洪同道大概不知道你是水百。”

左洛欢笑了一声。

张咏真此人自信到近乎盲目的程度，独自一人去研究所等她那么多天，肯定没有和任何人说过，洪同道估计还在想张咏真为什么会在研究所。

停舰场修好的那一天，西江流放星迎来了真正的北区凛冬军，黑压压的一片。凛冬军整齐无声地踏进西江流放星，做的第一件事便是将星主和洪同道全部羁押。

星主失职，需要接受调查，查清楚他和伽什罗人是否有关系。

至于洪同道，被左洛欢亲自举报，隐瞒矿场真相，和伽什罗人合作，被直接关押，送去首都。

两人连反抗的机会都没有，星主府和洪家所有产业都被控制住，人也全部被分开关押。

凛冬军处理事情，效率极高。

“早点回去，别带着纪家儿子出来。”视频通信中，左狄鸿皱眉看着左洛欢，“他出了事，谁负责？”

“他不是小孩，知道自己在做什么。”左洛欢道，“纪西修的儿子，不会任人欺负。”

左狄鸿眯了眯眼睛，威严的神色松了松：“你还会替别人说话？”

左洛欢不语。

“你妈在家念叨好几遍了，平时不着家，现在还带着人家小纪到处跑。”左狄鸿道，“你们早点回去，西江流放星我会找人去接手。”

“知道。”

严岩的母亲还没有醒，最后只能和他们一起去首都，进行治疗。

四人在港口等着严岩带他母亲过来，左洛欢坐在等候室，指间转着软刃，忽然抬头问：“如果那份检测报告是背后的人故意让我们拿到手的，特意让我们发现矿山中有银青……为什么？”

罗绍圆和江弘闻言愣住了。

纪越之偏头去看她：“为了掩盖更大的秘密。”

左洛欢和纪越之对视一眼，果然从对方眼神中看到了同样的想法：这一切太顺利了。

第十七章 圈套

在洪同道书房看到的检测报告，一定是银青的检测报告吗？

洪同道被抓住后，左洛欢一直在想这件事。为此，她甚至重新去了一趟洪家，翻找过洪同道的书房，确实找到了一份文件。封面和她去年见到的一样，是关于矿山有银青存在的报告，只不过不是东面那座矿山，而是之前已经开采过的一座矿山。

根据洪同道的交易记录，他将吞下来的这些银青高价卖给了张咏真，即卖给了伽什罗人。而那个自杀的教授，其实不过是洪同道收买并推出去的替罪羊。

整个联邦军委会都被西江流放星盗卖银青矿料给伽什罗人一事震惊了，现在只剩下东区那一座山，北区和西区已经派军队过来了，他们决定联合开发，而这里，势必会成为重要保护地点。

接下来，两区会着手让这里的居民进行迁移，只留下军队驻扎。

银青太重要了！以往，集团军手里的光枪等材料都是从那些对战中的二代机器人狗身上取得的，现在联邦有了材料，虽然已经被伽什罗人弄走大半，但现在联邦不可能再损失一点银青，此事不容出任何意外。

左洛欢坐在等候室中，脑中依旧有个声音在对她说：不对，一定有哪里不对。

这一切太顺利了。

罗绍圆和江弘还不明白，但纪越之听懂了左洛欢的话，他站起身，道：“让严岩待在医院别动，别带他母亲出来。”

左洛欢的目光闪了闪，也不问原因，直接联系严岩。

“学姐？”严岩听完左洛欢的话后，回头看了看还躺在病床上的母亲，“好。”

“小岩，怎么了，学姐在催你？”卢辉站在旁边问。他是被严岩的父亲喊来帮忙的。

严岩摇头：“不是，学姐让我们先在医院等着。”

“在这儿等？那不是赶不上星舰了？”严岩的父亲问道。

严岩拉过旁边的椅子坐下来：“没事，爸、卢叔，你们先休息一会儿，忙了这么多天了，我在这儿守着就可以。”

“行。”严岩父亲摸了摸儿子的头，“我和你卢叔今天下午还要去办交接。”

“不在这儿等？”走出病房门，卢辉问道，“嫂子和小岩要去首都了，要不然哥也陪着去？”

严岩的父亲摇头：“有小岩照顾就行，我们还要跟着队伍交接报到。”

左洛欢和纪越之连行李都未拿，径直离开等候室，向附近的凛冬军要了辆飞行器就要走。

“我也去。”江弘连忙跟上去，只留下罗绍圆在原地。她也跟着跑了一步，然后又掉头回来，扛着四个行李箱追了上去。

“等等！”罗绍圆看着起飞的飞行器，在下面喊道。

飞行器的门打开，罗绍圆把行李箱猛地扔上去，然后后退几步，借着冲力跳上去，一只手扒住飞行器的舱门下方。

飞行器这时已经起飞，江弘伸手将罗绍圆拉了进来：“罗同学，弹跳力不错。”

“一般，比你强。”罗绍圆坐在地上，望着前面坐着的左洛欢和纪越之，“你们在打什么哑谜？”

“严岩的母亲大概知道一些什么。”纪越之出声，但他看着的人是左洛欢，显然并不是为了给罗绍圆解惑。

江弘到现在终于能明白一点了，接上他们的思路：“如果背后藏着阴谋，严岩的母亲又知道些什么，那为什么她还能活着？虽然没有醒过来。”

左洛欢回头看了他一眼："医院是377军创办的，外人很难混入。里面来往的病人多数是军人，病房内住着的人也不止严岩的母亲，再者，严岩的父亲几乎不会离开病房。"

江弘恍然大悟，他差点忘记377军属于凛冬军，即便这支军队实力不够强大，他们也是凛冬军的分支，不仅和凛冬军共享荣誉，血液里也还流淌着凛冬军的精神。

换而言之，背后的人找不到下手的机会。

而现在，严岩要将他母亲带出来，谁能保证路上不会有人对她下手呢？

"前段时间方勇好像要找什么药，他可能在西区。"江弘问，"洛欢，要不要联系他？"

左洛欢点头："请他过来。"

医院里，严岩接到左洛欢的通信后，便守在母亲身边，没有往外走，一直等着他们到来。见到他们，严岩起身问道："学姐，发生了什么事？"

"我们请了医生过来，你不用再带着你母亲去首都了。"左洛欢看着病床上的人，"江弘和罗绍圆这些天会和你一起守着。"

如果说严岩没听懂前半句，那听到后半句他立刻就明白一定是有什么事了。

严岩只是点头说好，没有再多问。

走出医院后，纪越之看向左洛欢，问她："我们去哪儿？"

"矿场。"左洛欢抬头望向远处的天，一如既往的黄沙漫天，看不清路在何方。

矿场现在已经戒严，还有源源不断的军队从港口赶来，为的就是守住这座有银青的矿山。

左洛欢开着飞行器过去时，立刻有人警告他们停下来。

两人从飞行器上出来，赶来的领头军人来自凛冬军，看到左洛欢时，不由得一愣。

"我想见见377军团长。"左洛欢道，"有点事要问。"

凛冬军没有立刻让开，只说现在矿山禁严，他们进去可以，需要有人跟着。

“可以。”左洛欢无所谓背后的尾巴。

纪越之跟着她进去，视线扫过矿山，这里的军人太多了，西区和北区的集团军不光将还未完全开采的东面那座矿山占据了，那些开采过的地方也站满驻扎的军人。

他伸手扯了扯前面的左洛欢，她察觉后，偏头看向纪越之：“怎么了？”

“人太多了。”纪越之心中有种不好的预感，按理说集团军军人的数量越多越安全，只是……有别的可能吗？

左洛欢停下脚步，正视纪越之的眼睛：“陷阱？”

这么多年来，联邦将伽什罗人抵挡在边境线以外，各集团军和二代机器人狗交手无数，早有经验。如果伽什罗人要设陷阱，将源源不断赶来的军队一网打尽，重创联邦，光凭二代机器人狗完全做不到。

除非炸平整个西江流放星。

这不可能！凛冬军到来后做的第一件事，便是检查防爆。因为这种事情以前也发生过，所以集团军在这方面很注意。

“先去见377军团长。”左洛欢转身道。

377军团长的处境并不算好，星主被审讯，洪同道被羁押，他也处于被怀疑的境地。

377军在西江流放星待了整整二十年，这二十年来，一座又一座矿山被挖平，地下挖得深不见底，却从来没有检测出来一点银青，任谁都要怀疑377军团长是不是也被伽什罗人策反了。

377军团长无法辩解，只能等着后续的测试。况且他确实没有发现银青，检测的工作二十年如一日，但377军只会埋头开采矿山，却不会检测提纯，只能靠研究所。

“你们要见我？”377军团长从办公室走了出来，虽然受到怀疑，但这里的一切事务还是由他处理。

左洛欢的视线掠过后面那一排军绿色的房子，之前没有近看，现在仔细一看，才发现房子破旧不堪，只是有个防风防尘的功能。

“团长，这里开采的所有矿石都会被送到研究所去？”纪越之开口问道。

“对，研究所原本有五位教授。”377军团长惆怅地道，“但这二十年间，有因病过世的，还有外调的，最后只剩下一位。别的我不敢保证，但前十年的检测报告一定不会有问题，那时候要五份报告合在一起才算通过了。”

“听说你们原本不打算开采东面的矿山？”左洛欢盯着377军团长问。

团长点了点头：“很多人的孩子都和两位差不多大，想早点离开西江流放星，为自己的子女谋出路。最后那座矿山经过整体探测，发现结构和以前的矿山没有什么区别，大家就想着算了。后来是孙珑坚持要继续开矿，说不挖到最后不放心，我就让她带着一个中队留下了，没想到，矿山塌陷了。”

孙珑是严岩的母亲。

左洛欢心中一动：“她是第一次开矿？”

377军团长摇头：“孙珑开了不少次矿，经验丰富，否则我也不会只让她带着一个中队过去。”

不是第一次开矿，经验也丰富，偏偏出现塌陷事故……

“团长知不知道那次开矿的详细过程？”纪越之问道。

“我不在现场，当时还在办公室，不过后来孙珑的丈夫写了报告。”377军团长转身走进办公室，“我拿给你们看。”

报告上写着，开矿当天，孙珑带着手下六个人进去安置炸药，其他人在远处等着，原本要等几个人退出来后炸药才会爆炸，但那天远处的人根本没见到孙珑几个人出来，矿山便炸了。

严岩的父亲立刻带着人过去营救，但为时已晚，孙珑手下六个人全部牺牲，只有孙珑被两名属下压在身下，才保住了一条命，但直到现在也没有醒过来。

还没有走出矿山，炸药就爆炸了？

左洛欢挑眉问团长：“事后你们调查的原因是什么？”

“放置引线的那个手下是从其他队调过去的，头天晚上去原中队长家喝了酒，所以误了事。”团长皱眉，“他就是护着孙珑的其中一个人。”

“我们去东面矿山看看。”纪越之看了一眼左洛欢，对团长说道。

“好，有什么事可以来问我。”377军团长心中有愧。

左洛欢和纪越之转头往东面走，她低头看了一眼光脑，道："方勇在西区附近，明天就能赶来，安英景安排人护送他。"

东面那座矿山原先塌陷的地方如今已经被挖开了一点，但也只是一点。

原本孙珑选的爆破口是最容易开采的位置，但他们好像引爆了带进去的所有炸药，导致后续清理工作极难进行。进去的几个人能活下来一个人，已经算是奇迹了。

卢辉这些天将塌陷的乱石清理干净了，送了一块炸出来的岩石去检测，但还未来得及再动手开采，便要交接给西区和北区的集团军。所以左洛欢和纪越之过去时，他也在那儿，旁边还有严岩的父亲。

"左同学、纪同学，你们不是要回去了？"严岩父亲惊讶地问道。

左洛欢道："临时有点事。"

正好她也想找严岩的父亲再问一遍当时的情况，只是严岩的父亲说的和报告里的没有什么差别。

"是那次……有什么问题吗？"严岩的父亲犹豫地问道。

对于提前爆炸导致矿山坍塌的事情，他其实一直都觉得蹊跷，只是查不到原因。

左洛欢摇头："现在还不知道。"

她需要将所有发生过的事情重新理一遍，所有涉及此事的地方再走一遍。

纪越之一直陪在她身边。

第二天，方勇被接到医院替严岩的母亲检查身体，左洛欢和纪越之则去了洪家。

星主暂时被关押，而洪同道已经被押往首都，洪家的人多数也被关了起来，整个洪家此刻空荡荡的，只有凛冬军在门口守着。

"之前这里经常开宴会。"左洛欢绕过地上的碎瓷片，转身下意识地要牵纪越之过去。

纪越之低头跨过碎瓷片，没看到她极快收回去的手，他踩上草地，抬头问道："一年前？"

"嗯。"左洛欢等着他走到自己身侧，"洪家那个义子常邀请自己喜欢的客人过来，整个洪家夜夜灯火通明，宴客不断，和地下赌城有点像。”

纪越之安静地听着她说话，仿佛将自己代入进去。年轻的天乾独自一人出来游玩，站在花园一角，笑着看众人醉酒的百态。

“三楼最里面那间是洪同道的书房。”左洛欢仰头，抬眼望着某处道。

就是那儿，她无意中进去了，在洪同道的书房里发现了那份文件，然后她被张咏真刺伤，落入洪同道手中，最后死里逃生。

纪越之看着她：“我陪你上去看看。”

“好。”

两人走上去，发现房间内能带走的东西都已经被凛冬军带走封存了。

纪越之在房间内转了一圈，随后望着左洛欢：“你说自己迷路意外走进这间书房？”

“嗯。”

“可是，你从来不会迷路。”纪越之问她，“是不是被什么吸引了注意力，或者是其他的缘故，你才会推开书房的门进来。”

过目不忘的能力，左洛欢不会比纪越之差。

左洛欢一愣，她脑海中只有自己迷路这一个原因。

她从来没有想过自己在此之前未迷过路，这个理由似乎是大脑潜意识里告诉她的。

“洪同道在地下室是不是对你做了手脚？”纪越之没有错过左洛欢的晃神。

“不记得。”左洛欢的记忆中有昏暗的地下室和无尽的疼痛，对发生过的事情感到既清晰又模糊。

现在被纪越之陡然提醒，左洛欢下意识地去记忆中寻找自己当初会来到书房的原因，却怎么都想不起来了，只有迷路这一个印象。

纪越之看着站在窗户旁的左洛欢，她的脸色突然变得苍白，捂着头，就要往地上倒去，他立刻上前扶住她：“你怎么了？”

左洛欢觉得，只要自己试图去深想当时的画面，便连呼吸都是疼的，那种凿在脑中的疼痛似乎又回来了。

恍惚间，她极为勉强地笑了笑，抬手碰了碰纪越之的脸：“我……没事。”

左洛欢顿了顿，道：“我可能需要一个催眠师。”

纪越之扶着左洛欢离开了。

在他们寻找催眠师时，方勇已经着手检查严岩母亲的身体，并得出了结论——有人给她注射过一剂药物，才导致她一直清醒不过来，好在后续没有继续注射，她才能活到现在。

纪越之看了一眼江弘发过来的消息，望着躺在椅子上的左洛欢，不由得抿唇——当初的事果然没有那么简单。

请来的催眠师几次试图催眠左洛欢，都失败了。她的防备心太重了，即便她已经尽力放松，也还是在潜意识中抵抗催眠。

“你确定自己被催眠过？”催眠师自觉水平还行，但声称自己已经放松，还这么难搞定的人，她还是头一回见。

“应该曾经配合过药物。”左洛欢躺在椅子上，闭着眼睛道。

催眠师：“行吧，最后再试一次，你别抵抗。”

“我尽力。”左洛欢显然也知道自己有多难被催眠。

催眠师正准备开始，忽然看向坐在旁边的纪越之，对他做了个双手交握的动作，示意他去握着左洛欢的手。

纪越之一怔，最终还是按照催眠师的要求，伸手去牵住左洛欢的手。

在被触碰的那一刻，左洛欢的身体下意识地想要攻击对方，就在她准备睁开眼动手时，大脑已经反应出这是谁的手，她的身体一僵，霎时放松下来，任由纪越之把自己的手放进她的掌心中。

催眠师见两人握住了手，这才开始进行最后一次催眠尝试。

这次成功了。

左洛欢躺在椅子上，身体完全放松，但握住纪越之的手一直没有松开。

伴随着催眠师的声音，左洛欢回到记忆中的洪家。一如既往的热闹，夜色很美，她拿着一杯酒站在角落里，望着和洪家继承人交谈的张咏真。

他们大概是在讨论以后在地下赌城合作的事。

左洛欢移开目光，却意外对上了三楼的一双眼睛。

眼神中带着一丝怯懦，却又像渴望着被人发现。

左洛欢仰头喝了一口酒，她虽然好奇，却并不想上去看，楼上不是宾客该去的地方。

不过或许是老天和自己作对，今天的卫生间一直被宾客占用，左洛欢等得不耐烦，这时，有管家过来说楼上也有卫生间。

左洛欢跟着几个宾客一起去了二楼。

出来后，她正准备下楼，不经意间抬头看向楼梯上方，又看到了那双眼睛，这次多了半张脸。

左洛欢眯了眯眼睛：和楼下的洪家义子长得很像，真不是兄弟？

对方盯着她看了一会儿，又跑上去，上去之前，他还回头看了她一眼。

左洛欢在心中暗自发笑，这是要引她上去？

没有犹豫，左洛欢直接走上三楼。走廊没有人，她慢慢地往前走去，路过一间又一间房间。

在快要走到最里面时，那个人从旁边的房间中走了出来，整个人暴露在左洛欢眼前，和楼下的洪家义子有八九分相像。

梦中的左洛欢，脑中顿时有白光闪过：洪同道，真正的洪同道。

这个想法刚出现在左洛欢脑中，下一秒，她便处在一片昏暗的地下室中。铺天盖地的疼痛席卷全身，有人用黑布蒙住了她的眼睛，冰冷的针头刺进她的手臂。那种药液打进来后，她的神志渐渐模糊，无论她怎么挣扎，所有的意识都在下沉。

“又失败了。”

“药剂再加一倍。”

“浓度太高，会出人命。”

“能救回来就行，继续加。”

左洛欢拼命睁开眼睛，却只能模糊地看到头顶一点白色的光芒，是手术灯光。

她的胸口处很疼，嘴巴里还有很重的血腥味。

即便是这个时候，左洛欢还有些散漫地想，自己是去吃了生肉了？

“她胸椎骨断了！”

“继续电击。”

“她？她在笑?!”

左洛欢迷迷糊糊的，听不太清周围的人在讲些什么。她的手指掐得极紧，试图清醒过来。

“等等……她的脸怎么回事？”

“快上报！”

…………

“计划改变。”

左洛欢彻底听不清了，她被人再次打了药。

催眠室内，躺在椅子上的左洛欢紧紧握着纪越之，力道大得几乎要将他的手捏断。他没有挣扎，只是苍白着脸看向左洛欢。

不过是一个催眠，便能让她的情绪波动这么大，连脖颈处的青筋都现了出来，当初她碰上了什么？

催眠师有心要让左洛欢清醒过来，但被纪越之拦住了。她不会想这个时候醒过来，极限还未到。

纪越之有些疲倦地将头靠在左洛欢手边，以后的路他想要都陪着她走，无论多艰难，也要陪着她才会心安。

梦中的左洛欢再次醒过来时，正被洪同道踢中腹部，大概是实在审讯不出来什么了，他朝旁边的两个人挥了挥手，示意将人送出去，到矿山背后埋了。

左洛欢只剩下一口气，那两个人将她扔在推车上，电梯一路向上，到了空无一人的矿山边。那两人挖着坑，准备把她扔进去。

从电椅上下来，左洛欢的手脚便没有了束缚，洪同道的那两个手下以为她快死了，所以没有任何警惕之心。

左洛欢的眼睛充血严重，可能是被打了，她睁开眼睛看着手边，好一会儿才汇聚了一点力气，将地面的碎岩石块紧紧地握在手中，慢慢捏着，只让一点点尖角从指缝中漏出来。

那两个人走了过来，动作粗暴，一人抬头一人抬脚，要将左洛欢扔进坑中。这时候，她骤然爆发出力量，双腿踹开一人，强撑着身体，握着碎岩石块的手猛然朝另外一个人的喉间击去。

被踹倒的那人挣扎着起来，想要抓住左洛欢，她将碎岩石块朝他扔去，正中他的太阳穴。

做完这些，她便倒在地上，昏死过去，一直到二十分钟后，她才醒了过来，翻进运输矿料的车内，将自己埋在岩石碎料中。

从这里开始，梦中的左洛欢的身体忽然抽离了出来，在半空中看着埋在岩石碎料中的自己，终于察觉到自己的记忆有误：洪同道那些天并非都在折磨自己，她甚至发现有人在自己脸上动了手脚。

她有一段记忆被人篡改了。

违逆意识产生的剧烈疼痛让躺椅上的左洛欢身体僵硬，因为疼痛，她浑身都被冷汗浸透。即便如此，她也没有挣扎着要醒过来，甚至没有发出任何声音。

纪越之的脸色也好不到哪里去，坐在左洛欢旁边，他的眼睛眨也不眨地看着她，连呼吸都下意识放轻了。

梦中的时间仿佛倒流了，左洛欢再一次回到洪家，在三楼走廊，她看着对面的洪同道。

“你是洪同道？”左洛欢问。

西江流放星没有人不知道洪家，洪家开明，唯能人是用，收养了一个义子，义子比亲儿子能力强，所以便将家业大胆地交给了这个没有血缘关系的义子。

左洛欢对外人的事不感兴趣，但义子掌控家业，在外结交朋友，而有血缘关系的儿子不常露面，说其中没有隐情，谁信？

也有传言说，洪同道不光不堪大用，身体还有恙，洪家不得已才将家业交给义子。

“这里有……”洪同道朝后方的书房看去，话没有说完，便逃也似的跑了。

临走前，他朝左洛欢看了一眼。

那一眼极为复杂，有期待、恐惧，还有求救，以及看不懂的绝望。

左洛欢朝他伸手，却被他躲开了。他再一次消失在三楼走廊。

梦中的左洛欢再一次进入书房，桌面上放的依旧是那份银青检测报告。

这一次，她没有伸手翻开那份检测报告，而是一动不动地看着那份文件的封面。

在左洛欢的注视下，“银青检测报告”这几个字逐渐脱落、转变，最终文件上的那行字变了，变成了“银青存量报告”。

存量?

原来他们早已经知道了银青的存在，既然报告上出现了这个词，意味着他们已经用上了银青。

左洛欢皱眉，想要翻开文件，这时候，书房的门骤然被推开了……

“你醒了？”纪越之见左洛欢突然睁开眼睛，他有太多话想要说，却都堵在喉间，最后只问出了这一句。

左洛欢从催眠中醒过来，那种仿佛被撕裂般的头疼的感觉还残留着，但左洛欢没有在意。她看着纪越之，想要伸手去碰他浅红的眼尾，想问他怎么了，下一秒，她才发现自己还紧紧地握着对方的手。

左洛欢知道自己的力气有多大，纪越之的皮肤向来白皙，此时手指被捏出了一道又一道的痕迹，她顿时松手，放开了他，从躺椅上站起来：“现在的洪同道是假的。”

纪越之还来不及细问，光脑便收到了罗绍圆的通信：“医院出事了。”

自从方勇查出严岩的母亲被人下过药后，严岩几个人便日夜守在旁边，但没有特意换病房。单独病房或许好防护一些，但一旦出事，也没有多少人能发现。

这所医院里多是377军的人，有什么事都会护着，但也有可能下手的人就藏在其中。

罗绍圆、江弘几个人一直没离开过，和严岩轮流守着孙珑。

和正规医院的医生相比，方勇见识过更多奇奇怪怪的病，这种药剂他虽然没见过，但能推断出来是什么类型，于是立刻着手调配解药。

说起来也是孙珑命大，那针药剂估计凶手也没打完，只打了半针，所以她才一直昏迷，而没有脑死亡。

正好西江流放星曾经拥有最大的地下黑市，很多东西找起来挺方便，方勇很快就让人弄来几种药，开始做实验，调配解药。

这时候，有人突然开始攻击医院。

北区、西区的集团军都在，居然还有人敢闹事，这是谁也没想到的。

江弘还以为背后的人会偷袭，没想到直接从正门打了进来。

附近没有集团军，他们全在矿山、港口，还有洪家、行政中心几个重点把控的地方，罗绍圆联系了凛冬军，但也要一段时间才能等来支援，而现在外面那批人已经打进来了。

“小岩，你和卢叔一起带着你妈先离开医院。”严岩的父亲站在病房门口道。

严岩低头看着躺在病床上还没有醒过来的母亲，咬牙要抱起她：“好。”

“不行，谁也不知道外面有没有圈套，出去有可能会中计。”罗绍圆拦住严岩，“我已经联系了凛冬军，很快就会有人过来救援。”

罗绍圆说得没错，外面有可能还会有伏击。

最终严岩和孙珑都留在病房内，严岩的父亲和卢辉出去抵抗那些攻进医院的人。

医院里军人多，也能起到一定的防御作用，一时间局面僵持着。

“罗学姐！”严岩守着母亲，突然反应过来，睁大眼睛道，“方医生那边！”

罗绍圆扫了他一眼：“你还不算笨。放心，江弘已经过去了，而且安英景后续又派了一支小队藏在医院里。”

严岩一愣，之前江弘说出去吃饭，他还以为方医生身边只有那几个人守着。

严岩想得没错，医院这些攻击的人只是来吸引注意力的，背后势力派来的真正高手全去攻击方勇那间制药室了。

江弘和安英景派来的一队人在周围和那些人厮杀，方勇站在中间，神色半点不变，甚至嘱咐道：“别弄坏了我的药。”

“方医生，你埋头做你的，没人会碰到你和你的药。”江弘抹了一把脸上的血，没好气地说。

那些人果然开始朝那边疯狂攻击，直接掀翻了那张桌子，药水洒了一地，顺着地板流到那些攻击的人脚下。

方勇的双手插进白大褂兜里，低头看着他们脚下："说了别弄坏，你们自找的。"

那帮人突然发现 那些液体竟在腐蚀自己的鞋子，速度很快，直接烧到脚上了。

"还不带我赶紧走！"方勇对江弘吼道，"半点不上道。"

江弘立马带着人冲出去："方医生，你这也不给个提醒，刚刚我差点上手去抢那些药了。"

方勇骂了一句："你自己反应慢，赶紧带我去找孙珑。"

"解药弄好了？"江弘激动地问道。

"废话。"

江弘一不做二不休，直接扛起方勇就往楼下跑。

追过来的人都被安英景派来的小队拦住了，江弘一路冲到孙珑病房的走廊上，才将方勇放下来。

走廊内有一半的人都看见他俩了，急忙朝这里冲了过来。

"糟糕了！"江弘再厉害，但还要护着方勇，也对付不了这么多人。

好在这时候有一支凛冬军来了，他们甚至没有停下飞行器，直接破窗而入，没过多久，那些人便被镇压了。

江弘连忙护着方勇进病房。

方勇从兜里拿出药剂，俯身打在孙珑手臂上："快的话一会儿就醒了，慢的话要一到两个小时。"

实际上，孙珑过了十几分钟就醒了，而医院的那些人被抓住后直接自杀了，凛冬军甚至没来得及阻止。

严岩察觉到母亲的睫毛动了动，心口一跳，急忙盯着她。

孙珑吃力地缓缓睁开眼，对上儿子的脸，转动眼珠，又见到了丈夫，还有旁边陌生的人。她没有露出喜悦、激动的情绪，反而嘶哑着喊："为什么我没死？”

她的声音凄厉得令人心疼。

孙珑的话让所有人一惊，她还拉着严岩的父亲问自己是怎么出来的，神色几近癫狂。

江弘最先反应过来，拉着方勇问：“你的药剂是不是有问题？”

方勇：“药不可能有问题。”

“东面那座矿山有银青，这件事你知道吗？”罗绍圆率先问道。她和严岩没有什么交情，又听左洛欢和纪越之说孙珑可能知道什么，现在也知道情况不对，她便顾不上对方是精神错乱还是什么原因了，先问了再说。

孙珑被罗绍圆的问话拉回神，这才松开手，看着周围陌生的人问：“你们是谁？”

不等其他人开口，她又挣扎着起来，问：“银青？你们没见到那些东西？”

罗绍圆和江弘对视一眼，她上前拉开严岩，站在孙珑面前，肃色道：“什么东西？现在西区和北区的集团军守在东面的矿山，等待开发那座矿山。”

“集团军……”孙珑的眼睛亮了亮，随即又浑身僵硬，抓住罗绍圆的手，“不对，不对！矿山内有机器人狗，让他们立刻撤离！”

“凛冬军来的时候带了武器，他们对付二代机器人狗多年，不会有事的。”罗绍圆虽然听不太懂孙珑的话是什么意思，但还是知道凛冬军的实力的。

孙珑摇头，浑身都在抖：“不是二代……是新一代机器人狗，我们用炸药炸了出口和能源，还有、还有没死的……”

病房内的人骤然一惊，根本反应不过来是怎么回事。最后还是严岩的父亲听明白了一件事，问：“不是意外？是提前引爆了？矿山塌陷是你们自己做的？”

孙珑红着眼睛，想起当时的场景：“是。我带进去的其他人呢？”

“都没能活下来。”严岩父亲低下头。

罗绍圆已经联系上纪越之，第一句话便是：“医院出事了。”

罗绍圆快速地将孙珑的话复述一遍给纪越之听，他要孙珑详细地讲一遍矿山内发生的事情。

孙珑身体不适，整个人一直在抖，但仍然坚持要说清楚发生了什么。

方勇看不下去，又给她打了一针药剂，才让孙珑渐渐稳定、清醒过来。

“我们几个人进去放炸药……”

377 军大部分人想早点封山，好离开西江流放星，他们在这里做了二十年的无用功，东面整体检测没有发现矿料，不少人便不想再白费力气了。

孙珑觉得，既然他们已经开始了，就必须彻底开发才算完成任务，至少也要开发矿山后经过检测确定没有银青存在他们再离开。左右不过是多一年的时间，没有太大的区别。

有人不满她的提议，说孙珑的儿子已经离开了西江流放星，去首都读书，从此有了好前程，他们没有考上军校的子女却要跟着留在这儿蹉跎时光。

377 军的团长私下同意了孙珑的请求，让她带队先动手，至于其他人，先暂时休息一段时间，等平息了心中的不满再来帮忙也不迟。

孙珑是一个中队的队长，她接受了团长的意见，第二天便带人去开矿。

孙珑永远记得那日的天空。因为矿场所有的工程都停了，运输车也因检修需要暂停使用，原来漫天的尘土仿佛全部消散了，甚至能在天空中看到一抹蓝色。

她带着几个人去打开的矿洞安置炸药，其他人则在远处等候。

他们从一条狭窄的又弯又长的矿洞进去之后，发现里面的空间不算小，孙珑和手下没有立刻安置炸药，而是先让人在一角放置少量炸药，炸开一处岩壁，由他们的仪器探测一番，深入到岩壁后面，找出更适合放置炸药的地方。

他们炸得很小心，为的就是不让岩洞坍塌。

炸完岩壁，等那阵烟尘消散之后，孙珑发现那面岩壁下有点不对劲。地面太薄了，薄得好像被人挖过一样。

孙珑一开始以为是先前的整体探测工作出了问题，这座矿山下面可能有什么暗河之类的构造没被发现，所以她继续敲开地面一角，却发现里面是空心的，没有暗河。

她带人从打开的一角潜入进去，见到了令他们震惊的一幕：一排银白色机器人狗立在那里。

377 军虽然从未去过真正的边境线，但他们是凛冬军的一分子，不会认不出来机器人狗。

孙珑更在意的是它们身后的地上放置的那些只有十寸左右的银白色箱子，她想要联系外部的人，然而下一秒，她的光脑便被不知从哪里冒出来的东西给毁了。

不止她一个人，其他人的光脑都被毁了。有一个人躲闪不及，连手腕都被切断了。

那东西的速度太快了，孙珑根本看不清是什么，直到它自己停在了岩石壁上。

那是一只半人高的机器人狗！

它四肢着地，眼珠中泛着红光。

和一代、二代的机器人狗不同，这东西是狗，但手和脚与人类无异。

“上去！”孙珑要人去报信，然而二代机器人狗突然清醒了，朝他们攻击过来。

不仅如此，地面上第一排的银白色箱子迅速变形了，成了那只机器人狗的样子。

他们勉强能对付二代机器人狗，但他们根本没办法对付这些机器人狗！它们的速度太快了，比二代机器人狗要快好几倍，他们根本看不清。

孙珑的视线落在地面上那些布置好的一条一条的供应线上，她大致明白了，机器人狗通过供应线获得了能源，便会清醒过来。

既然有能源供应线，一定有能源源头，她暗暗下定决心，不能让里面的东西得到能源，一旦它们出去，整个西江流放星可能就全没了。

孙珑看着手下人背上的炸药包，命令道：“炸药包给我，你们……尽全力出去。”

没人同意她去冒险！

那个被误会喝酒误事的队员脸上扬起一抹笑容：“中队长，这么多鬼东西，你一个人冲不过去，我留下。”

“出不去，倒不如先把这些东西毁了。”另一名手下看着附近虎视眈眈的机器人狗说。

所有人拼着一口气，终于找到了能源仓。

那个大型的罐体还在通过供应线源源不断地提供能源。

机器人狗的速度太快了，一张口，牙齿如同锯齿，离孙珑最远的一名手下，为了帮他们挡住机器人狗的攻击，脖子被硬生生咬断，自始至终没有求救过。

孙珑将炸药放在能源仓和那些银白色箱子中间，随即她吩咐手下："炸！"

那么多用来炸矿山的炸药，威力有多大自然不用说。从下定决心的那一刻起，孙珑和她的手下便没有打算活下来。

他们没有其他办法，手中本来就没有武器，那一排排快要苏醒的机器人狗太可怕，他们不能让这些东西清醒过来。

孙珑怎么也想不到自己会有睁开眼睛的一天，见到儿子的那一瞬间，她的大脑中只有一个想法：她没死，被救出来了，是不是那些东西也出来了？

"你被救出来有一段时间了，矿山内没有任何动静。"通信中的左洛欢站在催眠室门口，面无表情地道，"要么是你的计划成功了，里面的东西全部被炸毁了，那些能动能跑的机器人狗一只也没跑出来；要么……有人控制它们没有出来。"

孙珑不太明白左洛欢话里的意思，她的身体原本便有些支撑不住，现在又开始发抖了。

"您先休息，我们已经通知了西江流放星上所有的集团军。"纪越之对孙珑道。

挂断通信后，纪越之看向左洛欢："你……"

想起罗绍圆的通信打来之前左洛欢说的话，纪越之并不清楚经过催眠的左洛欢都想起了什么。

"真正的洪同道去年被张咏真杀了。"左洛欢和纪越之并排走出催眠室，往飞行器上走去，"那个义子和洪同道有九分像，从头到尾都是他在掌控洪家。"

洪家已经是那个义子的了，为什么他还要杀了洪同道来冒充洪同道？

除非，那个义子是要掩盖什么。

想到这里，纪越之脚步一顿。

左洛欢见他停下，伸手牵起他的手："先上来。"

纪越之抿唇。

左洛欢的语气、神态都迅速恢复了正常，但他更觉得她只是将所有的情绪藏了起来，才这么镇定。

"先通知押送洪同道的那艘军舰，再联系首都那边。"左洛欢牵着他走上飞行器。

"联系不上军舰上的人。"

左洛欢嗤了一声："他是伽什罗人。"

集团军查的都是洪同道的资料，根本没有深查那个义子。谁会知道洪同道是假的？更不会料到那个假扮之人是伽什罗人！

"押送洪同道的军舰上有……"纪越之有些艰难地开口，"洪家的东西？"

洪家所有的东西都要封存起来，一同送到首都去。如果里面有大量的孙珑发现的那种银白色箱子，那军舰现在一定处在危险的境地中。

"没有银白色箱子。"左洛欢目光幽远地看着前方，"只有黑色的箱子，里面装了能源块。"

纪越之并没有松一口气，既然能做成银白色箱子，自然也能做成黑色的箱子。

"如果没有发现异常，便能将洪同道和那些东西一起送入首都。如果被发现了，那照样能毁一艘军舰。"左洛欢忽然偏头看向纪越之，脸上露出一个极为灿烂的笑容，语气却透着冷意，"能被他算计，不知道是不是我的荣幸。"

纪越之一怔，瞬间反应过来左洛欢说的"他"是谁。

任平泊，那个背叛整个联邦的最强天乾。

当年左狄鸿和纪西修加起来，才抵得上一个任平泊。

任平泊在这里利用银青制造出新的攻击机器，但左洛欢意外误入西江流放星，还发现了洪家的端倪。

原本难逃一死的左洛欢，恐怕在发现了脸上被动的手脚后，便彻底被纳入算计的环节之中了。

从她再次来到西江流放星，到寻找检测报告并检举洪同道，这一切都是一个圈套而已。

罗绍圆给集团军的提醒不算早，她的消息发过去时，已经有集团军遭受攻击。

不知道从哪里冒出来的半人高的机器人狗以一种快到离谱的速度朝他们攻击过去，即便是训练有素的集团军，在这样的偷袭下，也死伤不少。

体积小、速度快，即便集团军手中有光枪，也不能完全射中。更何况，这个系列的机器人狗向来只有打碎脑芯片才行。

左洛欢和纪越之上了飞行器没多久，便收到了矿山、行政中心大楼和港口被攻击的消息。这三个地方聚集了大量的集团军，尤其以西联军居多。

北区前不久才在边境线和伽什罗人打了一仗，左狄鸿无法过来，只能抽调一个旅的凛冬军过来，另外他告知西区银青一事，要求那边派集团军一起帮忙。

当然，西区要求分得一点利益。

北区正在守卫边境，调派一个旅的人已经是极限，西区现在安定，直接派了一个师的西联军来，把西江流放星挤得满满当当。

“西联军多数在行政中心大楼和港口。”纪越之道，“西区派来的人太多了，如果在这里折损大半，会对西区边境的安稳带来很大的隐患。”

西区能调这么多集团军来，自然在边境线上留足了抵御伽什罗帝国的兵力。只是集团军不是一朝一夕养成的，一旦在西江流放星折损太多的西联军，西区的战斗力势必会大减，之后伽什罗想要强攻西区边境线，绝对会容易不少。

任平泊这一计实在狠辣。

“我们去港口。”左洛欢道。

没有其他转机，他们只能直接面对伽什罗人研发的新一代机器人狗。

这时候，纪越之接到了纪西修的通信。他愣了愣，才当着左洛欢的面接通。

“我们的人从伽什罗弄来了最新资料。”纪西修显然已经知道西江流放星现在的情况，“那种机器人狗是伽什罗人研发的第三代产品，不需要通过光枪和弯刀来攻击，它全身都能当攻击武器，我发一小段视频给你。”

视频中拍摄的应该是实验室的一角，出现在画面中的是一只银白色的机器人狗，它有着人类的四肢，撑在地面上，它的对面是二代机器人狗。

二代机器人狗持着光枪朝着三代机器人狗疯狂扫射。只是三代机器人狗体积不大，行动速度又太快，居然能在枪雨中扑向二代机器人狗。

三代机器人狗的掌心骤然冒出勾刺，以抓握的方式硬生生地刺进二代机器人狗的身体，同时，三代机器人狗还伸长颈部，张大嘴，露出锯齿一样的牙齿，朝着二代机器人狗的脑袋咬去。

掌心有勾刺，颈部可延长，牙齿格外锋利，加上行动速度极快，这东西杀伤力极大。

“最关键的一点，我们的人带来一个口信。”纪西修深深地看着儿子，“三代机器人狗失去芯片后会爆炸，范围至少波及百米。”

旁边的左洛欢闻言，不由得皱眉：如果西江流放星上有这么多三代机器人狗，而它们又真的这么厉害的话，别说他们要保存集团军的兵力，就连活着出去都是奇迹。

“小越，我们会派人过去救援，最多两天，你们……坚持住。”纪西修说完看向左洛欢，目光复杂，“你带去的人，最好别让他们出事。”

左洛欢朝纪越之看去，随后收回视线，对纪西修道：“他不会有事。”

这种话纪越之不喜欢听，他不由得微微拧眉，听这意思，就好像左洛欢要拿自己的命来换他的。

挂断通信前，纪西修又多说了几句：“两天后，我会带人抵达西江流放星，你们护住港口。”

纪西修传来的讯息没有问题，当左洛欢和纪越之赶到港口时，便看到了西联军意外打中并毁坏了三代机器人狗，周围顿时发生了爆炸。

这种爆炸一来是为了让联邦得不到三代机器人狗的研究材料，二来可以在三代机器人狗失去行动能力的瞬间，最后一次攻击联邦集团军。

“既然爆炸可以伤我们，那也能伤它们。”纪越之跟着左洛欢下来道，“只是不知道它们的芯片藏在哪里。”

从他们下来到现在也只发生了一次爆炸，显然刚才只是西联军误打误撞毁了三代机器人狗的芯片。

左洛欢回头看了他一眼："我去找找芯片。"

"小心。"纪越之下意识地道。

"我答应过你父亲。"左洛欢眼中带了一些笑意，"等我。"

三代机器人狗的速度太快了，西联军疲于应付，他们还要护着从港口进出的普通民众。

左洛欢仰头看着大厅二楼和三楼，目光渐冷。那上面，有人在嘶喊、惨叫。

纪越之看着她箭步向前，踩在电梯扶手上，猛然往上一跳，伸手抓住二楼的玻璃扶栏，瞬间翻进二楼等候厅。

左洛欢目光一扫，看样子二楼只剩下一个家庭，但有百余位西联军围着他们。饶是如此，在二十多头三代机器人狗的围攻下，他们的防御领地也在不断失守。

刚刚的喊声是中间的年轻旅客发出的，他见到一个西联军被三代机器人狗抓住，忍不住发出一声声惨叫。

左洛欢打了个响指："该换人玩玩了。"

围着那些人的机器人狗有一半转过头，用红色的眼珠盯着她。

"你们最好找机会退远点，也别乱开枪。"左洛欢对这种诡异的场面视而不见，继续道，"打中三代的芯片，它们会自爆，百米范围内都会受到影响。"

西联军当然认识左洛欢，听她这么说，一时间有些庆幸自己没有打中机器人狗。

不过当务之急，他们还是得带着这几个旅客去集合。

"所有人都往一楼地下逃生室去了。"一个西联军的领头人对左洛欢道，"不过现在我们去不了，那边这种东西更多。"

"知不知道这些机器人狗是从哪儿来的？"左洛欢问道。

那个说话的人点头："集团军要接手西江流放星，所以港口属于重点排查点。今天，好几个中队打开一、二、三楼的医务室，发现里面有很多银白色的箱子，很像之前在洪家搜出来的黑色箱子，就想上报，结果还没来得及，那些箱子就变形了，成了这种东西。"

那几个中队的人几乎全军覆没。

左洛欢躲过扑上来的三代机器人狗，取下自己手上的负重带，扔在地上，当即砸出两个坑。

三代机器人狗快，左洛欢更快，那些西联军甚至看不清她是怎么出手的，便见到一头三代机器人狗被踹飞了出去。

这些三代机器人狗表面看着光滑，实际碰到它后，它身上便会竖起钢刺。

刚才要不是左洛欢收脚快，恐怕会被刺中。

左洛欢没有完全出手，只是遛着那些三代机器人狗，等到西联军带着那一家旅客走远，她才转了转手腕，抽出软刃，近身去杀那些三代机器人狗。

近身攻击其实不是一个好的选择，只是左洛欢不知道哪个地方是引爆点，如果不靠近，她根本无法观察到三代机器人狗的芯片在哪里。

左洛欢首先猜测芯片是在三代机器人狗的头上，她试图用软刃切毁，发现并不是那个地方。

一只、两只……

三代机器人狗碎裂之后，肢体还能攻击，但威力大打折扣。左洛欢已经试探过三代机器人狗的头、四肢和身体其他部位，皆未发现芯片。

还能藏在哪里……

刚才下飞行器时，门口那几个西联军射击在三代机器人狗的哪个部位？

左洛欢在脑海中回忆自己见到的那一幕幕场景。那时，三代机器人狗已经快扑到西联军面前，张开口要咬他们。

咬？

左洛欢的视线落在那些龇牙咧嘴的三代机器人狗的头部，寒光闪闪的锯齿露在外面，杀伤力有多大，不言而喻。

她站在那儿，突然一动不动，就是要引那群三代机器人狗扑上来咬她的脖子。

左洛欢的目光快速地掠过这些三代机器人狗张大的嘴，瞬间下腰滑了出去，躲过了它们的锯齿攻击。

她知道芯片在哪儿了，现在需要验证一下。

左洛欢开始往二楼玻璃扶栏处跑，那些三代机器人狗全部死死地追着她。有时候，她会放慢速度，等这些三代机器人狗快要咬到她时，下一秒，她又骤然远离。

玻璃扶栏离她越来越近，她一个翻身，直接朝一楼跳去。

那些三代机器人狗全部跟着她往下跳。

"芯片在它们喉咙内。"左洛欢跳下来的瞬间，见到了在一楼等她的纪越之，开口道。

纪越之仰头看着她身后的那些张大了口的三代机器人狗，目光一滞，但听见左洛欢的话后，他瞬间拔出自己的光枪，抬手对着三代机器人狗的喉咙打去。

纪越之的手快速地移动着，那些离左洛欢远，但离三代机器人狗群近的三代机器人狗全被他打中了。

做完这些动作，不过是短短的几秒而已。

左洛欢还未落地，那些跟着跃下来的三代机器人狗便接连爆炸。

百米爆炸范围不是指炸药的威力，而是指那些炸碎的三代机器人狗的碎片会迸裂开，刺中百米范围内的所有东西。

纪越之看到左洛欢背后的碎片，瞳孔不由得睁得更大了，他抬起光枪，将炸到她背后的碎片打开。

只是，那碎片实在太多了……

左洛欢早已做好了准备，但没想到纪越之站在那儿不动，还抬起光枪射击碎片。她偏头躲过几块碎片，瞬间落地，大步往前，抓住纪越之就地一滚，躲进了一楼的服务台。

左洛欢压着纪越之，两人紧紧地贴着。她忽然笑了一声："刚想夸你和我配合默契，可爆炸了你怎么不知道躲？"

"你背后有碎片。"纪越之侧过脸，不去看她。

"谢谢我们越之保护我。"左洛欢的手撑在他身侧，眼中依旧带着浅浅的笑意，"不过下次记得先护好自己，那些碎片不会伤到我。"

碎片迸溅，会带起风声，她能躲得过。

这里的动静太大，估计又会引来一些三代机器人狗，左洛欢起身，伸手将纪越之拉了起来，看着他手中的光枪：“枪法确实比我好。”

纪越之没有什么开玩笑的心情，他抿唇拧眉：“刚才很危险。”

那么多三代机器人狗被连环引爆，他们一起身，便见到服务台已经被刺得面目全非。

“我下次小心一些。”左洛欢随口道。

第十八章 我喜欢你

两人知道三代机器人狗的芯片在哪儿之后，便立刻联系其他人，告知芯片在三代机器人狗的喉咙中，而一旦毁坏芯片便会造成三代机器人狗爆炸。

只要将三代机器人狗吸引在一起，一打中芯片，便能伤害其他的三代机器人狗，当三代机器人狗的数量足够多，爆炸的威力叠加起来便会引起连爆。

“他们在地下逃生室，我们去停舰场。”刚才左洛欢拉住纪越之的手腕后便没有松开过，她忘记松开了，纪越之也没有提醒她。

两人一前一后往停舰场走去。

一路上的情况明显不太好，到处都有血迹，还有散落在地的行李箱、鞋子等东西，当然还有被机器人狗击毙的西联军士兵。

左洛欢脸上的神色越来越冷，这里不知道牺牲了多少西联军士兵，他们还要在这里坚守两天，等待首都援军到来，压力不小。

纪越之拉住左洛欢，在一个拐弯处停住脚步，他弯腰，捡起地上一把还带着血的光枪，递给她：“还能用。”

左洛欢松开他的手腕，接过那把光枪，用衣袖擦干净上面的血，低低地说道：“这些血债，迟早要伽什罗人一笔一笔还清。”

两人循着血迹一路过去，发现港口的停舰场受到了猛烈的攻击，成群的三代机器人狗如军队一般密密麻麻，朝着守在那儿的西联军攻击。

停舰场的跑道刚维修好，如果三代机器人狗自爆，恐怕又会遭到毁坏。

“十七军的军舰可以停。”纪越之道，“只要有停舰场，跑道无所谓。”

左洛欢看着那些疯狂攻击的三代机器人狗，明白了：背后的人显然也知道即将来援助的十七军的本事，所以在这里攻击的是西联军，而不是跑道。

纪越之联系了目前守在停舰场上的西联军的首领，要求暂时接管指挥权，对方同意了。

左洛欢看过来，说："我听你指挥。"

"罗绍圆、江弘他们正在往行政中心大楼赶。"纪越之在光脑上汇聚各种信息，他快速地说了一遍，便要左洛欢从侧翼过去，和一小支西联军会合，"我要你们引诱三代机器人狗张口，会有狙击手攻击它们喉咙中的芯片。"

他要连续引爆三代机器人狗。

伽什罗人在三代机器人狗身上放置炸药的最大目的就是不想让联邦得到机器人狗的材料，没想到此刻却成了最大的漏洞。

纪越之调集了狙击手，跟着左洛欢那支小队不断地移动攻击，原本密密麻麻的机器人狗开始了一连串的爆炸，让停舰场的西联军得以松了一口气。

纪越之看着前方，此时，左洛欢带着一支小队，引得三代机器人狗张大嘴狂奔，他立马让身后的狙击手做准备。

侧后方，有一个西联军士兵突然跌倒了，眼看就要被赶上来的三代机器人狗咬到头，左洛欢余光见到了这一突发状况，瞬间掉头，横铲过去，伸出手，压住了那个西联军士兵的脑袋。但三代机器人狗已经咬了过来，咬在了左洛欢的手臂上。

纪越之透过瞄准镜见到这一幕，瞳孔放大，一枪射在那只三代机器人狗的额头上。

子弹的冲击力让它不由得往后飞，撞在其他三代机器人狗身上。

左洛欢顾不得手臂的伤势，抓起地上的西联军士兵，问："能不能动？"

"能！"这个西联军士兵的脚之前被机器人狗咬伤了，一直忍着，所以才跌倒在地。

左洛欢落在这些西联军士兵身后，回过头，正准备应对冲上来的三代机器人狗。下一秒，那只三代机器人狗便被打中了双眼。

左洛欢知道是谁做的，她微微挑眉，一脚踹在这只三代机器人狗的额头上，再次往前跑。

等到他们和后面的三代机器人狗拉开了一定的距离后，纪越之便道：

“动手！”

狙击手瞄准那些张大嘴的三代机器人狗，射中它们喉咙中的芯片，引发了一连串的爆炸。

纪越之没有跟着那些狙击手一起射击，而是透过瞄准镜对准了之前咬中左洛欢手臂的那只三代机器人狗。他先击中了那只三代机器人狗的四肢、牙齿……最后才击中它喉咙中的芯片。

当然，不是所有的引诱先锋队都能安然无恙，有些西联军士兵动作慢了，便会陷入像刚才一样的境况。遗憾的是，不是所有队伍里都有左洛欢，士兵的死亡无法避免。

不知道伽什罗人在港口放置了多少只三代机器人狗，他们从白天到黑夜，几乎没有停歇的时间，只能趁机器人狗装能源块的时候休息一下，松一口气。

“不用守着停舰场，所有人躲进地下逃生室，只要留一部分人守在外面即可。”纪越之道，“等它们耗尽能源。”

他们只需要再坚持一天。

不过，当初三代机器人狗伪装成箱子的时候有人打开过，看到了里面的能源块，大概就是这些三代机器人狗用的，每个箱子里面至少有五个能源块。

当务之急，是要引它们快速地消耗能源。

只是不知道能源耗尽之后，这些三代机器人狗会不会自爆。

纪越之在这里做的事都会同步传给行政中心大楼和矿场那边。

行政中心大楼的集团军不少，压力不算大。不过矿场那边的凛冬军就不一样了。虽然那边的凛冬军都是精锐，但有无数只三代机器人狗从地底下冒出来，他们要费尽心思不让三代机器人狗出去，特别是不能让它们往市区跑，现在整支凛冬军都陷入深深的危机之中。

一天的时间过得如此漫长。

“西区没有来人。”左洛欢低头看着帮自己包扎伤口的纪越之。

灯光下，他长睫微垂，在鼻梁上落了些许阴影，明知道时机、地点都不对，她看着还是有些心动。

她的手臂被咬下来一大块肉，看起来极为恐怖，但是他给她上药时，她甚至没有任何反应。

纪越之脸色苍白，极为小心地帮她缠上纱布："西联军来得太多，西区不能再来人了。"

西区需要军力维护整个地区的稳定，尤其是在不知道伽什罗人下一步会不会攻打西区边境线的情况下，明知道西区更近，他们也无法派人过来，只能等着首都的集团军过来。

"严岩已经带人让市民全部转入地下了，行政中心的集团军正在往矿山转移。"纪越之继续道，"明天早上应该就可以到那边了。"

之所以居民已经转移了，矿山的凛冬军还不能走，是因为东面那座矿山。他们不能全部撤走，万一出现意外，联邦将再一次失去银青矿料。

左洛欢压根没有在听，她看着纪越之的脸，感受到他呼出的气体洒在自己手臂上，越发感觉气血翻涌。最后，她到底没忍住，伸出没受伤的那只手，抬起他的下巴。

"怎么了？"纪越之猝不及防，被她抬起脸，用一双漂亮干净的眼睛望着左洛欢，有些无措，问，"疼？"

左洛欢听见他的话，清醒过来："不疼。"

她松开手，用指腹擦了擦他的眼尾，那里有一滴血，像极了一颗红痣，被她一擦，便晕红了一片。

纪越之快绑好纱布了，他便也不着急了，只是安静地望着左洛欢，任由她擦拭，乖得令人心生怜意。

左洛欢见实在没法用手擦干净，便想用袖子。但她的袖子也没多干净，最后只能作罢："这里沾了血。"

纪越之点头说好。

"之前闻到我身上有一点点血的味道就会难受，怎么现在不会了？"左洛欢忽然问道。

她说的，是成年礼那晚。

"之前训练时我也帮你包扎过。"纪越之偏开视线，道，"成年礼那晚是因为处于分化期。"

“嗯。”左洛欢其实更想见到他因为自己的味道而失神的样子，但她到底还存了一点理智，没有说出口。

纪越之转过脸来，看着左洛欢：“你……想不想闻我的费洛蒙？”

他察觉到了。

左洛欢气息翻涌，不知道是因为失血过多，还是天乾的潮期到了，她盯着他的目光都深沉了不少。

左洛欢忽然笑出了声。她受伤的那只手的指尖还有未干的血，她伸出两根手指，把血抹在他唇上，用力摩挲，染红了他的嘴唇。

她眼中有说不清道不明的意味，铺天盖地朝他聚拢而去。

纪越之任由她用血染红自己的唇，他望着左洛欢的眼睛，身体几近发抖。

那种眼神……充满占有欲。

“不想。”左洛欢刚才的动作像是在标记自己的所有物，她松开手道，“这里不行。”

纪越之被她的眼神蛊惑，喃喃地问：“换个地方可以？”

左洛欢浑身都在叫嚣，但她还记得现在是在什么地方，他们正面临着什么情况。她伸手捂住纪越之的眼睛，感受到他长长的睫毛在掌心颤动：“明天你父亲就能到了，我们过几天就能回去。”

纪越之任由她捂着自己的眼睛，不再说话，过了片刻，两人终于冷静了下来。

左洛欢松开他：“你休息一会儿。”

她自己咬好纱布结，起身朝外面走去。休息够了，她可以继续对付那些三代机器人狗了。

纪越之望着左洛欢往外走去的背影，他的心跳得极快，他以为她会对自己说那些话。

那些他想要说的话。

短短一天，西江流放星到处弥漫着血腥味，港口随处可见尸体。

然而守在外面的集团军根本来不及多想，他们面对无数的三代机器人狗，要引它们去合适的地方，让狙击手射中它们的芯片，再造成连爆。

先锋队接连更换，不断有人受伤、死亡，他们只求再熬过一天，支撑到援军来临。

左洛欢没有再要小队随行，她一个人拿着光枪，引那些三代机器人狗离开。

这些机器人狗身体内的芯片可以自动分辨出联邦人和伽什罗人，可惜的是，联邦迄今为止还未破解出芯片中的这项技术。

伽什罗人在情绪激荡时会露出竖瞳，且有嗜血的特征，但平时光从外表看和联邦人无异，联邦人要分辨出伽什罗人其实很难。

左洛欢扭过头，看着那些快被她甩到后面去的三代机器人狗，逐渐放慢了速度。她知道它们会继续跟上来，于是往港口大楼的三楼走去。

引着这些三代机器人狗到三楼之后，左洛欢便直接越过栏杆，往下一跳，那些刹不住的三代机器人狗接连跟着她一起跳下来。

左洛欢于空中回身，抬起光枪，朝着张大口的三代机器人狗的喉咙处射去。

“砰——”

光枪射中芯片，引起三代机器人狗自爆，其他三代机器人狗跟着遭了殃。

左洛欢咬住光枪，落地前膝盖曲起，双手撑地，在爆炸声中快速起身离开。

走到远处，她看着那些爆炸的三代机器人狗……感觉有点可惜。

别的不说，如果能留下这些三代机器人狗的身体，联邦就可以重新利用这些材料。

左洛欢低头看了一眼自己藏在袖中的软刃，或许可以试试切开三代机器人狗的头和身子，再让其爆炸，不知道这样一来身体会不会炸得不那么残缺。

她一个人在这里试验各种对付三代机器人狗的方法，纪越之在地下逃生室收到了江弘的消息。

“十七军来救援我们了？”江弘一身狼狈，但看着没有受什么严重的伤，只是一脸焦急，“首都最能统领集团军的人就是你父亲，如果首都遭到攻击呢？伽什罗人极有可能拿我们当诱饵。”

北区、西区都没有办法动，东、南两区离西江流放星太远，无法救援，只能由首都派集团军来，可是江家发来消息，伽什罗人似乎有意要攻打首都。

上一次首都被袭击，已经让众人对首都的防线产生了怀疑，更可怕的是，不知道有多少伽什罗人埋伏在里面。

“我父亲应该在路上，明天下午大概能赶到西江流放星。”纪越之道。

江弘一听，头都大了：“已经来了？”

“嗯。”纪越之眼睫微垂，“其他的事情我们管不了，便不用管了。”

“行。”江弘也没有别的办法了，只希望首都别出事就好，他们江家主脉可全在首都。

“对了，洛欢在哪？”江弘问道。

“她……”纪越之抬眼间有些犹豫。

江弘可从来没见过纪队长有这种神情，一时间，他的心仿佛坠入深渊，忍不住问：“她出事了？”

纪越之摇头：“手臂受伤，已经包扎好了。”

那就是没事了，江弘松了一口气：“那她是怎么了？洛欢这种天乾杀红了眼，脾气肯定暴躁，那个……队长你别跟她一般见识。”

纪越之微微拧眉：“她潮期好像到了。”

“潮期？！”江弘抹了一把脸，有点震惊地回想，“好像往年确实是这个时候，不过她潮期和平常没有太大的区别，就是会更沉默一些。”

他其实更想问纪越之是怎么看出来的。

左洛欢向来能忍，毕竟她是一个连分化时出现的异样都能忽略的人，每一年的潮期来了等于没来。

江弘当年见左洛欢没什么反应，还以为天乾潮期都是这样，轮到自己分化时，才意识到自己大意了。潮期来了，他身上没带抑制剂，大庭广众之下，他的费洛蒙濒临爆发，差点被抓去坐牢。

“她费洛蒙爆发了？”江弘试探着问道，“港口那边有没有抑制剂？”

其实抑制剂对左洛欢没什么用，她等级太高了，只能说抑制剂聊胜于无。

“没有爆发。”纪越之确认这段时间是左洛欢的潮期后，便转移话题，“你们那边情况如何？”

江弘没发现纪越之的目的，回头看了一眼后方：“一开始死伤不少，现在好了点。不过坚持了一天多了，大家很累，现在要去矿场。”

“不用关注首都，你们只需要坚持到援军来。”纪越之道。

“我知道了。”

两人挂断通信后，纪越之走到逃生室设立的医务室内，翻出两支天乾用的抑制剂，等级不算高，只有A级，S级的没有。

这也正常，西江流放星太小了，平常来往的都是普通人，少有S级的天乾和地坤。况且等级越高的抑制剂价格越高，自然不会有人特意去购买高价的这种公共用品。

一个多小时后，纪越之等来了左洛欢。她浑身焦黑，一看便是近距离接触了爆炸的三代机器人狗，仔细一看，她手里还拎着东西。

见到她这副模样，纪越之的心顿时一跳，担心她会被爆炸碎片伤到。幸而她没有受什么严重的伤，只是手背上多了几道划痕，比手臂的伤要浅不少。

“那些三代机器人狗身上没有爆炸物。”左洛欢将手中的东西塞给纪越之，“先斩断头和身子，再让它们爆炸，已经分离的身体不会爆炸。”

纪越之低头擦了擦手上的东西，擦掉黑灰后，果然露出了银白色的机器人狗的身子。

“我怀疑这批机器人狗只是伽什罗人最开始研发的产物，遗留在了这里，完全可以称之为旧款。”左洛欢道，“除了速度有所提升外，有些地方还不太成熟。”

它们能伤害这么多的集团军士兵，很大程度上是因为它们是第一回出现，众人不清楚其弱点和性能，才让它们占了大便宜。

纪越之不是研究员，对这些东西不太了解，只能交给集团军，让他们收起来，等之后再送去研究所。

“给你。”纪越之将两支天乾抑制剂递给左洛欢。

左洛欢低头看着他手中的抑制剂，伸手拿起来看了看：“A级？”

纪越之“嗯”了一声：“医务室内没有S级的抑制剂，只有A级。”

“A级、S级对我都没有用。”左洛欢将抑制剂还给纪越之，“潮期过几天就好了。”

“可你……”纪越之觉得左洛欢的实际情况没她说的那么轻松，之前明明濒临失控状态。

“嘘——”左洛欢竖起食指，“等救援军来了再说。”

他们只要再坚持七八个小时，便能等来救援军。

第二天下午四点，停舰场上的集团军发现有军舰往这边来了，顿时精神为之一振：救援军来了！

纪越之得到消息后，便立刻赶往停舰场。他发现，来的是十七军的军舰，只是上面的人一下来，他便察觉到不对了。

这些人不是十七军的，而是第一军校的学长学姐，但他们身上穿着十七军的军装。

“纪学弟。”领头的人正是项承平。

“我父亲没有来？”纪越之瞬间便想明白了，难怪当时父亲的通信是公放的，大概是特意做给谁看的，实际上父亲还留在首都。

“纪将军没有来，只是在第一军校发布了任务。”项承平道。

左洛欢的目光掠过项承平身后陆续下来的援军：“学长学姐还接这种任务？”

项承平对逃学一年的左洛欢不太熟悉，只是认识，他笑了笑：“左同学认识我们？”

“不认识。”左洛欢好整以暇地道，“学姐学长的老油条气息，一身军装都掩盖不了。”

项承平及其身后众人：“……”

“不说笑了。”项承平道，“我们这次来，带了新东西。”

所谓的“十七军”这次只来了三千人，但他们拥有新式武器。

“你们应该见过初代模型。”项承平刚刚说完，他和身后的人便从口袋里拿出一样东西，轻轻一捏，他们的全身从手臂开始渐渐被轻薄的机甲包裹住了。

是骨骼机甲。

左洛欢和纪越之一眼便认了出来。

“完整版的骨骼机甲。”项承平解开了机甲，“还有二十套，你们拿去分，我们去处理三代机器人狗。对了，先和我们说说目前的信息。”

纪越之没有多问，直接将自己目前掌握的所有信息分享给救援军。

项承平听完后，想起了什么，和他们分享了一个信息：“那艘带走洪同道的军舰在西区附近受到攻击，西区派人去救的时候，洪同道已经离开了，军舰上还活着的凛冬军只剩下三分之一。”

纪越之下意识地去看左洛欢，她脸上没有什么特别反应。

“能活下三分之一，已经算得上幸运了。”项承平无奈地道，“里面的三代机器人狗太多了。”

项承平带着两千人去清扫港口的三代机器人狗，他们身上的骨骼机甲不光可以抵御光枪和勾刺，还能防御三代机器人狗这种威力的爆炸，几乎没多费功夫，便杀死了三代机器人狗。

左洛欢拿到了一套骨骼机甲，更确切地说，是一个极有分量的石墨色圆球，中间有一个深黑色按钮。握在掌心，她轻轻一按，圆球便迅速变形了，从那只手掌开始覆盖，一直到包裹住全身。

左洛欢动了动手脚，发现骨骼机甲的重量对她而言几乎可以忽略不计，骨骼机甲的灵活度够高，像是她多穿了一件衣服而已。

“她以前用过骨骼机甲？”

看着左洛欢远去的几位学姐学长不由得惊住了，他们这些人不是临时接的任务，更确切地说，上学期已经开始训练了，任务就是学习和使用骨骼机甲，到前几天，任务才更改为救援西江流放星。

“在演习赛上用过一次。”纪越之望着左洛欢的背影，偏头对几位学姐学长解释。

“那次我们知道，那个不算。”

“完整的骨骼机甲很重，套在身上要很久才能习惯。”一位学姐递给纪越之一个骨骼机甲圆球，“你试试。”

他们日夜训练了一个学期，现在才能操控骨骼机甲。

纪越之学着他们的样子，按下圆球上的按钮，瞬间便被骨骼机甲包裹住了。

他动了动手臂，果然如学姐所言，手臂比平时要重许多，抬脚时也会发现步子十分沉重。

他在原地试着动了一会儿才收起来："学姐，这里剩下的一千人，我希望能跟着我们去矿场。"

"当然可以。"学姐道，"我们接到的命令就是，过来之后任由你调配。"

纪越之点了点头："军舰上有多少辆飞行器？全部去矿山，另外调遣两百人跟着我们开车过去，路上可能会有三代机器人狗。"

等军舰上的飞行器飞出港口，纪越之便带着两百救援军准备穿越港口大厅，开车前往矿山。

"砰、砰、砰——"

他们刚走进港口大厅，前方便接连传来几道摔砸声，等他们继续往前走，才发现是几只三代机器人狗被摔在地面上，硬生生地砸出了几道坑。它们在坑里挣扎，几次都爬不起来。

纪越之仰头看向上方，一个穿着骨骼机甲的人站在穹顶之上，见到他们，瞬间从上空跳了下来，落地几乎无声，手中还抓着一只三代机器人狗。

"见鬼了。"纪越之身后的一个学长跟着仰头，看到这道身影，忍不住感叹，"穿上骨骼机甲也这么灵活？"

相比之下，他们这么长时间的训练，简直不值一提。

她将三代机器人狗扯碎，头扔远，用光枪直接打中它的喉咙处，它的头部瞬间爆炸开来。

左洛欢动了动手心，骨骼机甲瞬间回缩，再一次变成一个圆球，她往上抛了抛："这东西不错。"

不知道用了什么技术，圆球自带浮力，减轻了重量，一旦变形成骨骼机甲贴在人身上，又会恢复重量。

"学妹，不愧是你。"后面的学长竖起大拇指，"这骨骼机甲贴身穿足足有一百公斤。"

一百公斤的重量是目前联邦能制作出来的最高水准，联邦的科研人员找到了最轻便的材料，混合制成，既有足够的性能，又兼具灵活性，只是需要穿戴者进行一些体能训练。

左洛欢握着圆球，看着纪越之："我们要去矿场？"

纪越之点了点头："项学长负责清扫港口，我们现在去矿场。"

左洛欢转身，和他并排走。她的手臂明明受了伤，却仿佛没有事一般，甚至还要开车，但被纪越之拦住了。

"我来开，你休息一会儿。"纪越之率先坐上驾驶座。

车是港口西联军的，只需要口令 ID 便可操控。纪越之没有立刻系上安全带，而是等着左洛欢上来，然后俯身帮她系上安全带。

处于潮期的天乾对疼痛的敏感度会降低，她可能不觉得自己伤口疼，但是他看不下去。

左洛欢垂眼看着纪越之的侧脸，落在旁边的手指动了动，最终也没有做什么。

纪越之起身，坐好，启动汽车，带着救援军一起赶往矿场。

矿场的情况不算乐观，他们虽然不用护着普通民众，但无数三代机器人狗从地下拥出来，数量与港口那边相比只多不少。

到第二天中午，严岩和罗绍圆、江弘会合了，他们不断往矿场方向移动。两边其实都已经筋疲力尽了，但双方会合后，带来的士气又让他们可以支撑好一阵子。

"东面那边有三代机器人狗也就算了，矿场其他地方也有？"江弘十分不解，问 377 军的团长，"你们的人在这里，都没有发现异常？"

377 军的团长脸色难看："没有。"

不用江弘指出来，从矿场出现三代机器人狗开始，他无时无刻不在质问自己为什么。

"看样子 377 军漏成筛子了。"江弘道。

377 军的团长下意识想反驳，但什么都说不出口。

"不是所有的 377 军都有问题，孙队长和队友们用自己的命换取了大家的安全。"罗绍圆长在北区，对凛冬军有天然的好感，听不得江弘这种嘲讽的话。

江弘耸肩："我只是提醒一句。另外，东面矿山那边出现过机器人狗，当时去救援的人没有发现异常，要么是伽什罗人动了手脚，要么……”

377 军的团长的目光闪了闪。

伽什罗人不会有动手脚的机会。

那次东面矿山提前爆炸，严岩的父亲带人救援，结果碰上二次坍塌，也有不少人受伤，接着是 377 军的另一支中队去救援的。

如果有人在东面的矿山下面动手脚，只有他们有机会。

“银青矿料……是他们发现的。”377 军的团长犹豫地道。

“这些先不说了。团长最好先将 377 军集中，一起对付三代机器人狗，等现在的事情了了，再做调查。”江弘道。

实际情况是，凛冬军和西联军都会和 377 军保持一定的距离，谁也不知道 377 军内部会不会有人突然攻击他们。

377 军即便心中不舒服，也只能接受。

377 军的团长却没有集齐所有人，军中有些人不知所终，有些人死在三代机器人狗手中，他目光扫过目前所有的 377 军士兵，眉心一皱：“卢辉在哪儿？怎么没有看见？谁见到过卢队长？”

严岩一愣，之前卢叔和他们一起在医院，后来来了一支凛冬军，在医院护着他父母，西江流放星大乱，孙珑醒过来后，严岩便和父母以及凛冬军将居民引入地下，卢叔则说带人去矿场，

“团长，卢队一直没有出现过。”

“我也没见过。”

严岩的父母听着他们说的话，脸色逐渐难看起来。这个时间节点，失踪不见，除了死亡便只剩下一种可能。

旁边的江弘眯了眯眼，方勇说过，孙珑是被人打了毒针，只不过对方没来得及打完，她才只是陷入昏迷。

在严岩的父亲一直守着的情况下，还能打下毒针，这个人……非卢辉莫属。

江弘低头将卢辉的资料调出来，他和严岩父母的情况类似，和严岩的父亲从小到大都是朋友，又在北区救过孙珑一次，所以两家一直都是至交。

这样的人要背叛联邦，并试图杀害好兄弟的妻子，一定有什么原因。

什么原因能激发这种可能呢……

江弘躲在一旁，趁机将自己手中的资料发给纪越之，并告知卢辉失踪一事。

“江弘发了消息过来。”纪越之开着车，垂眼掠过自己手上的光脑，侧过脸对左洛欢道，“你能不能帮我打开看看？”

左洛欢闻言，朝他靠去，抬手点开他的光脑。她将光屏划到自己面前：“是卢辉的资料，江弘说他失踪了。”

她一目十行地浏览光脑上的资料，根据上学时和参军后的评价，卢辉此人吃苦耐劳，性情温和，不是什么偏激的人，育有一子，A 级天乾，但去年没有考上军校，只能留在西江流放星。

左洛欢的目光停在这一行信息上，她当然知道，分化了的 A 级天乾没有考上军校，说明文化成绩有问题。

377 军的团长曾经说过，二十年了，377 军很多人都盼着离开，不是因为他们在西江流放星吃不了苦，而是很多人结婚生子了，孩子又长大了。

有能力的可以考上军校，没考上军校的，就需要出去看一看了。

左洛欢将光屏收了起来：“或许是自己的孩子没有考上军校，对联邦心生怨恨。”

背叛联邦，有太多原因了，有的原因甚至令人费解。比如众所周知的任平泊，他享尽联邦最好的资源，有着最好的教官，无数朋友，万人瞩目，即将成为联邦新一代保护神，他却摇身一变，去了伽什罗帝国。

叛逃之前，任平泊的教官惨死于他之手。

理由？

任平泊只留下一句话，是他扔在自己教官血泊里的光脑录像：“你们联邦真是无聊。”

这么短短一句话，那些年在联邦人心中不断重复着。

开着飞行器的八百人最先抵达矿场那边，他们穿着骨骼机甲，从上面跳下来时，在别人看来如同一群机械兵。

罗绍圆仰头张大嘴感叹：“要不是上面写着十七军，我都有点怀疑这是伽什罗人派来的。”

“他们身上穿的应该是完整的骨骼机甲。”江弘认出来了，“我们之前演习赛的时候用过一个不完整的。”

罗绍圆眼睛里流露出渴望：“我也想试一试。”

不过下来的救援军没有时间理会他们，全部去对付三代机器人狗了。有他们出手，已经抵御了两天的集团军顿时能松一口气了。

“学长学姐来了。”严岩远远地望着一排车朝他们这边赶来，顿时道。

“真是他们。”江弘见到了打开车门的左洛欢，“怎么可能！她竟然有骨骼机甲！”

他的语气充满羡慕与嫉妒。

左洛欢见有三代机器人狗朝他们这边扑来，也不要纪越之停车，直接打开车门，按下圆球上的按钮，飞速穿上骨骼机甲，踩在车的踏板上，瞬间跳了下去，动作一气呵成，将车头前方的所有三代机器人狗清扫得一干二净。

她几乎是暴力拆断三代机器人狗的头与身子。

纪越之脚踩刹车，车猛然靠左停下，他打开车门跳了下来，握着光枪射中那些张开口的三代机器人狗的喉咙。

他没有穿骨骼机甲，毕竟目前还不是那么适应，穿了反而会影响行动速度。

这些原本嚣张至极的三代机器人狗，在救援军到来后，瞬间被碾压。其他集团军则被要求撤离，防止爆炸伤到他们。

纪越之站在左洛欢的另一边，他还没来得及到她身边，身后便有一个学长一连打中好几只三代机器人狗，引起连续的爆炸，爆炸范围顿时扩大了好几倍，当即便有一堆爆炸物朝他飞来。

纪越之下意识地要躲开，但前方有两只三代机器人狗伸长了脖子朝他咬来，一旦他打中它们，前后便都会有爆炸物。

他还未做出反应，一道黑影掠了过来，整个人将他抱住，抬起他的手，握着那把光枪，打中了两只三代机器人狗。

和想象中一样，前后都有爆炸物飞过来，只是没有碰到他，全落在了抱着他的人身上。

纪越之转头望着黑色的骨骼面具，他的侧脸贴在冰冷的机甲外壳上，听着飞溅物击中左洛欢的声音，眉眼间浮起急躁之色，却又不敢乱动。

“你跟着我，别分开。”左洛欢等那些飞溅物落下后才对纪越之道。

“好。”

虽然有了救援军，但还是到深夜三点才将矿场上的三代机器人狗清除得差不多。他们特意避开了东面那座矿山，以免损坏矿料。

“集团军先驻扎休息，救援军会继续搜寻三代机器人狗的踪迹，以免它们突然偷袭。”纪越之安排完，所有人便回矿山临时搭建的住处休息了。

休息前，救援军已经将住处检查过一遍。

等他们休息时，天都快亮了。

纪越之和左洛欢都没有休息，港口那边彻底清扫完后，又分出了一千救援军，准备将西江流放星各个重点地方一一排查。

“这东西穿上后行动起来不方便。”江弘试穿了一件骨骼机甲，才发现这东西虽然看起来轻薄，但穿在身上会让人行动不便。

“需要多练。”罗绍圆显然比江弘更适应骨骼机甲，她的力气更大。

严岩也还行，从小在矿场长大，他力气也不小。

左洛欢瞥了几人一眼：“休息够了，就跟着我们去市区清查。”

这一排查足足进行了三天，最终才确定没有了三代机器人狗。

矿场那边还拘着一部分三代机器人狗，等着首都那边来研究员。

“你还没住过这儿吧，今天好好享受一把。”江弘撞了撞严岩，“后天我们可以回去了。”

他们清查完后，有一部分人被安排住在西江府，这里空房间多。

纪越之和左洛欢回了原来的房间住，只不过这次可以将那些窃听器拔除并毁掉了。

左洛欢手臂上的伤虽然因为多次牵扯有所加重，但好在只是普通的伤，上了几次药，好得很快。

她在浴室洗完了澡，出来前扯了条毛巾随便擦了擦头发，之后赤脚站在客厅吧台前，仰头喝尽手中的冰水。

即便这样，她心中的浮躁也去除不了。

这时候，房门被敲响，左洛欢抬眼，没有动。

这次潮期来势汹汹，靠着清除那些三代机器人狗才算发泄出一点，但今天晚上她明显感觉浮躁感再一次翻涌上来。

大概是没有人开门，门外的人以为她睡了，便没有了声音。左洛欢以为人走了，可隔了一段时间，敲门声竟然又响了。

带有节奏的两声。

左洛欢放下水杯，玻璃杯底部碰到吧台发出清脆的声音，等她走向玄关时，杯壁逐渐裂开，最后碎裂在吧台之上。

“怎么了？”左洛欢一开门，见到外面的人，眉梢间原本的不耐烦瞬间消失了，只剩下诧异。

纪越之举起手中的一支抑制剂：“我向学长要了一支S级的抑制剂，给你。”

左洛欢盯着他半晌，没有伸手要，目光中反而透着说不出来的意味：“你向哪个学长要的？”

纪越之似乎没有察觉她的异样，继续道：“项学长。我记得他最近也是潮期，应该会随身……”

左洛欢冷冷地打断他的话：“你还记得项承平的潮期？”

“之前项学长和我说过。”纪越之还举着抑制剂。

“这种事情都要和你说？”左洛欢烦躁地嗤了一声，抓过他手中的抑制剂，“我说了，S级的抑制剂对我没用。”

纪越之终于察觉到她在生气，抬眼解释：“在学校医务室碰见项学长时，他拿着抑制剂，所以才说了几句。”

“这些事情不用和我解释，是你们之间的事。”左洛欢握着抑制剂，“谢了。”

纪越之抿唇：“你不是说……没用，要不要我找方医生来？”

“潮期而已。”左洛欢忽然笑了一声，好整以暇地看着纪越之，“知不知道我现在最需要什么？”

纪越之对上左洛欢的目光，下意识地往后退了一步，却已经来不及，被她直接拉进了房间。

原本左洛欢只开了一半的房门，手握着门把手，随时准备关上门。她过来开门仅仅是想让门外的人离开，却没想到这个人是纪越之。他站在门前，用那双漂亮干净的眼睛看着她，身上还带了一点沐浴后的香气，她不太喜欢。

听着纪越之的话，左洛欢有些分神。她想，这香味没有鸢尾的味道好闻。等听见他说抑制剂是从项承平那儿拿来的时候，她心中便更加烦躁了。

从大一开始，纪越之的名字便时常和项承平联系在一起，以前所有人都以为他会分化成天乾，左洛欢没有多想过，但现在他是地坤……只要一想到他去借抑制剂时，项承平也处于潮期，她心中便涌起阵阵不悦。

处于潮期的天乾如果有地坤的费洛蒙抚慰，会镇定如常，他们又都是年轻单身的天乾，这期间见到地坤，不会多想才奇怪。

面前的人还在说："要不要我找方医生来？"

左洛欢心中那根早已绷紧的弦倏然断裂，一把将人拉了进来，瞬间把房门关上了。她的长腿抵着纪越之的腿，侧头靠在他后颈上："我们越之不是过目不忘记性极好？几天前就对你说过，S级的抑制剂对我没用，不记得了？"

天乾灼热的呼吸洒在地坤后颈上，带着强烈的威胁，只要地坤没有问题，一定会生出警惕之心，推开天乾。

纪越之没有推开左洛欢，反而偏过脸想要看她。

两人靠得太近，他的鼻尖不小心蹭到了左洛欢的侧脸，长睫颤了颤，抬眼望着她，露出有些无辜纯净的神情："我以为……总会有效果，你看起来不舒服。"

凑得近了，左洛欢能嗅到纪越之身上掩盖在沐浴露香气下的费洛蒙，很浅很淡，却很诱人。

左洛欢一只手揽着他，另一只手用力按在房门上，忍耐得指节有些泛白，她闻着那一点点浅淡的鸢尾香，咬着牙，几乎尝到了口中的血腥味，才微微松开人，准备让他离开。

这时候，纪越之轻声地问："很难受？"

"我没事，过段时间就好了。"左洛欢已经松了手，头后仰，拉开两人的距离，准备让开一步。

偏偏此时，纪越之伸手拉住她："之前你帮过我，现在我可以帮你。"

左洛欢非但不高兴，眉心反而升起一股戾气："谁帮你一次，你就要帮谁一次？"

纪越之靠着门，偏头看着左洛欢，没有回答她，而是问："你说过要告诉我一个秘密，我想听。"

左洛欢："……"

处于潮期的天乾脾气较往常会暴躁一些，通常情绪也会更外露。

纪越之盯着对面的左洛欢，不错过她脸上的任何情绪，他忽然笑了笑，如同春花乍开。

左洛欢被他的笑容晃了神，下一秒，他凑上前来，整个人送进她的怀里，唇径直贴了上来。

满室鸢尾甜香。

"现在有没有好点？"纪越之的唇贴着左洛欢蹭了蹭，抬眼问她。

左洛欢仰头，躲开他幼稚的行为，喉间动了动，伸手桎梏住他的下巴："纪越之，没人说过你演技很差？"

一个成绩门门优秀，且从来不像她一样逃课的优秀学生，会不知道处于潮期的天乾需要什么？

纪越之不说话，安静看着她。

等级越高的天乾，潮期时的反应越严重，一室的鸢尾香，对面还有一个送上门的地坤，天乾再没有反应的话，大概是哪里有问题。

左洛欢骤然低头亲了过去，有些粗暴地咬开他的唇。对面的人双手环住她，离天乾更近了一点。

地坤的身体抱着像是一团软云，天乾根本舍不得放开，稍微松开一点，让地坤得以呼吸，又继续亲上去。

"故意的？"左洛欢抵着纪越之的额头问道。

纪越之很乖，半垂着长睫，任由面前的左洛欢动作，也不说话，好像刚才亲她的人不是他，故意挑拨天乾的人也不是他。

左洛欢问道："怎么不说话？"

纪越之抬眼望着左洛欢，和之前的压抑烦躁不同，她眉眼间染上了说不清道不明的神色，看着他的眼神极为复杂，有深情也有凶意。

地坤轻轻合上唇，很乖地看着她。他的长睫颤得厉害，让原本露出一点凶意的天乾怔住了。

左洛欢再次亲上了纪越之的唇，只不过这次温柔了不少。

天乾抱着地坤上床，按着他，在后颈磨蹭亲着，地坤受不了这种慢条斯理的磨蹭，浑身都红了，偶尔想要挣扎，还是被天乾凶狠地按住。

至寒冰雪的气息逐渐笼罩在整间房间内，冰冷的气息贴在地坤身上，正好缓解了他涌上来的热意。

纪越之有些沉迷地蹭了蹭身后的天乾，想要她释放出更多的费洛蒙，鸢尾的香气也越来越甜，混着冰雪的味道，渐渐成了另一种带着水汽的甜味。

"越之……"左洛欢突然喊了一声。

"嗯？"纪越之还想要她更多的费洛蒙，迷茫地回头，想看着她的脸。

下一秒，他被左洛欢按住了。强势霸道的天乾费洛蒙骤然爆发，地坤浑身一僵，只觉得自己全身都被浸染上了冰雪的气息。

地坤心甘情愿地臣服，两股费洛蒙逐渐融合在一起，室内暧昧横生。

良久，左洛欢心中的烦燥散了点，她松开纪越之，将人拉起来。他额间布满了细汗，她抬手帮他擦干净。

"下次别做这种事。"左洛欢没想到纪越之会这么……激她。

"什么事？"纪越之靠在左洛欢肩膀上，眉宇间带着倦意。

左洛欢伸手捂住他的眼睛，低声道："早点休息。"

那个秘密，今天晚上到底没有说出来。

天乾释放大量费洛蒙后便冷静了许多，已经到嘴边的话，被她咽了下去。

左洛欢轻轻地捂住纪越之的眼睛，让他早点休息。

地坤是真的累了，就这么靠在天乾的肩上睡着了。

左洛欢听着纪越之的呼吸声渐缓变长，这才移开手掌，低头看着他：地坤一张脸清隽俊美，长睫如鸦羽，因为刚才的事，唇上透着几分艳，即便是睡着了，身上也带着点不自知的勾人气息。

她抱着纪越之坐了一会儿，等到彻底平静下来，才将他轻轻放在床上，帮他盖上被子。她站在床边，看了半晌，才转身离开。

第二天一早，纪越之醒过来时，房间内没有别人。他坐在床上，怔忪了片刻，才起来走出卧室。

他依旧没见到左洛欢的身影。

桌上有一张地坤防护贴，给谁的不言而喻。

纪越之沉默了一会儿，贴在自己后颈上，开门走了出去。

“纪……”罗绍圆正好也开门准备去餐厅吃饭，见到纪越之便下意识地打招呼，然后陡然发现他出来的房间不对，“你怎么从左洛欢的房间里出来？”

昨天她分明见到两人和之前一样，进了各自的房间，怎么现在纪越之从左洛欢的房间出来，还穿着睡衣？现在不用再演戏了吧？

“昨天晚上换了房间。”纪越之还未开口，左洛欢便从走廊拐角处走了过来，手中拎着打包好的早点。

“这样啊……今天我们有什么事做？”罗绍圆也没有多想。

“没什么事，377 军失踪的卢辉被找了出来。”左洛欢走到纪越之面前，转头对罗绍圆道。

“那我先去吃东西。”罗绍圆朝两人点了点头，转身往电梯那边走去。

等电梯一路往下，罗绍圆忽然想起左洛欢手中拎的东西。她有些纳闷，酒店不是可以叫人送早餐上来吗，左洛欢怎么还要特意打包？

不过这种小事，罗绍圆也没有想太多，毕竟电梯已经到了餐厅那一层，她该吃饭了。

“饿不饿？”左洛欢提起手中的东西，“我打包了一点早餐，一起吃？”

纪越之抿唇看她，没有动。他既不说好，也没有说不好。

他站在房门口，刚出来，房门还未关好。

左洛欢往前走了一步，一只手越过他的身体，推开房门后，才牵起他的手，带着他进来。

打包上来的都是纪越之喜欢吃的东西。她记得他所有的喜好，虽然是他父亲告知的。

两人坐下，安静地用餐。

左洛欢昨天晚上并没有在酒店休息，而是直接出去了，跟着凛冬军一起，去搜寻失踪的卢辉。

卢辉在西江流放星待了二十年，早已经对这里了如指掌，所以这么多天，众人一直没有找到他的踪迹。

“他的儿子在哪儿？”左洛欢问旁边的人。

“去年在西区一家公司上班，前几天失踪了。”

左洛欢皱眉，照这失踪的时间，恐怕卢辉的儿子已经不在联邦了。

联邦对背叛者有惩罚，同时还会监管背叛者的家人，既然卢辉真的背叛了联邦，儿子的去路恐怕早就铺好了，不管他自己有没有被发现。

“我知道一个地方。”严岩的父亲这些天憔悴了不少，走过来时，脸色不太好看，他眼神沧桑，“以前我们刚来西江流放星时常去的一个地方。那里很偏，但有一个很漂亮的湖，像我们家乡那边的湖。”

严岩的父亲和卢辉一起长大，一起参军，一直到现在，他都没有想明白卢辉为什么要做这些事。

深夜，左洛欢带上一队人，跟着严岩的父亲往那个湖赶去。

到达的时候，卢辉确实在那里。他坐在湖边，在夜色中，望着一片漆黑的湖水，显然在等着他们的到来。

“你还是告诉了他们。”卢辉转头看向严岩的父亲。

“告不告诉，找到你都是迟早的事。”左洛欢冷冷地道。都到这个时候了，他还试图让严岩的父亲心中留下愧疚的阴影。

卢辉盯着左洛欢片刻，忽然哈哈大笑：“像你们这种天之骄子，在首都享受一切优质资源，接受最好的教育，我的儿子一个 A 级天乾却因为待在这种鬼地方连所军校都考不上。”

果然……

左洛欢听见他的话，没有半点奇怪。卢辉的妻子十年前意外离世，大概他的性格已经发生了转变，儿子没有考上军校，便成了导火索。

“同样在西江流放星，同样早分化成天乾，卢队长从来没想过，为什么严岩可以考上第一军校，你的儿子却考不上任何一所军校？”左洛欢道，“考军校从来都是靠文化分和体能分，文化分自己不学，谁也救不了。”

左洛欢调过卢辉儿子当年的成绩，那种成绩和教育资源无关，纯粹是不想去军校。

不是所有人都想去军校，一旦考入军校，顺利毕业后，就会加入集团军，从此生死不定。

卢辉的脸色渐渐阴沉了下来：“我就是不甘心！凭什么他严家就能越过越好？我妻子死了，儿子考不上军校，凭什么还要为联邦效力？在这种鬼地方一待就是二十年。如果我没有被调到这里，我妻子就不会死！”

当初见到卢辉时，这位中队长热情大方，对待小辈很是和气，谁能想到，他的内心早已经扭曲。

“卢哥……”严岩的父亲也从来没有看出卢辉内心的真实想法，他几度张口，却不知道该说什么。

卢辉救过孙珑，却又对她下死手，只是没有得逞。

他们四十多年的交情，抵不过嫉妒二字。

“每一次看到你们，我都非常不舒服。”卢辉盯着严岩的父亲道，“凭什么！”

他这副嫉妒得快发狂的样子，让在场的人下意识地放松了警惕。下一秒，卢辉手中光枪一转，对准自己的脑袋。

在所有人都没有反应过来时，左洛欢一枪打在卢辉手上。他的枪也响了，但发生了偏移，子弹是擦着脸过去的。

“因为你的背叛，那么多人失去了性命，这笔账没算完，就想轻松自杀？”左洛欢示意人上前控制住卢辉，“没那么简单。”

卢辉被压在枯草地上，疯狂地挣扎：“哈哈，谁让你们要过来呢？一听见银青，一个个来得比谁都快，整整二十年怎么没见有人来帮忙？”

左洛欢瞥了卢辉一眼，打了一个手势，立刻有人把他打晕了。

“我没想到卢哥会这么想。”严岩的父亲偏脸不去看晕倒的卢辉，叹息道，“377 军当年其实要被凛冬军淘汰了，我们为了保住凛冬军的名称，才愿意来西江流放星。”

凛冬军的竞争一直十分激烈，因为北区一直都是伽什罗人重点攻击的地方，实力不够强，在边境线只会白白牺牲。

“听说过。”

“卢哥性格正直，我从来没有想过他会钻牛角尖，我们都知道为什么北区没有集团军来帮忙开采。”十年前卢辉的妻子意外身故，严岩一家一直陪在卢辉身边。半年后，卢辉恢复正常，大家都以为没事了。

北区边境线从来没有停止过战争，无非是大小的问题，哪里可能抽调得出来军力？

“卢辉我们会带走。”左洛欢看着严岩的父亲，“我记得 377 军已经交接完事务，可以一同回去。”

严岩父亲点头，有些怅然。

“你……”

“我……”

面对面用餐的两人同时开口，又在听见对方的声音后停了下来。

“怎么了？”左洛欢先开口问道。

纪越之放下筷子：“你昨天晚上没有休息？”

左洛欢一怔，没想到他问这个，点了点头：“晚上不是很困。”

她转移话题道：“我们明天要回首都了。”

他们一直在西江流放星处理三代机器人狗的事，首都那边并不太平。

从纪西修和十七军来西江流放星的消息放出后，首都便有异动，虽然背后的人很快察觉出异样，没有再轻举妄动，但纪西修等的就是他们露出蛛丝马迹，一连串动作之后，再次揪出了埋伏在联邦的钉子。

“嗯。”纪越之起身，“我先回去了。”

等他走过餐桌，左洛欢忽然伸手拉住他。

纪越之偏头看她，两人对视，谁也没有先出声。

最终左洛欢起身，但没有松开他的手，她脸上总是挂着的笑容也已经消失，这么看着有点冷意，眼神却极为认真。

“潮期我当你不清醒，昨天晚上你说因为我帮过你，所以也帮我一次。”左洛欢松开纪越之的手腕，却没有离开，反而顺势而下，交握住他的手指。

两人十指相缠，一个掌心微凉，一个手掌温热，交握的那瞬间，各自心中皆是一动。

纪越之垂眼，周围所有的声音都消失了，只剩下对面人说话的声音。他隐隐有所察觉她接下来要说什么，又怕不是自己想的那样，手指绷得极紧。

“今天你不在潮期，也不欠我的。”左洛欢轻轻地摩挲着他绷紧的手指，继续道，“所以现在想问你一件事。”

纪越之不由得抬眼看她，嗓音有些发紧：“什么？”

他显然有些紧张。

左洛欢也并不见得有多轻松，见到他这副模样，眼中终于带了一些笑意：“我应该是喜欢你的，你喜不喜欢我？”

纪越之那修长白皙的脖颈处泛起大片浅浅的红色，一直蔓延到耳尖。他偏过头，不去看左洛欢，但他可以清晰地听见自己的心跳声。

“你还没有告诉我，那个秘密。”片刻，纪越之道。

“嗯，你先回答我的问题。”左洛欢温声道，“然后我再告诉你。”

纪越之对上左洛欢的目光，什么乱七八糟的计划全部抛之脑后，只剩下对面这个人说的话。

“喜欢。”纪越之又轻声说了一遍，“我喜欢你。”

没有人知道此刻的左洛欢有多紧张。她向来散漫惯了，即便是被抓住审讯，心中也没有过多的波动，只会冷静地思考周围的情况如何，该如何逃出去。极致的疼痛也没有让她产生过什么情绪波动，无非是疼一点，事后疲惫不堪而已。

从来不像现在，宛如一个等待判刑斩首的人，她的心提了起来，只等着最后那一刀。

所以纪越之说那句话前，左洛欢甚至在走神。她在想，如果对方否认，接下来该怎么做？只要他有一丝意愿，她都不会放手。

“我喜欢你，左洛欢。”纪越之再一次道。

左洛欢终于回神，眉眼间轻松多了，带着笑，将人揽进怀里，两人相拥抱着，心跳在传递。

片刻后，她贴在他的耳边，道：“我的秘密是……我喜欢你很久很久了。”

第十九章 在一起

她喜欢自己很久很久了？

纪越之靠在左洛欢的肩膀上一怔。他想过她要告诉自己的秘密是什么，猜过很多可能，甚至大胆地猜过是“我喜欢你”这句话。

只是“我喜欢你”和“我喜欢你很久很久了”，这是两种不同的意义。

左洛欢拥着纪越之，垂眼能看见他后颈贴着的那一张防护贴。他身上沾染着的费洛蒙已经不太能闻到了，但她知道防护贴底下是自己在他身上留下的痕迹。

“先去换衣服，收拾行李？”左洛欢松开他，温声问道。

左洛欢说完后，又极快地恢复冷静，似乎没有太受影响。若不是她还牵着他的手，他恍惚间会以为刚才只是自己产生的幻觉。

“好。”纪越之应了，却没有动。

左洛欢抬起另外一只手，捧起他的脸，没有任何理由，只是想这么做而已。

纪越之也不抵触，甚至把脸贴在她掌心，轻轻地蹭了蹭，十足乖巧的模样。这让她想起潮期的那些天，他也是这么乖，只要她伸手，他就会迎上来。

不过那时候，她只认为是他神不清醒，而现在他站在她面前，说他也喜欢她。

左洛欢的大拇指顺着纪越之的侧脸，一直移到他眼尾处，轻轻地抚摸着，微凉的指腹代替嘴唇，极其温柔地描绘着。她目光渐深，又带着克制，最后，她缓缓地垂下手，牵着他往对面的房间走去。

她站在客厅，等着纪越之换好衣服，和他一起下楼。

“这两个人是不是有点怪怪的？”江弘一早就下来了，和严岩在大厅帮忙清点西江流放星牺牲的人数，见到左洛欢和纪越之一起下来，不由得问旁边的学弟。

严岩抬头看过去，认真观察了一会儿：“学姐和学长有什么怪的？”

“唉，你不懂。”江弘摇头，“左洛欢不是这种人，她平时就喜欢摆出那副爱谁谁，不关我事的样子。刚刚你没看见？她居然冲纪越之笑了。”

不是挑衅的笑，也不是那种吊儿郎当、漫不经心的笑，只是简简单单的一个浅笑，总之，有说不出来的感觉。

“哦。”严岩没看出来，他觉得两个人和平常没什么区别。

“算了。”江弘现在有点怀念关雪和钱茂，那两个人这时候一定会和他一起讨论。

这次来的西联军和凛冬军伤亡数量不少，尤其是西联军，如果不是救援来得及时，他们这次可能真的要全军覆没了。

“西江流放星目前没有星主，会由西联军和凛冬军各出一个人，同时掌管西江流放星。”项承平见到左洛欢和纪越之，走过来道，“明天一早我们要回首都。”

项承平扫了一眼左洛欢，昨天下午纪越之向他要了一支天乾抑制剂，他还在想是谁的潮期到了。一开始以为是江弘，但今天早上见到江弘，根本没有任何异常。

给了左洛欢？

项承平和第一军校的其他人一样，以前都认为左洛欢和纪越之关系不好，这次两人一起出来，倒是一件稀奇的事，他猜大概是前段时间，他们同在一个队，经常一起训练，所以关系好了一点。

“你身体没事吧？”项承平道，“我的抑制剂只有S级，不知道你能不能用。”

他也听说过左洛欢的等级高得离谱。

“我没事。”左洛欢从口袋里拿出那支抑制剂还给项承平，看了一眼纪越之，“确实用不上。”

项承平有点同情：“那你只能先忍忍，还有几天才能到首都。”

天乾都知道潮期难熬，抑制剂也只是起到减缓的作用，最好的方法是与地坤结合。

不过年轻单身的天乾只能靠抑制剂，外加忍一忍就过去了，左右就几天时间。

“多谢学长提醒。”左洛欢礼貌地回复，并意有所指地道，“也不用太忍着。”

可惜项承平没察觉，点了点头：“我先去召集救援军，明天一早我们就准备出发。”

左洛欢说得不算错，今年的潮期，她确实不用像往常一样忍着。虽然不至于完全解决，但抱着纪越之，嗅着他后颈散发的费洛蒙味道，也满足了几分。

这个人，现在是她的。

左洛欢抱纪越之时，他克制不住，鼻腔会发出一声极浅的哼声，又因为呼吸过快，听起来像是呜咽声。

天乾占有欲强，地坤这种示弱的表现，极大地满足了她的心理。她便不再折磨他了，直接释放出费洛蒙。

等到左洛欢松开纪越之后颈，他早已经站不住了。她将人带到沙发上，让他坐在自己身边。

不知道察觉出了什么，左洛欢对纪越之低声说了一句话，他便几乎坐不住了，要起身，但被她按住了。

“地坤正常的生理反应。”左洛欢一边按着人，一边哄着，说出来的话却让纪越之更想离开，“之前潮期也有过。”

两人没有做更进一步的事情，只是天乾花样多，让地坤招架不住，几乎快化成一团棉花了。

明明是天乾的潮期，左洛欢只是纾解，反倒是纪越之被弄得很狼狈。

纪越之双手搭在她肩上，在灯光下格外惑人。

左洛欢也没有做什么，只是曲起一条腿。

她还穿着裤子，格外粗粝牢固的料子，让纪越之隐隐发疼，又带来另一种说不出的滋味。

“这种事情……”左洛欢眉眼间夹着凶意，语气却冷静，好像她什么也没干，“在潮期的时候，就想对你做了。”

纪越之低头对上左洛欢的眼睛，随后有些脱力，将额头贴上她的额头，喘了喘，平复着自己的呼吸，缓慢又清晰地道：“你想要做的，以后都可以对我做。”

左洛欢愣了愣，随后笑了，问道：“纪越之，这算不算情话啊？”

“嗯。”纪越之有些难耐地应了一声，长睫颤了颤，主动贴在左洛欢唇上。

天乾有多恶劣？

明明是她处于潮期，偏偏要看着地坤无法自控，主动送上来。

地坤哪里会不知道天乾的心思，只是他们才交换心意，她做什么，他都愿意陪着。

左洛欢亲了亲他的唇，隔着薄薄的一层长衫，伸手按在纪越之腰上，偏头提醒道：“光脑响了。”

纪越之靠着她，垂眼去看自己手腕上的光脑，霎时从混沌中清醒过来，仰头看着左洛欢，目光透着几分求助：“是我父亲。”

他现在的样子，如果接起通信，对面的纪西修绝对会一眼看出来刚才发生了什么。

左洛欢抬手将他滑落下去的衣服拉拢，随后取下纪越之手腕上的光脑，又将人抱到沙发的一头，扯过薄毯裹着他，自己坐在沙发的另一头后，这才点开通信。

“左洛欢？”纪西修见到光脑对面的人一愣，却没有再问自己的儿子在哪儿，只道，“西江流放星发生的事是任平泊的手笔，你之前在那里遭遇过什么事？”

左洛欢没有隐瞒，大致说了以前发生的事。

纪西修皱了皱眉："这么说来，任平泊一年前应该就盯上了你。此人最喜欢挑战，你虽然比他小一轮，但等级在天乾中高得罕见，又是左狄鸿的女儿，他不会轻易放过你。"

左洛欢听到纪西修的话，并未有多大的反应。即便任平泊不找她，她也会找任平泊。

"首都的事情，目前暂时处理好了，之前我说要去西江流放星，只是幌子。"纪西修原本是想和自己的儿子道声歉，却没想到接通信的人是左洛欢。

光脑被左洛欢拿在手里，纪西修不用想，都能猜到刚才可能发生了什么，估计自己的儿子就在旁边。

"我会告诉他。"左洛欢道。

纪西修心中的感觉复杂难言，在挂断通信前，他没有说话，但之后左洛欢的光脑收到了一条消息。

"小越身体不好，我希望你能克制一点，另外措施做好。"

是纪西修发来的消息，左洛欢没有觉得不好意思，只是盯着最前面的半句看了半晌。

纪西修明显知道两人的关系，没有阻止，也没有说任何其他的话，只是发来这么一点提醒。

左洛欢和纪越之待在一起这么久，并没有见过他吃药或者身体不适，唯一能想起来的地方，只有他潮期在她家的时候，表现有些异样。

"怎么了？"纪越之坐在沙发另一头，渐渐平静了下来，见左洛欢低头一直看着他的光脑，觉得有些不对，下意识地问道。

左洛欢关了光脑，朝他坐过去："没事，你身体难不难受？"

纪越之没有多想，微微摇头，一双湿润漂亮的眼睛望着左洛欢："想回去换衣服。"

左洛欢顿时了然。她抬眼看着纪越之，道："我帮你去拿，在这儿等我。"

选睡衣这种事情，她熟。

左洛欢去隔壁房间拿了另外一件睡衣过来，然后去浴室洗澡，脑中不断回想纪西修前半句话的意思。

纪越之分化期来得极晚，或许是因为身体问题？还是说，纪西修仅仅是觉得她作为天乾等级太高了？

带着一身水汽出去时，左洛欢迅速收敛起自己的情绪。她走进卧室时，纪越之已经侧躺在床上了。听见声音，他想要起身，却被她按住了："明天要起早，睡觉。"

左洛欢直接将卧室的灯熄灭，她站在旁边，随意地擦了擦头发，听到纪越之渐渐平稳的呼吸声后，才走出房门。

左洛欢用光脑发讯息："纪家这几年请了多少次医生？有没有用药的记录？"

江弘大晚上正在和远在首都的关雪、钱茂两人说着这次在西江流放星的经历，忽然见到左洛欢发来的消息，他撑着脸想了想，回复："怎么突然想起问这些？"

左洛欢回复："能查到的信息都发给我。"

江弘顿时来了精神："洛欢，你又想对纪越之做什么吗？别了吧，虽然你们是对手，但老实说，我觉得纪越之人还挺不错的。"

左洛欢皱眉，她对他做了什么？这些人一个个的不知道在想什么。

下一秒，酒店房间内的江弘收到这样一条信息："他再好，也是我的。"

江弘纳闷了，给左洛欢连发了三个问号。

这叫什么话？

江弘当即拨打左洛欢的通信，不出意外被挂断了。他立即起身，先发了一条消息质问："你是谁，把洛欢怎么了？"

他觉得不对劲，大有冲出去敲左洛欢的门的势头。

"别来敲我房门，他睡了。"

"……"

这些字都认识，但是合在一起，他怎么就看不懂了呢？

江弘大胆地回复了一条："他是指……纪越之？"

左洛欢回复："别忘记了要查的信息。"

江弘回复："都没有那些人了，你们还要演戏吗？"

左洛欢回复："没在演戏。晚安，睡了。"

说睡是真睡，之后无论江弘发什么消息过去，左洛欢都没有回一句。

江弘瘫坐在床上，双眼放空：事情怎么会发展到现在的地步？

另一头，关雪、钱茂正和江弘说到关键的时候，他挂断了。两人一直打过来，江弘终于接了。

"你们那边怎么回事？又出事了？"关雪还以为发生了什么。

江弘面容呆滞：'出大事了……"

钱茂和关雪顿时紧张起来。

"刚刚左洛欢说纪越之是她的。"江弘瞪着眼睛道，"你们说她是不是潮期憋疯了？"

"啊？"钱茂张大嘴，他前面没听明白，但后面一句话好理解，"左洛欢被潮期憋疯了？没有抑制剂吗？一支不行多打几支。哦，不对，她情况特殊。"

反观另一头的关雪倒是惊讶过后变得平静了："然后出什么事了？"

江弘拍腿："这还不算出事吗？！洛欢明明一直和纪越之不对付！"

关雪想起演习赛前的第一次训练，冷静地反问："他们关系不好，为什么左洛欢要带着纪越之一起去西江流放星玩？"

"这……"江弘呆住了，"那纪越之要来西江流放星看一看地下黑市，我们总不能拦着他。"

过了一会儿，江弘反应过来了，问关雪："不对，你怎么这么冷静？"

关雪神神叨叨地道："我早就发现了。"

虽然，只是一点点蛛丝马迹而已。

"我不信！"江弘断然道，"你在首都，我们在西江流放星，你还早发现？早先他们两个人也就是上学期有过一点接触。"

"我们训练的第一晚，左洛欢的外套都被纪越之穿在身上，那叫一点接触？"关雪摇头，"当时我还以为自己看花了眼，现在看来，果然是真的。"

钱茂在光脑那头听得目瞪口呆，终于回想起来一点异常之处，他激动地举手：“我之前也觉得他们两人有点不对！”

江弘还在摇头：“不可能，不可能，洛欢什么时候和纪越之这么熟了？现在还待在一起，不可能！”

“左洛欢不都说了纪越之是她的？”关雪突然促狭地一笑，“她又处于潮期，和纪越之是不是做了什么？”

“……”

不能吧，对纪越之做什么，左洛欢不怕被纪西修打断腿吗？

因为这件事，江弘一晚上都没怎么睡，又不敢真的贸然去敲左洛欢的门。毕竟万一刚刚发消息的人就是她，她是真的会让他吃不了兜着走的。

第二天一大早，江弘顶着一双黑眼圈，老早就站在酒店的走廊处，死死地盯着左洛欢的房门。

“你干什么？”罗绍圆一开门就见到他这样一副模样，拖着行李过去问道。同时，她还和光脑那头的安英景一起查看着酒店周围的环境。

自从罗绍圆来西江流放星后，安英景就没理过她，她打通信发消息，都没有人回应，今天早上还是安英景头一回主动联系她。两人在房间里聊了一会儿，她看着餐厅的早餐时间快到了，就准备下楼，安英景说他想要看一下周围环境。

江弘失魂落魄地摇头，口中喃喃地道：“我不信，我不信……”

“你中邪了？”罗绍圆拍了拍他肩膀，“餐厅开门了，我们可以去吃早餐了。”

江弘推开她的手：“别管我。”

罗绍圆犹豫地朝远处的电梯看了一眼，最终还是选择留下来：“发生什么了，说出来让我乐乐……不是，听听。”

安英景扫了江弘一眼，便毫无兴趣地收回视线，转而打量着罗绍圆身后的走廊。

江弘的双手拉住罗绍圆的手，眼睛里还有点血丝：“我就是想不明白。”

“想不明白，为什么要拉着别人的手？”光脑那头的安英景皱眉道。

罗绍圆大方地对安英景道：“江同学可能心理有毛病，拉着一会儿不要紧。”

她又不是打不过江弘。

江弘哪里听得见两个人的话，只是紧紧地握着罗绍圆的手，也想要看到她脸上的震惊之色，这样自己才不会寂寞。他说：“你知道吗？昨天晚上左洛欢跟我说，纪越之是她的，你说离不离谱？”

罗绍圆正分神想着今天早餐吃什么，直接附和道：“离谱。”

江弘几乎热泪盈眶，仿佛找到了家人：“我也这么觉得，我怀疑左洛欢是因为处于潮期，脑子被烧坏了。”

他说话时，一转头，见到光脑对面情绪毫无波动的安英景，一口气哽在喉咙里，重现昨天晚上看见关雪的噩梦。

“你怎么没反应？”江弘忍不住问道。

“什么反应？”安英景吹了吹手指，“他们都在一起了，你还这么惊讶？”

江弘如遭雷劈：“在一起？”

昨天晚上还只是一句话，今天怎么就变成“在一起了”？

“你们这些臭天乾还真是有意思。”安英景带着个人情绪发泄道，“一个个看着好像厉害，也就是能打而已，脑子跟糨糊一样。”

“也不全是，我就不同。”旁边的罗绍圆自信地道。

呵！

安英景在心中冷嗤了一声，不和罗绍圆计较，看着江弘道：“在首都，伽什罗人偷袭的那晚，左洛欢不是把纪越之带走了？他们俩好几天没出现，你们都没有想想为什么？”

江弘沉默了。他想起来了，那段时间两个人确实不见了好几天。当时他以为左洛欢又趁机出去了，至于纪越之为什么不在，他不太关注。

所以……这两人在一起了？

“咔——”后面的一间房门被打开了，是前几天搬过来住的严岩，他看着江弘和罗绍圆，也拖着行李过来打招呼。

“左洛欢和纪越之在一起了。”江弘猛然爆出大料，他盯着严岩的脸，想要从中看到和自己一样震惊的神情。

严岩想了想，然后点头：“哦。”

哦？就一个哦?!

“昨天下午纪学长后颈的防护贴，江学长没有看见？”严岩才去第一军校一个学期，也不是首都直升上去的学生，对两人之间的事情不是特别清楚，昨天下午见到纪越之贴了防护贴，又想起左洛欢处于潮期，很快就联系起来了。当时他确实有点吃惊，但现在已经没有什么特别的感觉了。

“……”

“围在这里干什么？”左洛欢打开房门出来，手中拎着两个行李箱，纪越之从她身后慢慢地走出来。

江弘沉默不语，视线在两人之间来来回回扫视，最后还试图看向纪越之脖子后面。

“下去吧。”左洛欢对几人道，经过江弘时，她低声警告，“管好你的眼睛。”

“……”

好了，他不信都得信了。为了一个地坤，这么对发小。

他失魂落魄地跟着他们去餐厅，吃了一顿食之无味的早餐，游魂般上了军舰。

“该回神了。”左洛欢走过来，踢了踢他的脚，“昨天晚上跟你说的别忘了。”

江弘沉默了一会儿，问道：“你不怕纪西修找你麻烦？”

“他父亲一早就知道，再者……”左洛欢眼中泛起一丝笑意，“互相喜欢，不算什么见不得人的事。”

江弘：我酸了。

江弘在军舰上来来回回地走，不时经过左洛欢和纪越之坐的地方，眼睛偷偷地瞄着两人。

他们并排坐在一起，表面上看起来和平常也没什么区别，甚至中间还隔着两个扶手的距离，还不如前排睡得四仰八叉的罗绍圆和旁边的严岩离得近。

纪越之在看光脑，左洛欢垂眼把玩着自己手上的软刃，要是忽略之前发生的事，现在谁跟江弘说他们两个人在一起了，他得骂一声眼瞎了。

“你尿频？”左洛欢抬眼看着一个小时来回走了五趟的江弘，“方医生就在前面，他一定有办法治，年纪轻轻，不要讳疾忌医。”

“……”

这时候江弘发现，只要左洛欢一说话，里侧的纪越之便会侧头看过来，当然不是看他，是看着左洛欢。

以前没发现，江弘现在才觉得纪越之看左洛欢的样子有点……怎么说，确实是只有看喜欢的人时才会有的眼神，他认真听着左洛欢说话，无论她说什么，似乎都很有意思。

甚至带了点虔诚与倾慕。

呵！这种无形中秀恩爱的情侣更可恨。

“我不尿频，就是眼睛疼。”江弘转身就走，一屁股坐回自己的座位。

江弘气自己眼睛瞎，两个人在他眼皮底下来来往往这么久，所有人都发现了，他一个信息世家出身的人居然完全没有察觉。不过，他不会承认自己有点酸。

等点进第一军校的匿名论坛，江弘忽然之间又平衡了。有些事，他现在知道了，学校那些人可不知道。

这个消息要是传到学校去，那帮人绝对惊掉下巴。

一想到之后发生的种种情形，江弘心里又平衡了。

纪越之回到首都港口，这一次，纪西修亲自来接他。之所以分辨出纪西修是来接儿子，而不是等十七军，完全是因为他身边没有其他多余的人，连车都是私人的。

“你们直接回军校，破损的骨骼机甲交给相关人员维修。”纪西修对回来的十七军只说了这么一句话，接下来便径直对纪越之道，“小越，回家。”

纪越之朝左洛欢看了一眼，便跟着他父亲离开了。

从头到尾，纪西修没有对左洛欢说一句话。

“我看，你们……悬。”江弘看着父子俩离开的背影，用手肘杵了杵左洛欢，有点同情地道。

左洛欢却没有放在心上：“纪西修不只没有理我，也没和你们说一句话。”

“那我们和你能一样？”江弘觉得左洛欢心大，“将来，我是说万一，你们要真结婚，你是他儿子的对象，纪、左两家就是亲家！我看纪西修是对你不满意。”

“大概吧！”左洛欢不是没看出来纪西修对她有意见，但纪西修并不会阻拦纪越之和自己来往。

“学姐学长，我先和我父母过去。”严岩过来和左洛欢几个人打招呼。

左洛欢点了点头：“好。”

377军一起来了首都，之后要等左狄鸿调度。

罗绍圆中途在西区下去了，安英景带着人在西区港口等着她。她单独一个人，没有任何包袱，西江流放星的事情一了，又继续去玩了，总之寒假一天都不能浪费。

一回家，纪越之换了身居家服，后颈上贴着的防护贴便露了出来，纪西修一眼便看到了，他心中叹了一声，坐在儿子身边：“身体有没有不适？”

纪越之摇头：“她……父亲，我没有关系。”

“医生说，你现在虽然检测结果完全是地坤，但还需要时间修复，可能会有一些残留。”纪西修摸了摸儿子的头发，“她的费洛蒙等级太高，整个联邦没有哪个天乾能比得过，地坤和她结合会很吃力，你又是……有些事情再缓缓。”

“我知道。”纪越之垂头，看着地板的纹路，耳尖泛红。

“还有一周开学，骨骼机甲的事情已经暴露了，这学期你们应该都要开始学习。”纪西修提点道，“上学期大三、大四一部分学生已经试验过，各项数据都调试完了，现在会更适配一些。”

"骨骼机甲还没有完全调配好？"纪越之想起穿在身上的感觉，"骨骼机甲的重量不够轻。"

"重量已经是极限，除非还有新型的材料。"纪西修道，"目前只是第一年，需要大量军校生训练的数据，不过救援军的表现你见过了，觉得怎么样？"

纪越之见识过项承平他们实力的提升，他犹豫了一会儿，道："很强，可以抵御三代机器人狗带来的伤害。"

机器人狗的芯片控制到现在还是个谜，伽什罗人可以躲在背后操控，但联邦做不到。之前演习赛时那些改造过的机器人狗只能执行简单的命令，做不到伽什罗帝国三代机器人狗的地步。所以联邦才会另辟蹊径，研发出骨骼机甲，给集团军最大的保障。

"还有什么？"纪西修看得出来，儿子似乎还有话要说。

"救援军的实力提升了不少，只是他们应该还没有完全适应。"纪越之不由得想起在西江流放星时左洛欢穿上骨骼机甲的样子。

纪西修一双狐狸眼似乎看穿了什么，忽然露出一丝笑："能达到左洛欢那种程度，确实还需要时间。"

纪越之一怔："父亲……知道？"

"项承平发了一段视频过来。"无论纪西修对左洛欢的印象多复杂，但她的实力的确不容小觑。

到目前为止，研发骨骼机甲只是一个试验计划，前期第一军校那些接了任务的学生训练了一个学期，实力确实得到了提升，但这种实力并不能完全说服军委会继续在这个计划上投入，因为骨骼机甲耗费巨大。

但项承平发来的那段视频让事情有了转机，左洛欢所展现出来的实力彻底扭转了军委会的想法。如果大部分人最后能训练到她那种速度，之后再发展相应的武器，他们便不用再担心伽什罗人的那些机器了。

纪越之回家后，左洛欢也被易彤喊回去了。

"西江流放星好不好玩？"易彤仿佛只是聊家常，例行询问一番，但语气中透着丝丝冷意。

左洛欢假装没有听出她的弦外之音:“除了地下黑市有点意思,其他一般。”

易彤把筷子一拍，看着对面若无其事的左洛欢：“你爸前几天和我通信，说你惹上了任平泊。是不是没人发现，你就不和我们说？”

左洛欢夹了一筷子菜到易彤碗里：“我也是最近才知道。”

易彤并没有得到安慰：“从小到大你主意多，成天到处晃荡，我也不管，但是你得珍惜自己的性命，有什么危险的事得第一时间告诉父母。”

这段时间，左狄鸿和纪西修双双被任平泊弄得焦头烂额，他们最开始还以为是任平泊见左洛欢和纪越之发现西江流放星不对，所以趁势设计。

谁料前几天，任平泊用无法追踪的光脑，联系了左狄鸿。

这种事情任平泊没少干。

年轻的时候任平泊便极为骄傲、狂妄，背叛联邦后，每一次带着伽什罗帝国取得胜利，都会堂而皇之地联络左狄鸿或者纪西修，炫耀一番，给整个军委会的人心中添堵。

用联邦一些人的说法，任平泊此人心理变态，常人无法理解，这点倒是有伽什罗人的特征。

这次任平泊设了连环计，不过不能算赢。虽然西江流放星上的集团军伤亡不少，但相比之下，联邦绝对没有太吃亏。

任平泊联系左狄鸿，说他女儿不错，很期待下一次的交手。

左狄鸿以为任平泊只是因为这次左洛欢他们打断了伽什罗帝国的计划，引起了他的注意而已，却没想到下一秒任平泊发了一小段视频过来。

“不愧是左狄鸿的女儿，骨头硬。”光脑对面的任平泊成熟、英俊，即便多年过去，眼中的傲气也未减少过一分，毕竟在他看来，联邦没人能比得过自己。

光看他眉眼周正、气势凛然的样子，让人难以想象这是一个只是因为觉得无趣，便背叛联邦的人。

左狄鸿的情绪很少外露，但见到视频中女儿被折磨的场景，垂在腿侧的手指不自觉地发抖，那是极度愤怒的表现。

任平泊眯了眯眼睛，大概发现了左狄鸿的怒意，计划被打断的不悦骤然消失了。挂断通信前，他留下两句话："左洛欢很有意思，我很期待和她再一次交手。"

左狄鸿没有将视频发给易彤看，但易彤已经从丈夫的话中猜了个七七八八。

"你受伤了也不告诉我们。"易彤怒道，"什么也不说，自己去找外面的医生，左洛欢，你父母还活着！"

从她知道左洛欢回首都复学后，身上一直都带着伤时，心疼过后就是极致的愤怒。

"一点小伤，已经好了。"左洛欢不在意地道，"妈，你不用担心。"

"……"

纪家和左家一直备受众人关注，很多人觉得纪家的儿子为人清冷，有距离感，实际上易彤知道纪越之和父母的关系很亲密。再看左洛欢，成天脸上带笑，看着很好相处，实际上什么事情都藏在心中，连父母都不会告诉。

易彤已经后悔这么多年任由左洛欢到处晃荡，自由发展了，也不知道她为什么会养成这样的性子，左狄鸿也从来没有对她施加过压力。

"你也大了，我管不了你。"易彤靠在椅子上，有些疲惫地道，"你爸的通信打过来的时候，看起来有点难过。"

左洛欢的筷子一顿："以后不会了，有什么事会告诉你们。"

易彤摆手："你挺会说这种假话。"

"妈，我有件事想说。"左洛欢也放下筷子，认真地道。

易彤愣了愣，陡然紧张起来，脸上的责怪和心疼已经露了出来："你又受伤了还是……"

"不是。"左洛欢打断道，"我喜欢纪越之。"

听见她说不是，易彤下意识松了一口气，紧跟着反应过来了，明白了女儿后半句话的意思："你喜欢谁？"

"纪越之。"

易彤有点怀疑自己的耳朵，但对面的左洛欢神情难得认真，她沉默了片刻：“你喜欢小纪？”

左洛欢点头。

“不太好吧……”易彤抚额，女儿每次见到小纪都会欺负他，“小纪虽然很好，不过这种事情还是要讲究情投意合，你们……”

见妈妈误会了自己的意思，左洛欢换了个方式：“我们应该已经在一起了。”

易彤呆住，过了一会儿才道：“应该是什么意思？在没在一起，你还不确定？”

“互相喜欢算不算在一起？”左洛欢重新拿起筷子，状似平静地道。

原本还在纠结女儿喜忧不报的易彤，现在全部的注意力都在她和纪越之在没在一起上了：“你们在一起了？什么时候的事？这次在西江流放星？小纪怎么会喜欢你？”

左洛欢：“他确实喜欢我，其他的，妈，你就不用知道得太详细了。”

易彤还是觉得女儿在骗她，小纪那么乖，又长得好，人还聪明，会喜欢女儿这么吊儿郎当的人？

只是看着左洛欢眉目间隐隐透着的炫耀，易彤又觉得这件事是真的。她还从来没见过女儿这么外露的情绪。

易彤还是再次问了一遍以确认事情是否属实：“真的？”

“真[illegible]”

“你先吃，我还有点事。”易彤起身，往主卧走去。

左洛欢不用回头，都知道她妈妈要去和她爸爸打通信说这件事。

她单手撑着脸，慢条斯理地挑着碗里的饭，不知道她爸爸知道后会是什么心情。总之，她很高兴。

因为有这件事打岔，易彤之前准备说的话也暂时没有说出口，反而在思考以后对纪越之该是什么态度，要不要送什么礼物。

晚上的时候，易彤喊来左洛欢，问：“之前成年礼时你单独送小纪礼物了，送了什么？当时你们就在一起了？怎么看起来不太像？”

想起成年礼的那个礼物，左洛欢不免怔忪，那个礼物……

“一个小礼物而已，那时候没在一起。”左洛欢看了一眼光脑，“妈，这几天我出去住。”

“怎么又出去？”以前易彤不管，但现在她不放心左洛欢。

左洛欢抬手、握拳，咳了一声：“不是一个人。”

易彤仔细看着女儿的脸色，这才恍然大悟，有点不自在地道：“行，你们……做好措施。”

这事情发展得太快，易彤久久没缓过来。到卧室后，她到底没忍住，又给丈夫打通信说这件事。

左洛欢不太在意妈妈现在是什么想法，她回房后，打开光脑点开江弘的名字，问他有没有查到什么信息。

江弘回复她：“我们才回来一天，纪家的消息哪里那么容易打听？你从哪方面觉得纪越之身体不好？就因为纪西修的一句话？”

左洛欢回复他：“你不懂。”

“……”

行，他单身狗不懂，就她懂！有本事别找他帮忙！

两人才说清楚心意，一回来便分开了，纪越之总以为之前在西江流放星发生的事情是自己幻想出来的，他便主动给左洛欢发消息了。

消息没发那么直白，只是说距离开学剩下一周的时间，他想要提前向左洛欢请教骨骼机甲的使用技巧。

至于场地，中心城那套房子正好有空地，很适合两人训练。

左洛欢便顺着他答应了下来。

一大早，她就开车出发了，到底没有直接开到纪家门口，快到的时候，她把车停在一旁，独自走了过去。

到门口时正好赶上纪西修出来，两人对视一眼，她喊了一声：“纪将军。”

“你不是十七军的人，不必喊将军。”纪西修一眼扫过去，“还是我不值得你喊一声纪伯父？”

伯父？

“如果我没记错的话，您应该比我父亲小一个月。”左洛欢道。

这种时候拿这种事情抬杠？纪西修眉尾吊起，准备“指导指导”后辈，下一秒纪越之从里面走了出来，唇边带着浅浅的愉悦的笑。

纪西修听到脚步声，回头看了一眼自己的儿子，最终没有和左洛欢再说一句。

纪西修问纪越之：“不多睡一会儿？”

纪越之摇头：“昨天睡得很早。”

“路上注意安全。”

“知道了。”

父子俩说完，纪西修才离开。

纪越之走到左洛欢面前，抿了抿唇，抬眼看着她。

其实除了那次在酒店房间外，两人到现在没有任何亲密接触，现在两人面对面站着，他一时间不知道该说些什么。

“过来。”左洛欢伸手将人牵了过来，带着纪越之往自己的车走去，“不是说想要找我训练？”

纪越之低头看着两人交握的十指，顿时放松下来。他坐上副驾驶座后，便将自己提来的一个箱子放在腿上，打开箱子，里面是两个圆球：“这是我父亲给我们的。”

之前他们用过的骨骼机甲，回程的时候便被收回了，左洛欢手里并没有骨骼机甲，所以纪越之向他父亲要了两套。

在纪越之打开箱子拿起圆球时，左洛欢转身帮他拉过安全带，仔细地扣上。

纪越之抬眼看着她的侧脸，忘记了原先要说的话，只是怔怔地望着她。

察觉到他的安静，左洛欢看过去，便撞上了他的目光。她抬手，半捧着他的脸，用大拇指轻轻地碰了碰，车内两人的呼吸便逐渐纠缠在了一起。

“在想什么？”左洛欢笑了一声，垂眼望去，视线无意识地落在纪越之唇上。

两人离得这么近，只要谁稍微往前一点便能碰上，自然什么动作都能看得清清楚楚。纪越之察觉得出她的目光停留在哪里，唇上便隐隐有了烫意。明明之前她吻上来时带着微凉的感觉。

他靠在椅背上，微微仰头，想要主动贴上去，左洛欢却往后移了移，刚刚好保持了原来的距离。

一开始纪越之以为是错觉，随后仰头，几次想贴过去，她都往后退了一点，却又不完全退开，一直保持着这种暧昧至极的距离。

天乾的恶劣凸显得淋漓尽致。

大概是察觉到纪越之眉眼间透出的恼意，左洛欢这才停了逗弄人的心思，捧着他侧脸的手微微用力，让他停下来，低头亲了亲他。浅尝辄止算是安抚。

左洛欢退回驾驶座，系上安全带。她抽离得很快，下一句便是问正事："学校要进行骨骼机甲的训练？"

"嗯，以后从大二开始，都要进行骨骼机甲训练。"纪越之强行让自己忽略刚才的感觉，冷静下来道。

左洛欢启动了车，开往中心城。路上，纪越之没有出声，安静地坐在旁边，不过有时候，他会无意识地偏头看她。

"没有带训练服？"下车的时候，左洛欢问纪越之。

"忘了。"纪越之拎着装骨骼机甲的箱子，有些理直气壮地道。

左洛欢也没有过于惊讶，从后备厢拿了背包出来："我多带了几套。"

训练服的布料有弹性，总体宽松，两人身高差不多，他完全可以穿。

两人并排走进电梯，一同进了之前那套房内。

里面的样子和纪越之离开前没有什么区别，甚至之前用过的薄毯还胡乱地堆在沙发的一角。

"我想换训练服。"纪越之放下手中的箱子道。

左洛欢打开背包，从里面拿出两套黑白色训练服，都递给了他："这几天，你先穿这些。"

纪越之接过训练服后，没有立刻转身去换上，而是站在她对面道："之前父亲送来的衣服，你一直没有还。"

明明是揭穿的话，被他一说出来，竟隐隐约约带着种地坤对天乾的娇意。

左洛欢直截了当地承认："嗯，想留着等你以后过来。"

纪越之只是想要掌握一点主动权，却未料到她承认了："你那时候已经……"

"我为什么要安抚一个不喜欢的人？"左洛欢盯着纪越之的脸，不错过他神色上的任何变化，一字一顿地道，"那天向你道歉，也不是真心的。我其实很高兴。"

那时候她整晚整晚睡不着觉，不光是因为要照顾处于潮期的纪越之，更因为心中升起的那种令她战栗的兴奋与愉悦。

左洛欢从头到尾都知道自己有多卑劣，明知道对方难受，却将人困在自己身边，不让他有多余的选择。

她喜欢纪越之很久很久了，小少爷矜贵漂亮，一举一动都刻在那时候的左洛欢心中。当时她还只是想和他交朋友，不过他冷漠的眼神和话语，让她退缩了。她以为他不喜欢自己，所以这么多年都与他形同陌路。

后来她分化成天乾，小少爷的检测报告也显示会分化成天乾，当时左、纪两家打擂台打得正盛，自然而然地延续到下一代人的身上，众人明里暗里将二人比较一番。

从纪越之被检测出要分化成天乾后，左洛欢便彻底歇了心思，只拿他当未来的对手看待，但关于他的消息，她从来没少关注过。

她知道他即便迟迟不分化，成绩也一如既往优秀，连已经分化成的天乾也比不上他。

她知道他当上了风纪处的处长。

那时候的左洛欢觉得这么远远地看着他也不错，等着他分化成天乾之后，两人做竞争对手，至少他能看得到她。

没有人知道开学那天，纪越之朝左洛欢走过来时，她的心跳得有多快。

他长大了，一如既往地漂亮和冰冷，狭长的眼尾轻轻地扫过来时，勾得人心痒痒。

左洛欢在他面前用散漫的态度小心地掩盖了所有的情绪，他却一次又一次频繁地出现在她的面前。越接触，她心中的情绪越无法控制，直到他意外分化成地坤。

地坤散发出鸢尾的甜香，天乾心中顿时生出铺天盖地的妄念，最终也只是翻找出抑制剂，帮他打进身体。

压抑的妄念背后，是无尽的担忧。

他自小骄傲，盼了那么多年要分化成天乾，到最后成年礼时却分化成了地坤，无疑将他的骄傲打碎了。

告知他心中的秘密是左洛欢给自己下的最后通牒，那段时间，他们之间的相处总让她产生错觉，以为两人也许有机会。说出来，之后他拒绝自己，从此两人便不再有其他的关系。

左洛欢没有清醒，反而陷入一场自我编织的美梦中。

在这个梦中，纪越之说他也喜欢她，甚至要在她潮期时，主动送上来，不只是想还之前的人情。

她要不断回忆当时他的表情，反复试探，才能确定这不是一个梦。

现在把自己最卑劣的心思告诉他，左洛欢想再最后试探一次。

听见左洛欢的最后一句话，纪越之有些茫然。随着时间的推移，他似乎渐渐明白了她话中的含义，漂亮氤氲的眼睛微微睁大：“你……”

他话未说出口，随后别过了脸，长如鸦羽的睫毛垂下，沉默地站立着。

左洛欢的心有些发沉，小少爷不会喜欢有人算计他。

紧接着左洛欢却是一怔，因为她发现纪越之白皙的脖颈泛起了一片薄红，甚至开始往脸上蔓延。

纪越之终于找回一点理智，转头回来，对上左洛欢的眼睛，轻声地道：“那个人是你，我很高兴。”

左洛欢看着纪越之半晌，大步上前，将他抱住。他手中拿着的训练服掉在地上，两人谁也没有在意。

纪越之伸手环住左洛欢的腰，头靠在她的肩膀上，随着说话的动作，唇不断碰在她脸上：“今天晚上我留在这里。”

“只有今天晚上？”左洛欢偏头问他，“说好出来五天。”

“那在这儿待四晚。”纪越之用鼻尖蹭了蹭她，“好不好？”

“嗯。”

他说什么都好。

两人抱在一起，过了许久才换上训练服，去训练室。

一百公斤的骨骼机甲穿上去后，纪越之便觉得行动没那么方便了，另外他手臂上没有任何武器，若是将来要在骨骼机甲上面加武器，恐怕负荷会更大。

不过纪越之的适应能力很好，穿戴着骨骼机甲训练一天，已经能行动自如，只是跑跳依旧达不到平常的速度和高度。

“这种训练不是一天两天能成的，需要长期适应。”左洛欢在旁边看着他道。

纪越之收了骨骼机甲，将圆球放进箱子。同样是做了那么多动作，他身上出了许多汗，她却没有什么反应。

“你以前练过？”

左洛欢露出自己一只手腕：“不是，只是戴了负重带。”

纪越之朝她走去，伸手摸了上去。

左洛欢将手伸长了点，好让纪越之能看得更清楚。

裹在手腕上的负重带看起来并不厚，纪越之低头解开它，拿在手中时才发现它有多重。

他将负重带翻过来，见到里面包着的金属。

“手上和脚上都有，我习惯了，”左洛欢弯腰将自己脚腕上和另一只手腕上的负重带也取了下来，放在一旁，“所以能比你们更快地适应骨骼机甲。”

这种金属密度大，切成一小条圆柱形的短管，用特殊的材料包裹住，最后再制成一条负重带，拿在手上，至少有五十斤。这还只是一条，难怪她穿上骨骼机甲后还那么轻松。

纪越之还在低头看手中的负重带，左洛欢走到旁边倒了一杯水：“待会儿再看，先喝点水。”

他身上出了不少汗，额角的碎发被汗打湿了，整个人却显得越发清俊。他那漆黑的眼眸明亮干净，站在那儿，又无端生出一股锋利的艳。

纪越之伸手接过杯子，仰头慢慢吞咽着水，脸颊的一滴汗从他下颌流下，顺着锁骨继续往下，直到隐进衣领中。

“还要不要？”左洛欢拿过他喝完的杯子问道。

纪越之摇头，他将负重带放在旁边：“不渴了，我想学你在西江流放星从三代机器人狗中冲出来的那一招。”

他说的是项承平发往首都的那段视频中，左洛欢从四面八方扑上来的三代机器人狗中挣脱的方式。

三代机器人狗将所有的方向都封锁了，左洛欢却没有倚仗骨骼机甲放弃抵抗或者硬碰硬，而是瞬间脱身了。

纪越之在家里看了无数遍，只看出来一点端倪。

“那一招？”左洛欢拉着要去拿骨骼机甲的纪越之，“先不用穿骨骼机甲，那个动作需要爆发力，你多练练之后再穿。”

双腿、腰部，乃至颈部，都需要极强的爆发力，纪越之还做不到，要是穿上骨骼机甲，他更加用不出来。

纪越之依言没有去拿骨骼机甲，回身看着左洛欢，等她演示。

左洛欢没什么藏私的心，如果可以，她知道的都能教给纪越之。

在视频中看和亲眼见到的感觉完全不同，纪越之连眼睛都舍不得眨一下，看着左洛欢在空地上跳起、弯腰、扭身、翻转。

“这样，我可以放慢，你再看一遍。”左洛欢落地后，对纪越之道。

左洛欢演示了两遍，还有一遍动作是她特意拆解、放慢过的，以纪越之过目不忘的本事，他早记清楚了。

不过记得是一回事，等到发力的时候又是另外一回事了。

左洛欢能将身体每一块骨骼、肌肉利用到极致，不代表纪越之在短时间内也能做到同样的水平。

纪越之几次都未成功，回头去看左洛欢，目光中带着一点求助。

“这里要用力。”左洛欢走过去，站在纪越之身后，伸手轻轻地按住他的腰椎骨，让他体验到发力的部位，慢慢移到前面盆骨处，“还有这……”

纪越之浑身泛着热气，汗浸湿了训练服，左洛欢浑然不在意，站在身后，几乎要将他拥进怀里，指腹从腰椎骨缓缓前移，一直停在侧身盆骨处，还靠着他的耳朵仔细地讲解着。

纪越之一句也没有听进去。

此刻，他的心神聚集在左洛欢轻轻按压的地方，她按着自己，非但没有让他找准发力的部位，反而让他浑身逐渐变软，几乎快要站不住了。

“我说明白了吗？”左洛欢没有听到回应，目光落在纪越之侧脸上，这才发现他的异样。

训练室变得格外安静，只剩下两人的呼吸声，一个轻缓，一个急促。

左洛欢低声地问：“下次还是穿着骨骼机甲训练？”

“嗯。”片刻之后，纪越之应了一声。

只是左洛欢并没有松开他，手反而继续往上，就着从背后拥抱纪越之的姿势，解开了他训练服的领口：“热不热？”

纪越之垂着长睫，没有再回她了。

左洛欢一只手揽着纪越之的腰，一只手继续往上，制住他下巴，让他扭头看着自己。

纪越之无意识地抬眼，撞进左洛欢深深的目光中，他浑身都在发烫，呼吸带着灼热。

“我能不能亲你？”

神思恍惚间，他听见左洛欢这么问，语气强势又霸道，透着十足的占有欲。

这种问题……地坤选择不回答。

左洛欢喉间发出一声轻笑，直接亲了上去。她的亲吻向来如此，一开始便霸道十足。

原本左洛欢的手捏着纪越之的下巴，而后手慢慢往下，在他喉结处慢条斯理地按着，让他身体深处都开始战栗。

亲了一会儿，纪越之便无意识地皱了皱眉，他转过头来。

和她亲吻的姿势，不算舒服。

左洛欢察觉到了，放开纪越之，微微拉开两人之间的距离，再用力将人抵在训练室的墙上。

她还记得将一只手先垫在他的肩膀后，以免他撞疼了，但她眉眼间的霸道又开始冒了出来。

纪越之喜欢左洛欢对他做出的一切亲密的事情。他什么都配合，哪怕她总有些恶劣地戏弄他。

“我们越之……”左洛欢伸手，拨开他额间的湿发，看着他仰头靠墙，低头一边亲吻着他那截修长、白皙的脖颈，一边道，“很好看。”

纪越之的双手揪着左洛欢肩膀下的衣服，漂亮的指骨绷起弧度，贴在墙上的身体几乎形成一张弯弓。

他松开一只手，有些无力地抬起，捂住左洛欢的嘴，不让她继续说下去。

左洛欢反而像是发现了什么有趣的事情，盯着纪越之的眼睛，贴着他的掌心亲了亲。

纪越之似乎是被烫了一下，快速地松开捂着她嘴的手。

天乾骨子里充满了对地坤的占有欲，偏偏左洛欢不在乎自己身体的感受，极喜欢看纪越之失控的模样。

喜欢他因为自己失控，那些高冷、矜贵消失得一干二净，眼里只有她一个人，只有她能对他为所欲为。

左洛欢的目光未曾从纪越之的脸上移开，她喜欢他的一切，喜欢到痴迷。

无论是此刻他仰头的喘息，还是身体的起伏，这些都因她而起。

只要想到这些，左洛欢便生出了足够的耐心。

…………

“我想去洗澡。”

良久，训练室才响起纪越之有些疲倦的声音。

“好。”

左洛欢放开他，却还牵着他的手，带着他走出训练室，将他送进浴室：

“我去帮你拿睡衣。”

纪越之的心神受到了极大的冲击，根本没有发现刚才在训练室，左洛欢的费洛蒙从头至尾都没有泄露出半分，只有他一个人控制不住费洛蒙，无意识地释放了一些。

第二十章 逆转

左洛欢去卧室拿了换洗的衣服过来时，纪越之正在扯身上的训练服，有些脱力地将衣服扔在地上，光洁的脊背暴露在她眼前。

左洛欢将换洗的衣服放好后，便走了过去，弯腰将地上的衣服捡了起来，走出去前对纪越之道：“我就在外面，有事叫我。”

“好。”

江弘还没有查到什么有用的信息，但左洛欢没有忘记第二次安抚纪越之时的样子。

他不舒服。

左洛欢不知道什么原因，但她不认为纪西修会无端说纪越之身体不好。她喜欢了这么久的人，她不愿意冒任何风险，即便在那种时候，地坤的费洛蒙溢满了整个训练室，她也能忍，控制自己的费洛蒙不泄露一丝。

这种行为，无疑需要天乾有极其强大的自制力，这无论对哪个天乾来说都是一种折磨。

左洛欢却像没事人一样，站在浴室不远处，靠着墙，等着里面的人出来。

半晌，浴室的门才从里面打开，纪越之带着一身水汽出来，眉眼舒展了不少，他看向左洛欢：“我……洗好了。”

左洛欢抬头，对他笑了笑，没碰他：“订的晚餐在桌上，你先吃点东西。”

“你呢？”纪越之以为她要走。

左洛欢指了指他背后的浴室：“晚餐刚到没多久，趁热吃，不用等我，我很快出来。”

知道她要去洗澡，纪越之便应了一声：“好。”

第一军校要开始用骨骼机甲，其他军校自然也要跟上，不过恐怕暂时还做不到每人都有骨骼机甲，学校大概率会采用公用的方式。

纪越之坐在餐桌前，慢慢地想着父亲说的话——到时候大部分军校生会先共用骨骼机甲，少部分适应较好的军校生便能拥有自己专属的骨骼机甲，还会根据自身的特点配置武器。

左洛欢一定会率先拥有专属的骨骼机甲，只是还需要配置武器，那个钱茂似乎和她很熟悉。

纪越之想起那个暗部风纪处，钱茂、关雪和严岩这几个人大概就是里面的人。之前演习赛时，他便察觉出他们之间互相认识，当时他只以为是正常的同校同学认识，便没有深究。

“不合胃口？”左洛欢出来时，见餐桌上的东西没怎么动，下意识地问道。

纪越之摇头，抬眼直接问她：“暗部是你在管？”

那几个人无异议地听她的话，应该不光是实力的问题。

左洛欢坐在他旁边，没有否认：“是，那个暗部现在是做纠察用的。”

分点设立只是因为她疑心重，防止纠察的人员本身出现问题。至于那些武器，完全是因为她看完所有进了暗部的军校生的资料后，发现其中有不少武器系的人，原本暗部的目的就是收那些脾气怪异、不好管教、实力又强的军校生，大概因为武器系的更怪一些，所以到左洛欢进去的时候，发现武器系几乎占据了半壁江山，便顺势帮他们扩充了武器库。

去年一年，左洛欢虽然不在学校，但经常和钱茂等人联系，从黑市转给他们不少武器。

没想到在那次被伽什罗人攻击的晚上用上了。

现在暗部也称不上多隐蔽，至少那些军校生都知道学校还有另一股势力。

“你是风纪处的处长，我也是。”左洛欢牵着纪越之的一只手，“正好相配。”

纪越之偏头，夹了一块糕点放进左洛欢碗中，眼中泛起浅浅笑意：“嗯。”

开学第一天，新生已经在军校待过半年，彼此差不多混熟了，个个穿戴整齐，军服最上面的扣子都扣得好好的，生怕被风纪处的人抓住扣分。

校门口来来往往都是人，也有首都的军校生自己开着车过来。

纪越之有事要处理，左洛欢便将车停在校门口，让他先走，自己去停车。

两个人没有觉得有什么不妥，纪越之开门，从车里出来，快步往校内走去。

纪越之向来引人注目。先不说他是风纪处处长，军校生见了他都像老鼠见了猫，光是他的长相，便足够让周围的人目不转睛了。

校门口有几个人转头见到纪越之，小声地讨论着。

“学长刚刚坐的那辆车有点眼熟。”

“纪家常有人来接送学长，眼熟很正常。”

“不是，我记得左洛欢也有这辆车。”

“难道学长买了一辆和她一样的车？两人又要杠上了吗？”

“等等，我先翻张照片……怎么可能！这就是左洛欢的车！”

“啊？”

“我之前拍过一张左洛欢开车出去的照片，你们看车牌！”

这下可把周围的人吸引住了，他们抬头，看着那辆车往学校停车场开去，纷纷惊住了：“真不是纪家的车，往停车场那个方向去了。”

校门口，大庭广众之下，又赶上开学之际，这件事瞬间在第一军校匿名论坛引爆，众人纷纷猜测，到底发生了什么，居然会让纪越之坐着左洛欢的车来？

“坐个车而已，很正常吧！虽然两个人是对手，但也一起参加了演习赛，听说寒假还去了西江流放星。”

“西江流放星？前段时间出事的那个星？”

“对啊，两个人说到底都是我们第一军校的人，只能算竞争对手，不是敌人，顺道坐个车没什么。”

“那个……你们不知道纪家和左家在两个相反的方向吗？无论如何都不会顺路的。”

“我也想问，所以为什么纪家没有送纪越之过来？”

论坛吵得沸沸扬扬，江弘早看到了，他看大部分人都在发散各种论点，始终没有人往最正确的那个答案上靠。

江弘心中顿时涌起一阵兴奋，终于轮到他看别人震惊了！

他在论坛内“轻飘飘又冷静”地抛出一个消息：“有什么好惊讶的，他俩都在一起了，同坐一辆车很稀奇吗？”

他预料中的震惊与“刷屏”并没有出现。

“楼上疯了吧。”

“还在一起？虽然我承认左、纪在一起挺好，但楼上某位还是别太当真。我更倾向于这两个人是一起办事回来。”

“有可能，两人既然一起去了最近出事的西江流放星，极有可能是因为这件事才凑在一起的。”

江弘一时无言。

不甘心！他相当不甘心！

所以他继续发了一条：“不相信算了，我是江弘。”

谁不知道江弘和左洛欢关系最好？他这么说还会有人质疑？江弘心中就是这么想的，信心满满地等着接下来一堆人求着他说细节。

“唉，又疯了一个，抬出去吧！”

“你是江弘？我还是左洛欢呢！没错，我正式宣布我确实和纪越之在一起了。”

底下一众人在嘲笑打趣地回复。

江弘无比激愤地冲到窗户前，猛地拉开玻璃窗，对着外面大喊：“我是江弘！左洛欢就是和纪越之在一起了！”

刚刚走到天乾大楼底下的左洛欢愣住了。

天乾寝室大楼瞬间传来统一开窗的声音，无数个脑袋探出来张望，顺带往楼下一看，好家伙，正主就在下面。

“江弘，你吃饱了？”左洛欢仰头看着上面的江弘，言语中满是警告。

围观人群一听：没否认！左洛欢她没有否认！

地坤和中庸寝室大楼的人还不知道，但天乾大楼的人可是听得清清楚楚，那个帖子下面的评论顿时炸开了。

“好家伙，楼上的人真的是江弘！”

“救命，左洛欢就在楼下，她没有否认江弘说的话。”

“什么情况？”

在众多人的解释下，其他人终于了解到发生了什么。

“今天是什么愚人的日子吗？你们确定没有听错？难不成是真心话大冒险？”

还是有人不敢相信。

“全天乾大楼的人都听见江弘喊的话了，原话就是左洛欢和纪越之在一起了！”

“妈妈，救命！难道我看好的情侣要成真了吗？！”

“我不信！呜……！”

“天乾大楼的兄弟姐妹，请你们仔细观察他们的动态。”

“现在赶去天乾大楼还来得及吗？”

“左洛欢上楼了！她往江弘那层楼走去了！她在踹门！江弘来开门了！”

“谢谢江弘兄弟，他牺牲了自己一个人，造福了大众！”

“他会有福报的！”

可惜帖子里疯狂震惊的“刷屏”江弘并没有看见，因为左洛欢踹门进来了。

“呵呵，今天天气不错。”江弘一开门就往后退，离左洛欢远远的。

想起刚才江弘在窗户边大喊的话，左洛欢皱眉：“你看我们在一起，酸得心理出现了问题？”

江弘指着左洛欢“你你我我”了一顿，最后破罐子破摔：“你才酸！我单身我快乐！我就是想看看他们震惊的样子！”

左洛欢拉过椅子坐了下来，没有过多纠缠刚才发生的事，而是问：“我让你查的事怎么样了？”

“这个……”江弘也收敛了神情，“还在查，不过我查到了纪越之每年的身体检测报告，没发现问题　他身体素质很好。”

好到能分化成天乾。

“报告先发给我。”左洛欢想了想道，“你先往分化这方面查，他分化期来得太晚，有可能是这个问题。”

“好。”

纪越之从风纪处出来后，便敏锐地察觉到路上遇到的军校生总是在打量自己。和往常的那种感觉不同，他们眼中多带着一种惊疑不定和看热闹的意味。

周围人的眼神让纪越之感觉奇怪，但他没有放在心上，直到在路上遇见丁伍明。

他们一起参加过演习赛，较其他人要熟悉不少。

“纪学长。”丁伍明先和纪越之打了一声招呼，随后脸上露出犹豫的神色。

纪越之看出来了，问他：“你有什么事想说？”

丁伍明伸手摸头，不好意思地道：“我看到论坛里有人讲学长和左学姐在一起了，他们都说今天天乾大楼的人全都听见江弘这么说了。”

纪越之不知道发生了什么让江弘这么说，但他点头承认了：“我们确实在一起了。”

丁伍明还没有反应，路边特意放缓脚步、竖起耳朵听的人率先倒吸一口气，见纪越之看过来，立刻加快脚步往前走，但手不停地在光脑上点着，明显在发着什么。

没多久，第一军校匿名论坛又多了一条帖子。

“震惊！我亲耳听见纪越之说自己和左洛欢在一起了！”

“好家伙，另外一个正主也出现了！”

“绝了，我校一天内痛失最强的天乾和最优秀的地坤。”

“我还是无法想象这两个人是怎么在一起的，左、纪两家同意吗？”

无论第一军校掀起了多大的“风浪”，左洛欢和纪越之都如常做着自己的事，等待开学后的课程。

正式开学那天，大家都知道校方要用骨骼机甲训练、上课的消息。

大一的军校生每周要上三节课，大二军校生的课程则密集不少，战斗系学生的休息时间几乎都被排满了。

骨骼机甲被一箱一箱地运到第一军校内，同时大二的军校生也接到一个消息，他们即将和大三、大四的学长、学姐一起上课。

今年情况特殊，初次开启骨骼机甲培训计划，而大三、大四有相当一部分军校生上学期已经接触过骨骼机甲，所以校方经过商讨，做出了这个决定。

“我们和关远一个班？”关雪一脸晦气地问江弘。

骨骼机甲课程是另外加的，所以班也是重新分配的，大二最优秀的那一批学生被集中在一起。

“关远还有项承平他们。”江弘无精打采地道，“估计同班是假，分队训练对抗才是真。”

关雪和关远虽然同姓，但并非来自同一家。关远家背靠二十六军，比关雪家势力要大不少，但两人不和。

这个班中大二的军校生大概有一百人，旁边站着大三的军校生，也是差不多的人数，所有人站在操场上，等待教官到来。

纪越之原本准备站在左洛欢身后，看着她的背影，但左洛欢回头拉着他站在了一排。

见到两人“动手动脚”场景的军校生一副苦瓜脸。

传闻果不欺人！

放在以往，他们绝对会下意识地以为两人要动手打架，现在……呵呵，臭情侣秀恩爱！

“教官是康广。”纪越之偏头对左洛欢道，“最初试用骨骼机甲的人就是他。”

康广教学不在意手段，只要学生没死，就往死里练。

两人除了刚才左洛欢伸手将纪越之拉上前的举动外，便没有其他逾越的动作，和周围的军校生没有任何区别。

不过左洛欢的心思不在训练上，她低头用光脑给纪越之发消息：“周末要回去？”

今天还是周三。

手上的光脑振动，纪越之垂眼看去，先将消息收藏了，再回复：“嗯，周末他们都有空，要回家吃饭。”

既然他要回去，那他就不会去她那儿了。

左洛欢有点遗憾地想，以前不觉得，现在想想那套房子一个人住确实空了点，训练室两个人一起用最好。

这时候康广从远处走了过来，他手中还拿着一个石墨色圆球，走到大二和大三的队伍中间站定，扫视一圈：“各位好久不见，不少是我的学生，正好，都熟悉我。”

不光大二的军校生面露菜色，旁边大三的军校生也是一脸绿。毕竟康广折磨人的手段太多了。

“你们比较幸运，”康广抛着手里的圆球，“虽然联邦开启了骨骼机甲的训练计划，但骨骼机甲数量有限。那帮伽什罗人现在还搞出了什么自爆，让我们得不到制作机器人狗所用的材料。不过现在西江流放星可以开发矿山，弄到银青，不久的将来，这一难题便会得到解决。”

康广继续道：“骨骼机甲有良好的延展性，目前大部分军校生可以共用骨骼机甲，但你们可以暂时单独拥有一套骨骼机甲。以一学期为期限，不及格的话会失去拥有骨骼机甲的资格。”

等到所有人手中都拿到一个石墨色圆球，康广便开始仔细地讲使用骨骼机甲的注意事项。大概十五分钟之后，他要求所有人穿上骨骼机甲，绕操场跑二十圈。

大三的军校生现在都能穿着骨骼机甲战斗，跑二十圈根本不是问题，基本不会有半点反应。而刚刚穿上骨骼机甲的大二军校生们就惨了，目前他们个个也就是站得稳而已。

“先别急着跑。”康广瞥了一眼蠢蠢欲动的大三军校生，“最近我在某位同学身上学到一招，她喜欢在身上加负重带，我觉得这个方法不错。现在所有大三的同学到我这边来领负重带。”

大三军校生面面相觑。

一人四根负重带，双手双脚各有一根，不过他发的负重带比左洛欢的要轻不少，四条加起来也只有一百公斤。

“教官是在为你们的同伴考虑。”康广咧嘴笑道，“以后周围的同伴倒下来，你们需要扛他们，但同伴身上还穿着骨骼机甲，总不能把他们丢下是不是？”

大三军校生身上多了一个骨骼机甲的重量，基本等同于回到了当初刚拿到骨骼机甲的时候，现在他们和大二军校生一起挣扎着跑了起来。

操场上开始响起到地的声音，不少人头重脚轻，直接来了个倒栽葱。

关远跑在前面，他看了一眼背后的那些人，眼神中带着不屑。这些人实力太差了，但他心中又有些得意——他比这些人都要强。

然而他还没有暗自嘲笑完，便见到一道身影迅速超过了自己。

关远以前就和项承平一起训练，早就见过项承平穿上骨骼机甲的样子，那个人的速度比项承平快，明显不是项承平。

“跑起来啊，关学长，你不行吗？”关雪超过关远，丢下一句话。

她成天扛着炮，这个重量对她来说不算特别吃力。

关远顿时黑脸，最前面的人应该是左洛欢，这下他心中的得意顿时变成了紧张，差点忘记大二年级的那几个人。

果然，他后面开始有人追了上来，纪越之、江弘……

关远咬牙跟上，埋头拼命跑，只是那个左洛欢就像个变态，超过他一圈又一圈。

他相当不适应这种打击。

在首都这个圈子里，左洛欢很出名，不仅有她分化早，等级高，还有成天逃课跑出去玩的因素。正是因为她长期逃课，首都内的学生才没有感受到多少压力。

关远脸色难看。之前左洛欢一进第一军校便让他难堪，将他从榜上踢下来的那个仇还没报，现在居然又阴差阳错成了一个班的人。

“戴上。”康广等到左洛欢轻轻松松跑了十圈后将负重带扔给她。

左洛欢停下来，将负重带绑在骨骼机甲上，她里面还有负重带，不过并不影响行动。

康广看着跑远的左洛欢，不由得皱眉。她和其他人的能力不一样，这种基础的训练估计没什么用，得去找校方，让他们开始着手武器配备的事情。

左洛欢跑完二十圈的时候，大多数人十圈还没跑完。她回头看了一眼操场，纪越之还在跑第十六圈。

“教官，我去买瓶水。”左洛欢脱下骨骼机甲，走到康广面前道。

“第一节课的时候，你是故意输给我的？”康广问道。

以她的实力，不应该会输。

“不是。”左洛欢否认。

康广并不相信，他认定左洛欢是在藏拙。

“教官，我先去买水了。”左洛欢道。

“行。”康广并没有为难她。实际上，从他看完左洛欢在西江流放星的视频后，便对她的实力有了一个新的认识。

其实当初伽什罗人夜袭的时候，各教官对左洛欢的实力已经有了新的认识，只不过那时候并没有监控视频，大家的认识不那么直观。

等到左洛欢拎着一袋水过来的时候，纪越之已经跑完了，关雪、江弘和大三的几位军校生也陆陆续续跑完了。

左洛欢递给纪越之一瓶水，便将袋子扔给了关雪。

“谢了。”关雪从里面掏出冰水，分给江弘和项承平，独独绕过关远。

纪越之喝完水，看向左洛欢，认真地道：“你不适合跟着我们一起训练。”

“我知道。”左洛欢的视线落在背对着他们的康广身上，“教官在向校方申请武器配置。”

“听说你们两个人在一起了？”关远走过来，阴阳怪气地道，“课都没上完，这就卿卿我我呢？”

老实说，这两个人在一起的消息，关远最不相信。左洛欢和纪越之？怎么可能！

他猜是左家和纪家强制的，想要联姻。毕竟他们二十六军日益壮大，在首都快抢了十七军的风头了。

左洛欢目光中冷意乍现，脸上却带笑，道：“你叫关屁？”

关远一愣：“你说什么？”

左洛欢抽出一张纸巾递给身边的纪越之擦汗，漫不经心地道：“关你屁事。”

“你！”关远黑脸，“左洛欢！别以为你父亲是委员长就了不起！”

“确实了不起。”左洛欢慢条斯理地道，“你父亲比不上我父亲，你也比不上我。”

关远一按手中的圆球上的按钮，就要冲上来打左洛欢，还没冲上去，便被她一脚踹倒了。

“说真的，你这和水平，当我对手……”左洛欢摇了摇头，“我有点嫌弃。”

“教官！关远打人！”在关远倒地的瞬间，关雪立刻扭头，高喊着告状。

康广挂断通信，看着地上的关远，又看了看在旁边站得气定神闲的一群人。

“别在我课上闹事。”康广警告这帮学生，最后，他的视线落在被踹倒在地上的关远身上，“骨骼机甲是用来对付伽什罗人的，不是拿来给你们同学之间打架的。”

关远指着左洛欢，愤怒地道：“教官，是她踹我在先。”

“刚才跑完了圈不是脱了骨骼机甲吗？怎么现在又穿上了？”康广质问道，“你当我瞎？不想好好上课就给我再去跑几圈。”

关远白白被踢一脚，只能干瞪眼，还不敢再动手，只能爬起来站在一边。

左洛欢不再理会他，偏头问旁边的纪越之：“待会儿还要去上课？”

纪越之点头：“有一节武器研究课。”

左洛欢不知道想起什么，笑了一声：“柏风教官的课？”

他三门主课的教官分别是天乾、地坤和中庸，江弘说他有强迫症。

纪越之不知道左洛欢为什么要笑，安静地看着她，眼神专注。

“别这么看我。”左洛欢靠近一步，对纪越之轻声道。

若只有他们两个人，左洛欢这时候应该会抬手捂住纪越之的眼睛，不让他看。当然，或许还会做点其他的事情。

可惜现在他们在上课。

纪越之双眼微弯，果真依照左洛欢的话，不再这么看着她。

等到众人跑完二十圈，康广抬手看了一眼时间，望向大汗淋漓的军校生，道：“骨骼机甲暂时由你们随身携带，有时间就多训练训练。不过一旦被教官发现你们拿骨骼机甲出去逞凶斗狠，学校不光要回收骨骼机甲，还要记过！听明白没？”

“明白！”

“解散！”

第一节课只是跑圈，但康广已经有了两百名军校生跑圈的速度数据，当天晚上这份数据就被传到了贾海岚手中。

“这批军校生身体素质不错，速度虽比平常慢了，但从跑完的这二十圈来看，越跑到后面，不少人的速度反而越快了。”贾海岚仔细对比了所有的数据，道，“他们对骨骼机甲的重量适应得很快，要不了多久应该就能训练招式了。”

“现在需要开始适配武器了。”康广坐在椅子上，脸上没有了笑，嘴角的那道疤痕看着恐怖又吓人。

“我已经和武器系的教官说了。演习赛时有个军校生叫钱茂，他在武器方面很有天赋。”贾海岚道，“校方决定让武器系的学生来和这批军校生磨合。”

“武器系的教官要给集团军设计武器？”康广很快反应了过来。

贾海岚点头：“各集团军已经把他们这么多年积攒的机器人狗材料的存量拿了出来，要求全部做成骨骼机甲，接下来就是设计适配的武器。”

目前集团军中最强的两个军是凛冬军和十七军，但骨骼机甲带来的是新的希望，哪个集团军先借着这次计划崛起，以后在军委会的地位将会进一步提高。

要想先一步起来，当然要抢占先机，提前得到骨骼机甲和适配武器，进行训练。

“集团军的事，我管不着。”康广重重地靠在椅子上，“我只管这批军校生。”

贾海岚安抚他：“你不是武器系的教官，不用和外面的集团军扯上关系。”

联邦表面平静，实际上已经掀起了波澜，光是首都十七军和二十六军便暗中争了不少次。

十七军手中的材料格外多，都是他们用命和伽什罗人拼回来的，但二十六军的军长在军委会上发言，认为同是联邦人，十七军应该分一部分材料给实力稍微薄弱的集团军，这样大家都能变强，才能更好地守卫联邦。

“然后纪西修当场甩出一份数据，数据显示，二十六军这些年私下到处向其他小型集团军收购各种废弃机器人狗，拥有的银青材料比报上来的多出来不少。纪西修说，二十六军出多少，他们十七军也出同样的数量。”江弘坐在左洛欢的寝室里侃侃而谈，“听说关枚的脸当场就绿了。”

对纪西修的本事左洛欢并不惊讶，她只不太明白一件事：“关家的头怎么越来越硬？”

“飘了。”江弘道，“这几年来，他们背后的商业搞得不错，名声起来了，二十六军也招了不少人，觉得自己实力强了吧……”

“还有什么消息？”左洛欢问他。

“纪越之的事，暂时没有进展，差点被纪家的人发现。”江弘道，“哦，凛冬军那边已经先得到了骨骼机甲，纪西修拍板的。”

左、纪两家不合多年，凛冬军和十七军自然也算是竞争对手，不过不知道军委会怎么谈的，最后率先拿到骨骼机甲的集团军居然成了凛冬军。据江弘所知，左狄鸿在北区边境线上，都没空参加军委会的视频会议。

“没有清道军？”左洛欢问他。

江弘愣了愣，没明白过来：“清道军要骨骼机甲干什么？他们不是集团军。”

“既然集团军有骨骼机甲，清道军也需要有。”左洛欢的手指搭在桌边，漫不经心地抬眼，道，“否则他们怎么清理集团军？”

“也是。”江弘用余光悄悄瞥左洛欢，以前他觉得她从军校毕业后一定会进凛冬军，接下左狄鸿的位子，现在怎么看都觉得她更在意清道军。

“还有事要说？”左洛欢问道。

“没有。”江弘连连摆手，犹豫了一会儿，又问道，“从军校毕业后，你会加入哪个集团军？”

左洛欢斜睨他一眼：“自然哪个集团军给的好处多，就去哪个。”

江弘倒是明白了她话语背后的意思：“你没有确定要不要去凛冬军？”

“离毕业还早，这件事不在我的考虑范围中。”左洛欢点开光脑，这时候不知道他睡了没有。

“骗别人就算了，这种话你觉得我会信？”江弘啧了一声，“纪越之肯定会去十七军。”

左洛欢没有回他，用光脑给纪越之发了一条消息：“明天你们家有没有人来接你？”

江弘一看左洛欢那副样子，就知道她在和谁发消息。毕竟左洛欢只有在对纪越之的时候，才会连周身的气息都变得温柔。

啧啧，讨厌的情侣！

江弘摇头对左洛欢道：“没什么事我就先回去睡觉了。明天周六，一起出去吃饭？”

“不了。”左洛欢看了一眼光脑上回复的消息，抬头拒绝江弘，“我明天送他回家。”

江弘：“纪家不是每周都会有人来接纪越之？用得着你吗？”

“明天没有。”左洛欢露出光屏，让江弘看纪越之发来的消息——司机有事，明天不会来。

“……”

左洛欢低头给纪越之发去消息：“明天我送你回去。”

“拜拜，再见。”江弘摔门而去。

这两个人平时不知道多会谋算，什么阴谋诡计在他们眼中都好像无所遁形，现在跟个傻子一样。

纪家司机有事？

这个借口也太烂了，一个敢说，一个还真信！

果然情侣之间没有逻辑可言！

江弘一边摇头，一边怒其不争。

正主并不在意外人的看法，第二天，左洛欢便去地坤大楼附近等纪越之下来。

周六正是大部分军校生放松的时机，不少人见到左洛欢都惊住了。前几天开学他们才知道两人在一起的消息，但一直没有人见到两人有什么不同的举动，已经有很多人在说两人在一起的消息纯粹是无稽之谈。

原本要离校出去的地坤和中庸们纷纷如蚂蚁挪步般，要看看左洛欢在这里做什么。

没多久，终于让他们等到了！

纪越之下来了，径直朝左洛欢走去。

周围一片抽气声，要印证传言了吗？

左洛欢伸手，牵过纪越之的手："什么时候回校？"

"周日下午返校。"纪越之稍稍落后左洛欢一步，这样能让她牵着自己走。

"我去接你？"

"好。"

两人的声音不大，但是周围竖起耳朵的军校生听得清清楚楚！

这都没在一起的话，谁信？

在众人的目光下，两人一起走向停车场，再一次同乘一辆车，在军校生们的亲眼见证下，离开了第一军校。

左洛欢只是想和纪越之多相处一会儿，打算将他送到纪家便离开，却没想到她停下车后，纪家的管家已经等在那儿了，见到自家少爷下车，管家便走到驾驶座那边敲了敲玻璃，请她留下来吃午饭。

不用说，这是纪西修的意思。

左洛欢将车交给管家，跟着纪越之一起进去。

"来了。"客厅中的纪西修见到左洛欢，凉凉地打了一声招呼。

昨天晚上儿子突然说不用家里去接，纪西修就知道是左洛欢要送儿子回来，他在心中冷笑一声，但是妻子知道后，说不如留她在家吃个饭。

燕今秋从厨房走出来，手中端着一盘水果，笑道："小左来了，先坐下，今天熬了汤，不知道合不合你的口味。"

"她能有什么挑的。"纪西修翻了一页书道。

纪越之上前一步，想喊他父亲，被左洛欢牵住了。

"纪叔说得对，我不挑。"左洛欢笑道，"谢谢燕姨准备的汤。"

"研究所忙，我回家的时间不多。"燕今秋对左洛欢道，"难得准备一次饭菜，待会儿做得不好，小左见谅。"

在客厅寒暄了一番，左洛欢便被纪越之带上了楼。她跟着他进了房间，虽然之前成年礼那晚她已经将整个房间走了个遍，但现在进来，她没有多看一眼。

饶是这样，等纪越之拉开桌边的椅子让左洛欢坐下时，她的目光还是落在了桌上的那件东西上，不由得浑身一僵。

“你送给我的礼物，我一直都好好收着。”纪越之换了一身衣服出来，见到她盯着桌上的东西，眼中闪过浅浅的笑意。

那是左洛欢送给纪越之的成年礼物——她亲手做的颈锁。

蓝黑金的礼盒放在桌子的最中心，上面的礼带已经被拆了。左洛欢伸手，轻轻翻开礼盒，里面的东西瞬间露了出来。镂空黑花边缠着圆形的玄黑色细金属条，做成了一个颈锁，里面还刻着繁复的纹路，是联邦一种快失传的变形字体，大意是祝福平安。

不过在看不懂的人眼中，这只是刻在颈锁上的一种纹路而已。

左洛欢的目光落在颈锁上，良久，她转过头来，向纪越之解释：“当时以为你会分化成天乾才会送这个给你。”

“我知道。”纪越之眉梢间透着些许愉悦，这时候他便有点像楼下那位有“狐狸”之称的父亲，“防咬面锁是我故意送的。”

知道你一定会反送颈锁，所以才故意送防咬面锁。

左洛欢伸手拉过他，坐在椅子上，仰头望着他：“你想要我送你颈锁？”

颈锁这个东西，无论是不是私下用，总是都透着暧昧的气息。

纪越之不语，只是伸手轻轻碰了碰左洛欢的眉眼，唇边扬起浅浅的弧度，整个人像冰化后的春花，耀眼夺目，光华万分。

左洛欢仰头，任由他摸着，只是忽然换了一个问题：“一直没有问过，你从什么时候开始喜欢我的？”

纪越之的手一顿，低下头，俯身亲了亲左洛欢，有些讨巧地道：“这是我的秘密。”

左洛欢笑出声，起身帮他理好衣领：“好，你的秘密。”

明明在学校会一丝不苟地扣好军服所有扣子，在家里却急急忙忙，连衣领都没有翻好。

纪越之伸手，将礼盒合上，主动牵起左洛欢的手：“我们该下去了。”

等他转身走在前面时，左洛欢脸上的笑便渐渐消失了。

他说自己故意的，她自然明白纪越之的意思，不是故意挑衅，是想要自己送颈锁给他。

只是……天乾想要另一个天乾送自己颈锁？

一年前，她成年礼的时候，纪越之还没有迎来分化期，根据江弘所言，他每一次的检测报告都显示未来会分化成天乾。

左洛欢找不到可以解释的答案，心中沉了下来。还有刚才纪越之骤然俯身亲她，这么主动，反而隐隐透着一种逃避的感觉。

“你今天要不要回家？”纪越之没有察觉到左洛欢在想什么，他回头问她，声音中是掩盖不了的高兴。

很显然，她来纪家吃饭，他很开心。

“下午回去，和我妈说好了。”左洛欢快速收敛了眼中的情绪，回道。

纪越之的步子慢了下来，等左洛欢和他走到一排，靠近了轻声地问：“下周，我们一起过周末？”

左洛欢扬眉，捏了捏他的手，没有回应。

因为客厅里的纪西修看了过来。

两人走下楼梯，左洛欢自然而然地松开了纪越之的手，但他们坐在一块儿。

“小左不用拘谨。”燕今秋招呼左洛欢。她很热情，打扮得也利落，说话、做事都干脆得很。

不过燕今秋刚坐下吃了几口，光脑便响了起来。

“是研究所的人，我要过去一趟。”燕今秋看了一眼光脑，转头对纪西修道，“你们先吃。”

虽然纪西修在军委会，手下还有十七军，但论忙碌程度还是燕今秋更忙一些。她是博士，负责材料研究，手上带了一群科研人员，长期不在家。

燕今秋转身去拿包，纪西修已经站了起来，让人拿饭盒过来，他亲自将饭菜打包，在她离开前，把打包好的饭盒递过去。

“别忘了吃饭，饭盒晚上我会让人过去拿。”

“行。”

等纪西修转身回来，又是一副冷脸对着左洛欢。

不过有纪越之在调和，一顿饭倒也吃得不算太艰难，纪西修好歹愿意和左洛欢说几句话。

“小越，把我书房第二个柜子中的盒子拿过来。”饭后，左洛欢离开前，纪西修忽然道。

纪越之朝左洛欢看了看，便转身上楼去拿东西了。

“是十七军武器部研发的光枪。”纪西修对左洛欢道，“以后带在身上。”

左洛欢一怔，随后对他说了一声“谢谢”。

纪西修却不接茬，反而嘲讽道：“左狄鸿也是有意思，谁家有渠道能弄到光枪的会不给子女一把？他是觉得你太强了，不需要？”

纪西修扫了一眼不说话的左洛欢，又道：“任平泊手段多，心思深，你惹上了他，以后不会轻松，好自为之。”

他刚说完，楼梯上便传来了脚步声，是纪越之拿着盒子下来了。

“父亲，这个？”纪越之将盒子递给纪西修问道。

“嗯。”纪西修仿佛刚才什么也没说，将盒子递到左洛欢面前，“我估计左狄鸿要送你光枪了，不过他的比不上我们十七军的，这把更方便携带，威力更大。”

左洛欢接了过来，又向纪西修说了一声“谢谢”。

实际上，他没有说错，昨天左狄鸿便打了通信过来，说自己寻了一把光枪，要给她，让她周末回去拿。

显然是因为之前发生的事让左狄鸿对左洛欢的安全上了心，至少得有一件武器助她防身。

左洛欢也有不少枪，不过都是火力武器，用来打人倒是可以，对上伽什罗人那些机器人狗没什么太大的作用。

易彤一直在家等着左洛欢，左洛欢一回来她就追着问：“你去纪家了？还和纪西修、燕今秋他们一起吃了饭？”

“妈，你干什么？”左洛欢有些无奈，以前她妈妈从来不过问她的事的，都是任由其野蛮生长。

易彤一脸复杂：“我就是一时间没办法接受，万一以后我们成了亲家，你……小纪为什么会看上你？”

左洛欢一脸疑惑。

“你俩看起来就不像一条道上的人。”易彤继续道，“我觉得你太野了，不适合小纪。”

左洛欢不在意地道：“他喜欢我就行。”

“看不出来。”易彤仔细琢磨了一番，又憋不住问道，“你什么时候喜欢小纪的？我看你都没怎么和小纪接触过，一碰上就剑拔弩张的。”

左洛欢不回答，问她爸是不是送来了一把光枪。

“桌上放着，你手上怎么还有一把光枪？”易彤诧异地问道。

“纪叔给的。”左洛欢双手各拿着一把光枪，握在手中，感受了一会儿，“爸送的光枪好像确实比不过十七军做的光枪。”

“十七军的武器部在联邦有多出名，你不是不知道。”易彤道，“既然是纪西修给你的，那就收好。”

左洛欢只有周六在家中，第二天便约着江弘去训练了，正好试试两把光枪。

“哪儿弄来的？”江弘觍着脸道，“分我一把。”

“一把我爸给的，一把我未来父亲给的。”左洛欢瞥了他一眼，“你觉得我会分你？”

没天理！

江弘顿时收起哈喇子，忍着酸意道：“行，你了不起。”

两人在训练场待了快一天，休息的时候，江弘收到了有关纪越之的信息资料，他快速扫了一眼，下意识地去看左洛欢。

“怎么了？”左洛欢屈膝坐在地上，双手撑在身后的地面上，察觉到江弘的视线，便问道。

江弘犹豫了一会儿道：“查到纪越之的一份隐藏报告。”

左洛欢原本放松的姿态顿时收了起来，面无表情地看着他：“什么报告？”

“纪越之在十五岁时曾经出现过分化期前兆。”江弘一边说着，一边将报告发给左洛欢，“这个是意外发现，其他的还在查。”

分化期是一个不算短的过程，一两个月是常有的事，还有更长时间。一般分化期来临都会有前兆，这时候一旦发现身体不对劲，基本上就会迎来分化期。

关于纪越之的这份隐藏起来的报告，显示他在十五岁时已经开始出现分化期的征兆，但这种前兆分明属于天乾的特征。

左洛欢盯着这份报告，久久没有说话。

“那个……可能是那年出现了什么意外，所以分化期又中断了。”江弘在旁边小心地解释道，“后来又不知道发生了什么，就变成了地坤。”

这事换谁都会有心理障碍，明明自己将要分化成天乾了，最后居然成了地坤。

纪越之不愧是纪西修的儿子，心理素质够强。

“他一直在首都，能有什么意外？”左洛欢终于出声了。或许是过于压抑，她的嗓音有点低沉，“他一直知道自己会分化成地坤。”

“啊？”江弘一时之间没听明白，“你说纪越之知道自己会分化成地坤？”

难道……纪越之一直都是地坤，只不过伪装成要分化成天乾的样子？基因检测报告全是假的？

“是纪西修故意这么做，好和你家打擂台吗？”江弘摸着头，小心翼翼地猜测着。

“纪西修不是这种人。”

左洛欢十五岁那年忽略了分化期前兆和过渡期，直到最后阶段才察觉出，但她往前推算后便知道最早出现征兆时是哪一天。

左洛欢盯着报告下方的日期，纪越之出现分化期前兆的时间只比她晚几个月。

“我让他们继续查下去。”江弘道。这是怎么一回事，他完全想不明白。

“不用。”左洛欢拒绝了，“有些事，我亲自去问。”

江弘现在一头雾水，他看着左洛欢的神色，总觉得她已经知道了点什么。

不过这事也太奇怪了，如果所有的报告都是真的，纪越之怎么从一个好端端的天乾突然分化成地坤？

“你要去问纪越之？”江弘犹犹豫豫地道，“你们才在一起没多久，还是别吵架。”

看着情侣炫耀，羡慕是羡慕了点，但江弘还是希望两个人在一起的时候好好的。

“乱说什么？”左洛欢起身，“我去问纪西修。”

他对自己的态度一直很奇怪。

左洛欢没有立刻去找纪西修，而是换了一身干净的衣服后才去纪家。之前说好周末下午要去接纪越之回校，她只当自己什么也不知道。

到的时候，纪越之已经在等她了，一听见声音，他便从里面快步走了出来。

左洛欢透过挡风玻璃看着站在大门口的人，他面朝自己这边，虽然没有见到她人，但眉梢眼尾都带着浅浅的笑意。

只是来接她，这么高兴？

左洛欢停车，手指不自觉地握紧了方向盘，但下一秒便松开了，打开车门，朝他走去：“等了很长时间？”

纪越之摇头：“我在里面听见你车的声音才出来的。”

左洛欢车的引擎声确实比普通的车要大，但如果不是一直注意外面，也很容易忽略。

有些事情一旦注意后，便显得越发清晰了。

左洛欢见他只拿了一个背包，问道：“我们去学校，东西收拾好了？”

“好了。”纪越之的视线落在她还有点湿的头发上，“你今天去做什么了？”

左洛欢伸手，牵着他走向副驾驶座那侧：“和江弘去训练场试了试光枪。”

看着他坐好后，左洛欢才往另一边走去。她心中有太多想问的事情，最终，她的目光只是落在纪家大门片刻，便移开了。

她打开车门，坐上驾驶座，转头帮纪越之系上安全带：“下周我们一起训练。”

“好。”纪越之见她俯身帮自己系安全带，微微仰头，亲在左洛欢唇角上，一双漂亮的眼睛弯成了浅浅的弧度，一副很高兴的样子。

地坤这副模样，无论什么天乾都极为受用。左洛欢也不例外，她眼中也跟着带上了一点笑意。

这一回，有人在停车场见到两人一起从车上下来时，已经不惊讶了，但他们还是会忍不住在心中感叹：他们第一军校出了名的对头，现在居然成了一对，谁看了会不感叹一声世事无常，变化莫测呢？

“队长！”钱茂也刚刚从车上下来，见到他们，立刻过来打招呼，“下周开始，我就要分去和你们一起上课了。”

“一起上课？”纪越之有些讶异。

“也不算，就是我们武器系的学生要开始研究适配骨骼机甲的武器。”钱茂手中抱着一大堆的资料解释道。

纪越之了然。是因为左洛欢的进度太快了，所以会提前让武器系的学生加入进来。

“你们……”钱茂视线往下，见到了两人牵着的手，干笑道，“哈哈，我还有事先走了。”

左洛欢扬眉，心道还算识相，她偏头对纪越之道：“我送你回寝室。”

周二下午纪越之有课，左洛欢没有课，她又不用去培训，便翻墙离校了。

纪西修在军委会处理事务，左洛欢提前发了消息给他，说她在外面等着。

一个小时后，有人出来领着她进了一间办公室。

过了许久，纪西修推门进来，见到左洛欢，问道：“有事找我？说吧，什么事？”

“他为什么会分化成地坤？”左洛欢单刀直入地问道。

纪越之不在这里，纪西修浑身的气势没有半点收敛，威压深沉，径直对着左洛欢。他坐下来，眼皮微抬：“为什么突然问这些？你不喜欢他是个地坤？”

左狄鸿常年在边境线打仗，身上的威压较之纪西修只重不浅，左洛欢并没有感到多少压力。

她看向纪西修："面对我的费洛蒙，他不太舒服，是抗拒我的费洛蒙？"

左洛欢以为是自己的费洛蒙等级过高，才会让纪越之有点承受不了，加上当时他不想去医院，她便只将这件事埋在心中，没有过多去想其他的原因。

后来纪西修的那半句提醒，让她不禁回想纪越之那时候的表现。

纪西修抬眼盯着左洛欢，目光如寒剑："你还想说什么？"

"我查到了一份隐藏报告，他十五岁那年曾经有过分化期的前兆。"左洛欢没有转开目光，"我想知道为什么。"

半晌，纪西修忽然笑了，靠在椅背上："真正的原因你心里不是猜到了？"

左洛欢脸色骤变："你也同意？"

"他自己的意愿，我为什么不同意？"纪西修反问道。

走进这间办公室后，这是左洛欢第一次情绪控制失败。她的脸色难看至极，几次握拳，极力控制住自己，最终才勉强冷静下来："医生怎么说？对他身体有多严重的伤害？"

"伤害谈不上，只是你最好克制一点，他的发育还需要时间。"纪西修冷声道。

闻言，左洛欢的眉心才略微松了松，只是她心中的沉重感并没有办法减轻。

"行了，你又是逃课出来的？回去上课吧！"纪西修低头翻开桌上的文件道。

"今天下午没有课。"左洛欢朝纪西修微微弯腰，"纪叔，我先回了。"

等办公室的门关上后，纪西修才抬头，皱眉看着虚空处。

左洛欢走出军委大楼，终于控制不住了，她停下脚步，低下头，用力地抓着栏杆，手指紧绷到发白。

从西江流放星回来后，左洛欢便一直在想为什么纪西修会说纪越之的身体不好，除了那次抗拒她的费洛蒙外，她没有发现任何端倪。

看到那份隐藏的检测报告时，左洛欢心中便生出一种猜测，只是这种可能性太低，她不敢相信，也不愿意去相信，所以才来向纪西修求证。

现在……她的猜测得到了证实。

在联邦史上有一段时期，地坤能靠一种药剂让身体失去释放储存的费洛蒙的能力，和普通的中庸差不多，后来因为这种药剂对地坤身体有着不可逆的伤害，最终被禁了。

但还有一种极小的可能性，曾有一个地坤在分化前期靠着意志改变了自己的分化特征，成了一名天乾。

关于这名地坤的资料留存不多，只是在某些资料上偶尔会提及一句。

纪越之从天乾转化成了地坤，左洛欢甚至不知道这种转化未来会对他的身体造成多大的伤害。

左洛欢松开栏杆，拖着沉重的步伐上车，返回学校。

一路上，她的情绪几度失控，但回到学校后，她所有的负面情绪都消失得一干二净，只剩下伪装的平静。

左洛欢走到纪越之上课的大楼外，等着他从里面出来。

纪越之上完了一节课，刚从教室内出来，便有人在走廊上喊他。

“纪同学，左洛欢在外面等你！”

“我看等了有一段时间了。”

有不少军校生趴在走廊的栏杆上，看着下面的左洛欢。

“谢谢。”纪越之朝提醒的人说了一声，他脸上的表情极为冷静，心中却很高兴，快步向着大楼外走去。

一走出去，果然见到左洛欢站在外面等着，纪越之朝她走去，轻声问：“怎么突然过来了？”

左洛欢掩盖住自己眼中的深沉，脸上带着笑，道：“有点想你。”

她话中毫不掩饰自己的感情，却没有做什么出格的动作，只是伸手牵着他离开。

纪越之从来不会拒绝左洛欢的靠近，和她说着最近骨骼机甲计划有可能进行的完善步骤：“钱茂他们已经在接触骨骼机甲的材料和数据，可以更好地研究适配武器。”

“嗯。”左洛欢轻淡地应了一声，她现在对骨骼机甲的计划不感兴趣。

大概是察觉到了她有些不对劲，纪越之以为是因为自己刚才没有回应，于是在经过下一个拐角时，他扯了扯她。

等她看过来时，他的一双漂亮的眼睛里，透着亮晶晶的笑意，他说："我也很想你。"

左洛欢心中一紧，最终伸出手，将人拉过来抱住。

她向来克制，在外最多也只是牵着他的手。

纪越之心中有些讶异，不过左洛欢很快便贴在他耳边，用带着笑意的声音问："那个秘密打算什么时候告诉我？"

"你猜。"纪越之的下巴靠在左洛欢的肩膀上，唇跟着扬起浅浅的弧度。

左洛欢拥着怀里的人，感受到他身体的温度，片刻才道："不猜了，等我们越之愿意告诉我的那天。"

虽然她已经知道他的秘密和自己的秘密一样。

两人靠得太近，左洛欢只要垂眼便能看到纪越之的后颈，他毫无防备地将最脆弱的地方对着她。

左洛欢下意识地抬手，想要碰一碰那块地方，但最终她垂下了手，放开了纪越之："饿不饿？我们去吃饭。"

在外人看来，明明纪越之才是那个难以接近的人，但在她身边，他的话并不少，多数话题都围绕着她后面骨骼机甲的训练。

一直到天黑，左洛欢才和纪越之分开。

虽然左洛欢的寝室是单人间，但她没有邀请纪越之上去，她不希望他成为学校讨论的对象。

走回天乾大楼，左洛欢先去了一趟江弘的寝室。

"你……"江弘端着饭盒出来，见到左洛欢脸上的沉郁之色，一瞬间愣住了，"你去问了？"

"他的事，你不用查了。"左洛欢道，"纪西修已经说了。"

"啊？"江弘不知道她从纪西修那里得到了什么消息，但绝对不会是什么好消息，忍不住问，"纪越之的身体真出了问题？"

左洛欢黑脸："他很好。"

江弘瞅着左洛欢的脸色，也只能猜出她心情不好，再加上那份报告他也看了，多少能有个方向，提了一句：“方医生最近还在首都，你要不要……”

“我找个时间过去。”左洛欢道。

方勇对这方面应该有研究。

果然是费洛蒙的问题，江弘在心中想，费洛蒙这种东西对身体有很大的影响，一个弄不好就很容易出事，也不知道纪越之是出了什么问题。

第二十一章 幻梦

骨骼机甲培训课上，被挑选出来的两百名军校生迎来了武器系的同学，他们负责记录众军校生训练的数据，最后根据每个人擅长的技能来适配武器。

左洛欢是重点关注的对象，她往往能比其他军校生提前完成训练，剩下的时间便是一群武器系的人围着她问东问西。不过钱茂在这群人里的水平是拔尖的，他开口问问题时其他人会自然而然地散开。

“你想要什么样的武器？”钱茂比其他人了解左洛欢，她没什么不会用的武器，只有喜欢用和不喜欢用之分。

左洛欢的视线落在刚刚完成训练的纪越之身上，听见钱茂问话，随口道：“弯刀。”

“啊？”钱茂呆住了，“你要用弯刀？”

伽什罗人最擅长用弯刀，因为这个，联邦很多人会下意识地避开这种武器。

“既然他们用弯刀，那我也用弯刀。”左洛欢收回目光，淡淡地道，“用敌人擅长的武器对付敌人。”

听她这么一说，钱茂突然觉得有点刺激：“那我给你做一把和他们一样的弯刀。这个简单，你不是双手都能用？另外一只手不如配把光枪。不过目前的光枪都不能压缩，这个还需要再研究。”

“可以。”左洛欢没有什么意见。

钱茂问完之后，便蹲到角落处去研究光枪和弯刀了。弯刀虽然要做得和伽什罗人用的一样，但还得搞点别的功能。

左洛欢则朝纪越之走去：“今天的速度比以前要快。”

“现在穿上骨骼机甲后没有太大异常。”纪越之转头看她，“再过一段时间就能适应了。”

骨骼机甲虽然很重，但十分贴合使用者的身体，像左洛欢这种适应骨骼机甲重量的人，最多只会觉得身上多了一层金属衣服而已。

左洛欢看着额角带汗的纪越之，总有要问他的冲动，想问他会不会后悔。

天乾和地坤在体能层面到底会有所不同，如果他分化成天乾，应该会比现在的进步速度还快。

“为什么不能扛炮？”关雪一脸烦躁地走到他们旁边抱怨，“我就想一炮轰了那群伽什罗人。”

“光炮是固定在专用的军舰和车内的，能移动的炮筒都是火力炮，这种在边境线上用不了。”江弘走过来道，“你就别奢望了，要不然让他们搞个冲锋光枪。”

“能搞出来吗？”关雪有点怀疑。

“你只管提建议，能不能做出来是他们武器系的事。”江弘无所谓地道，“反正现在都在摸索中。”

几个人在一起没说几句话，康广便让所有人集合。

“我看大二和大三的同学好像都互相不服气。”康广咧嘴笑道，“今天给你们一个机会，来个百人对抗战。枪呢……武器系的同学带来了，放在图书馆门口，计时两个小时，目标是占领图书馆最高层的大铜表。”

在众人还没有反应过来时，康广吹响了口哨。

“走。”左洛欢偏头拉了一把纪越之，他们立刻穿上骨骼机甲，往图书馆方向跑去。

大三那边的学生一见左洛欢几人跑了起来，立刻也跟着跑。

康广在后面警告：“那几个没穿上骨骼机甲就跑的人别跑了，淘汰！”

一百多人穿着骨骼机甲迅速朝图书馆那个方向浩浩荡荡地跑去，令路边不少人惊讶不已。

这两百人是校方选出来做试验的精英。当然不止这一个班，大四也有精英班。大一也正在选拔一些优秀的学生，为明天做准备。

军校生们或多或少都接触了骨骼机甲，但还是头一回看到这么多人穿着骨骼机甲在校内狂奔，纷纷探头，想看一出好戏。

左洛欢跑在最前面，一只手还拉着纪越之，她开始向后传递待会儿进入图书馆的方案。

另一边的大三军校生就没那么顺利了，关远强势，张口喊着计划，但其中有不少人更加信服项承平，这一百人就有了要分成两队的趋势。

项承平觉得这样不好，最后还是将指挥权交给了关远。他不在乎这个，只要能赢就行。

图书馆门口果然放着两大筐枪支，上面分别写了“大二”和“大三”以作区别。

左洛欢第一个拿到枪，递给了后面的纪越之，随后自己又拿上一把，直接冲了进去。

“拦住她！”关远喊道。

关远要项承平等人护着他进去，追上左洛欢。

纪越之则带着队内擅长射击的人率先进去了，抢占了高位，一旦有大三的军校生进来，便马上狙击。

骨骼机甲虽然都是一样的颜色，但他们手中握的枪颜色不同，大二的是红色的，大三的是蓝色的，极易分辨

“纪越之进去了。”项承平提醒。

“我知道，所以你们护着我们进去。”关远不耐烦地道。

还没进去，两队就在图书馆门口打了起来，江弘直接在门口和项承平对上了。

那种枪打在骨骼机甲上不会造成损伤，只是会出现一大块颜料。

左洛欢进去后才发现，图书馆里并没有进行人员清场，不少军校生还在里面看书。

这不可能是一个单独的百人对抗赛，左洛欢心思一转，没有立刻往楼上走，而是跳到一张书桌上：“敌袭，所有人往楼上走。”

果不其然，在她说完后，立刻有人起身，从桌下掏出颜料枪，对着图书馆的人就是一顿扫射，还有朝她射击的。

四个方向。

左洛欢侧身跳下的同时，抬枪射击，处理掉楼梯附近的人，对众人喊道：“所有人上楼！”

纪越之此时已经赶了进来，他留下三人，帮助左洛欢一起处理一层的蓝枪持有者，他则赶往楼上。

这时，各楼层全部响起了枪声，显然这不光是一场百人对抗战，还是一场针对图书馆全员的测试。

纪越之上楼时，见到有人开始反抗，并试图徒手抢枪。

“图书馆每层走廊都有配枪。”纪越之击中蓝方一人，对其他人提醒道。

自从上次伽什罗人夜袭后，第一军校在各大楼都设立了武器配备点，不过既然是测试，里面的枪自然都提前更换了。

关远已经进来了，抬头就往楼梯上扫射。

左洛欢弯腰躲过射击，回头看了一眼关远，他倒是将伽什罗人狰狞的面目演绎得淋漓尽致。

图书馆一共有九层，面积极大，他们要在两个小时内登上去不是问题，问题是每一层都有蓝方阻拦，握着枪在到处扫射。

不过好在不少军校生反应过来后便去寻枪了，胆大的直接联手抢枪，但这时候很容易误伤。

“江弘还在下面？”左洛欢追上了纪越之，问道。

“他应该上不来了，项承平留在下面了。”纪越之并不意外，江弘带着那批人注定会“牺牲”在一楼。

关雪已经带着人登上了五楼，埋伏在楼道口开始阻拦蓝方上来。

“一层容纳不下图书馆所有人。”纪越之回首看了一眼道，“一到四层在第五层汇集，不要再往上，关雪如果拦不住蓝队，就让他们上来，其他人避开楼梯，我们继续往上，只要率先到达大铜表前就行。”

左洛欢做前锋，直接冲了上去。

其实穿上骨骼机甲的军校生，包括那些厉害的狙击手，他们射击的命中率都低得可怕。原因在于骨骼机甲包裹住了手指，隔着一层金属材料，即便它已经尽可能薄了，也没有那种触感。

要小心的是那些没有穿骨骼机甲，又事先在图书馆埋伏的人。

不过他们的射击频次再密，也无法真正伤害到左洛欢。等她在纪越之等人的掩护下一路冲到第九层时，只有一发颜料弹击中了她的手臂。

大铜表面前立了一个锣，左洛欢直接用枪托敲了一声。

这时候，图书馆的广播传来了一道声音：“第一军校守擂成功。”

各层的蓝方选手全部停了手，处在第七层的关远当着纪越之的面将手中的枪砸了：“算你们走运。”

纪越之收起骨骼机甲，目光淡淡地瞥向他：“换项学长指挥，或许你们能攻上第八层。”

关远：“赢了一场比赛而已，别这么得意。”

所有人走出图书馆，康广和武器系的学生就在外面等着。

“我都替你们大三学生感到丢人。”康广啧啧几声。

刚才在图书馆骤然发起攻击的人也都是大三学生，闻言全都低下了头。

“你们一个个比他们多训练了足足一年，还外出接了任务，就这点水平？按理说你们拖也要拖到两个小时过去，结果就这么让大二的赢了？”康广话锋一转，将矛头指向项承平，“你的脑子被伽什罗狗踢了？关键时刻推让什么？装好人？既然你觉得关远的计划有问题，要么夺权，要么带着你的人走另外的路，别拿比赛不当回事。”

项承平低下头：“是。”

关远脸上却露出了不服气的神色，显然不满康广说的话，但他没敢当面说出来。

不过康广看到了关远的表情，当即走到他的面前：“你觉得我说错了？左洛欢和纪越之哪个不比你强？瞎逞能，以后你们和伽什罗人对上，也这样？”

将所有人训了一遍，康广才说解散，然后转身离开了。

这时候，才有人发现颜料弹根本洗不掉。

不管是图书馆里的那些人身上，还是骨骼机甲上，这些颜料都洗不掉。

“特殊颜料，起码十天之后才会自然消失。”钱茂笑道。

江弘的骨骼机甲上满是蓝色，像他这种还好，图书馆那些临时进行测试的军校生就惨了，不少人脸上都是颜料，直接变成了蓝脸人。

“教官说要你们警醒一些，别轻易被人打中了头。”钱茂对那些浑身都是颜料的同学“好心”地提醒道。

整个图书馆乱成一团，比刚才突然袭击测试还要热闹。

左洛欢在人群中找到了纪越之：“哪里中了枪？”

“只有肩膀。”纪越之抬眼看她，“明天等我上完课就出校？”

“好。”左洛欢想起他周五下午的课，沉郁之色一闪而过。

周五下午的课多数是兴趣课，纪越之要上的那两节兴趣课全校皆知，更何况当初演习赛前，外校生全挤过去交流这件事，连教官都有所耳闻。

以前左洛欢没有任何感觉，兴趣课重在兴趣，纪越之上什么兴趣课是他的自由，但现在不同，她很难不去联想他选这两节兴趣课是为了什么。

他为她做了太多，而左洛欢……什么也没有做过，甚至最开始只会逃避。

无论她心中想什么，脸上却半点都不显露出来。她陪着纪越之去上课，并不进去，只是送他去教学大楼。

“待会儿下课了我来接你。”左洛欢抬手碰了碰他的脸，“我们一起回去。”

“好。”纪越之没有察觉出她情绪的不对，转身走进了教学大楼，只走了几步，他又回头来看她，她还没有走，他这才转身朝楼上走去。

等到纪越之的身影消失在自己眼前，左洛欢才离开第一军校，去找方勇。

诊所里有几个人在看病，方勇坐在桌子前给人开药，听见门帘被挑开的声音，下意识地抬眼看去：“你怎么又来了？”

方勇的语气中带了一点兴奋。

因为左洛欢一来，就意味着有什么棘手的毛病。他这个人最喜欢挑战了。

“有点事想问问方医生。”左洛欢扫了一眼里面的病人道。

“就问问？”方勇有点失望，看样子没什么毛病。

左洛欢点头：“方医生有空吗？”

“稍微等一下。”方勇看完边上的一个病人，起身往里走。

左洛欢跟着他走进里面的房间。

“坐，你想问什么？”方勇踢过一张凳子，自己坐到了另一边，端过旁边的热茶，喝了一口，惬意地舒了一口气。

左洛欢没有坐，站在旁边直接问：“天乾强行分化成地坤，对身体有什么影响？”

“噗——”方勇闻言，一时不察，嘴里的热茶喷了出来，茶叶糊满他的嘴，他呸了半天，才抬头看着左洛欢，“你疯啦？好端端的要分化成地坤？我这里可没有这种禁药！”

左洛欢皱眉：“不是我。”

“不是你，我也没有这种药剂，会死人的。”方勇茶也不喝了，拍桌子道，“我不干这种事。”

左洛欢解释：“不需要药剂，我是问那种靠着意志，让天乾分化成地坤的人，身体会留下什么后遗症。”

方勇听得一愣：“你是说……靠意志改变性征？”

联邦史上极少有这种事发生，但医生都听过，毕竟资料上确实有过这样一例病例，因为罕见，所以大家记忆深刻。

左洛欢点头：“我想知道，分化后会不会影响他的身体。”

方勇起身，在屋里走了几圈：“你问我，算是勉强问对了人，这方面我确实研究过。”

早些年，他的基因检测结果一直显示会分化成地坤，但他的梦想是做一个医生，需要冷静，不想受到任何影响，中庸才是他最想要分化出来的性征，所以他一直都在寻找资料，看看能不能改变自己的性征。

只不过联邦多是地坤想分化成天乾，或者与之相反，很少有人想分化成普通的中庸，最后，等分化结束了，方勇干脆把自己的感知割掉了，不过当初他受了不少苦。

“这种靠意志分化的人太少了，有资料记载的只有一个人，还是从地坤分化成天乾。”

“我知道。”左洛欢后面又去查了这个人的资料，没有得到什么有效的信息。

“那个人后来消失了，联邦也没有其他的资料，不过我后来查到了一点。”方勇道，“最能肯定的是，那个人的寿命没有受到影响，但不知道期间有没有其他问题出现。”

左洛欢眉心并没有完全放松下来：“方医生也不知道有没有影响？”

“我也没有见过这种人。”方勇兴奋地道，“你一定认识那个天乾分化成地坤的人，你让我见见，我帮这个人检查身体。有什么问题，我一定会尽全力解决。”

“暂时不用。”左洛欢拒绝。

方勇冷静下来，握着手又转了几圈：“性征分化归根结底是费洛蒙的问题。如果费洛蒙能发育完全，那身体是一定不会有问题的。”

“只要发育完全，就不会有问题？”左洛欢捕捉到了重点。

“理论上是这样。”方勇点头道，“如果能在分化期到来前就靠意志分化成地坤，那应该不会吃太多苦。”

“如果已经出现天乾分化前兆呢？”左洛欢问道。

“这……”方勇摇了摇头，道，“你自己想想，已经出现了分化前兆，再出现另一种分化，身体里面两种费洛蒙在打架，会好过？”

左洛欢的脸色一下子难看了起来。

方勇在旁边看得惊讶不已，当初左洛欢那么痛苦，脸色都没变过，现在不过是听了一句话，居然情绪波动这么大。

这个朋友得和她是多么好的关系？

半晌，左洛欢才开口问：“如果……让你检查，能不能有解决办法？”

“别的我不确定，但有一件事我敢说，在费洛蒙这方面，整个联邦没有人比我更了解。”方勇几乎拍着胸口肯定。

“好，麻烦方医生了。”左洛欢转身要离开。

“等等。”方勇喊住左洛欢，“你那个朋友，我是不是见过？”

他心中已经有了猜测，毕竟有一个人的特征太明显了，稍微了解一点首都圈的人，都能猜得出来。

左洛欢回头，深深地看了一眼方勇：“方医生向来不爱打听患者的事。”

他是不爱打听患者的事，但他很好奇，能让左洛欢产生这种情绪的人到底是谁。

“走吧走吧。”方勇赶着左洛欢出去，反正以后她会带着人来找他，那时他自然就知道是谁了。

左洛欢回到第一军校，调整好自己的情绪，朝纪越之上课的教学大楼走去。这一次，她直接走到教室门口等他。

纪越之上完瑜伽课出来时，身上还带着热气，脸上泛着一层薄红，见到左洛欢时，他的眼睛瞬间亮了，快步朝她走过来。

“累不累？”左洛欢伸手接过他换下来的衣服，问道。

“还好。”纪越之主动牵起她的手，往外走去，“我们回去吧。”

两人一起走到停车场，左洛欢落在纪越之身后一步，突然开口问他：“为什么选瑜伽课？”

她不认为他需要上这种课，何况他还分化成了地坤。

纪越之脚步一顿，正在想怎么转移话题，后面的左洛欢便走了过来，站在他面前。

“是为了我？”左洛欢看着纪越之的眼睛问道。

这种话听起来有点自恋，但对方都能做出从天乾分化成地坤的行为，为她选这种课完全有可能。

纪越之的目光原本有些躲闪，在她问出这句话后，脸上的热度顿时升了起来，有些含含糊糊地应了一声。

大概是看出左洛欢并没有多高兴，纪越之开口解释：“是我自己的选择，你不要放在心上。”

“好。”左洛欢单手捧着他侧脸，认真地道，“我尊重你的选择。”

两人回到中心城后，并没有做什么出格的事情，多数时间都是在一起训练，偶尔情动，也仅仅是亲吻。

周六晚上，纪越之躺在卧室内，并没有睡着，左洛欢去了隔壁的客房休息，从昨天晚上便是这样。

他不是处在潮期，她的潮期也过去了，他找不到借口和她共处一室。当然他们已经在一起了，情侣之间同睡一张床也不算奇怪。

只是纪越之隐隐察觉到左洛欢并不愿意和他睡在一起。

倘若天乾和地坤相爱，费洛蒙是最直观的表现，但他来了一天两晚，没有闻到左洛欢身上释放出一丝费洛蒙。

她厌烦了自己？还是接触之后，不喜欢自己了？纪越之侧卧在床上，胡思乱想着。

久久睡不着，纪越之干脆起身，打开房门，走到隔壁客房门前。他原本想要敲门，手才放上去，仅轻轻地一推，门便开了。

里面没有人。

纪越之愣在房门口，片刻后，转身朝客厅走去。走廊壁灯幽幽地亮着，他就着这点灯光走到客厅，那里也没有人。

“怎么起来了？”左洛欢听见声音，转身拉开阳台的玻璃门，问道，“睡不着？”

纪越之沉默不语，只是快步往阳台的方向走去，待他走到左洛欢面前，便伸手抱住了她。

鸢尾香渐渐弥漫开来。

左洛欢下意识地皱眉，垂眼看着他：“不舒服？”

纪越之靠在她的肩膀上，声音中带着眷恋：“我想要你的费洛蒙。”

一直顺着他的左洛欢并没有立刻释放费洛蒙包裹他，她笑了一声，问道：“怎么了？潮期不是已经过了？”

纪越之松开手，后退了一步，直直地看着左洛欢，那双漂亮的眼睛中没有任何情绪：“只有那个时期，你才会给费洛蒙？”

纪越之站在黑暗中，后方隐隐有微弱的光照来，但左洛欢感受到空气中的那股鸢尾香渐渐变得有些苦涩。

他在难过。

左洛欢沉默了片刻，伸手拉住他，决定坦白：“等你发育完全之后，身体没有问题了，你想要什么我都给。”

"你……"纪越之愣住了，"知道了？"

"如果我不知道，你打算瞒我一辈子？"左洛欢将他拉了过来，闭了闭眼，道，"强行分化成地坤，如果我不喜欢你呢？"

"无论如何，我不会后悔。"纪越之贴在她身上，眼中有氤氲之色，"何况……你喜欢我很久很久了。"

他还有很多计划都没有来得及实施，她便说了喜欢自己，他怎么会后悔？

空气中鸢尾的苦涩味渐渐散去，只剩下甜香。

左洛欢抬手，放在纪越之脸上："疼不疼？"

"不疼，我很开心。"纪越之紧绷的身体渐渐放松下来，看向左洛欢，"父亲告诉你的？"

左洛欢没有回答他这个问题："方勇医生在这方面很有研究，我陪你去检查身体。"

也许是怕他不同意，左洛欢接着道："我想要我们能长长久久。"

"好。"纪越之亲了亲左洛欢的唇角，带着一丝讨要的意味道，"我想要你的费洛蒙。"

他想要确认她现在的状态与情绪。

"只有一点点。"左洛欢释放出一点费洛蒙，低声道，"早点休息。"

冰寒气息裹着鸢尾香，互相纠缠、融合，散发出异常好闻的清新的味道。

地坤的神情有些痴迷，大概是从费洛蒙中得到了支撑，带着点娇意道："你陪着我一起睡。"

"好。"

卧室内，天乾的费洛蒙一点一点增多，左洛欢侧躺着，并没有睡去，看着闭上眼睛的纪越之。

她将费洛蒙稍微收回去了一些，空气中的费洛蒙稀薄了一些，他便睁开了眼睛，显然有些不满。但他也不说话，只是安静地望着左洛欢，等到她重新释放费洛蒙后，被她的费洛蒙包裹住，才安然地闭眼睡去。

左洛欢抬起手，轻轻地抚着他的脸颊，这么喜欢她的费洛蒙？不会抗拒了吗？

不只有天乾的费洛蒙，地坤的费洛蒙也若有若无地在空气中散发，像是一把钩子，在左洛欢心上不停地挠着。

饶是这样，左洛欢也没有做其他的举动，只是手下移，落在纪越之背上，继续轻轻地抚着，让他陷入睡眠中。

纪越之已经产生了困意，勉强睁开眼睛，对左洛欢道："你留在这……别走。"

"不走。"左洛欢答应道。

纪越之这才彻底闭上眼睛，在天乾的费洛蒙的安抚下，陷入沉睡之中。

过了许久，等纪越之睡熟了，左洛欢才靠过去，吻了吻他。温软湿润的唇尝起来是什么味道，她比谁都清楚。

"好梦。"左洛欢轻声说了一句，才闭上眼睛。

第二天，两人没有在训练室训练，左洛欢带着纪越之去见方勇。

诊所里没什么人，方勇一见到两人手牵手过来，眼睛都瞪大了一圈，瞬间明白了左洛欢今天来的用意。不过他最吃惊的不是纪越之从天乾分化成地坤，而是纪越之和左洛欢之间的关系。

"我先关个门，你带他进去。"方勇起身道。

纪越之进来后，视线扫过周围的陈设，偏头问左洛欢："之前，你就在这里看伤？"

这里看起来像专门做违法勾当的黑心诊所。

左洛欢知道他在想什么，低声解释道："这里的灯故意被方医生弄得昏暗了一些，实际上消毒、环境等各方面都合格。"

黑诊所当然得要有黑诊所的样子，否则怎么在这种地方混下去？所以方勇连诊所的灯都做了两套，平时对外就用昏暗的那一套，地板和墙面也故意做旧、做脏，但消毒什么的一直十分严格。

当然，外人并不了解这些。

"我能不能问问你是怎么做到的？"方勇关完门，回来直截了当地问纪越之，"二十多年前，我觉得我也很坚定。可惜的是，该分化成地坤，还是分化成地坤了，不得已之下，我才把感知割掉了。"

纪越之下意识地朝左洛欢看去，随后含糊地道：“不太清楚，出现分化前兆后突然发烧，再后来就有几年没有分化了。”

方勇一脸肃色，好奇地问道：“你有没有用禁药？”

“如果禁药那么容易弄到手，以方医生的个性，应该早就用了。”纪越之淡淡地道。

只要对面的人不是左洛欢，他向来清醒。

“只是想问清楚。”方勇也不介意，“你先跟我过来，检查目前分化的状况。”

这一套流程下来，要花不少时间。

诊所内设备齐全，方勇已经换了一套灯，房间内顿时变得明亮，也显得十分宽敞。

“有些结果要等一段时间才能出来。”方勇扫了一眼旁边的左洛欢，“你们是一对？”

左洛欢透过玻璃看着躺在里面的纪越之：“嗯。”

虽然刚才进来时两人牵着手，但方勇还是忍不住震惊。毕竟左洛欢这个人太独来独往了，从那次治疗后，他就对左洛欢有了一个新的认识——她太能忍，将来一定是能成大事的人。

看着她也像个孤家寡人。

“既然这样，你们早晚要结合，我顺便也帮你检查一下。”方勇突然道，“天乾的费洛蒙对他也会有影响。”

和纪越之身体有关的事，左洛欢都不会大意。

检查左洛欢不用那么麻烦，方勇只需在她身上取一针管血，再拿去检验即可。

“说起来，你们什么时候在一起的？”方勇难得生出八卦之心，“我怎么一直听说你俩不合？”

左洛欢瞥向他，略微有些炫耀：“我们互相喜欢很久了。”

方勇：“也不怕酸掉我们老人家的牙。”

里面的纪越之已经做完全身检查，方勇立刻吩咐他去另外一台机器上躺着。左洛欢站在附近，从未离开纪越之的视线范围，只要他一转头便能看到她。

“好了，先下来，马上有几个报告会出来。”方勇盯着机器仪表道。

纪越之从里面走了出来，左洛欢已经过来了，牵过他坐下：“方医生水平很高，有什么问题他都能解决。”

“你在紧张。”纪越之忽然轻声地笑了，“我第一次见到。”

左洛欢任由他笑，牵着他的手，大方地承认：“嗯，我紧张。”

紧张你的身体会因为强行分化而出现问题。

纪越之脸上的笑意也淡了，对上左洛欢的眼睛，认真地道：“父亲已经找过很多医生帮我检查身体，他们没有发现什么问题。我没事。”

从他十五岁分化期前兆消失，或者更确切地说，从他那天离开左家后，他便开始发烧，不过不像那时候左洛欢发高烧，他只是低烧。

纪西修担心儿子的身体出现问题，家里的医生就没有断过，但皆没有发现任何问题。

等到纪越之低烧消退后，他分化期的前兆也彻底消失，几年间没有任何变化。

纪西修一直都知道儿子的心思，他是唯一一个比医生还要先猜到情况的人，后来随着时间的推移，他便彻底明白了。

“报告出来了。”方勇手中拿着一堆报告，站在桌子边一页一页地看着，“身体状况良好，没有任何问题，还在发育，没有受损的状况出现……啧啧，简直就像是天生的地坤。”

左洛欢起身，走到方勇面前：“确定没有其他问题？”

“也不能这么说。”方勇摇了摇头，指着检测报告的一项数据道，“你看这里……算了，大部分医生看了也联系不起来。他还在发育，等发育好了，以后就不会影响身体健康。不过到底不是天生的地坤，身体里面多少会残留一些原先的费洛蒙。”

“所以？”

方勇看着左洛欢这副紧张的样子，揶揄道：“所以你们结合的时候，他可能会吃点苦，其他没有什么。”

这话一出，左洛欢和纪越之都有些不自在。

“也就是说他没有事？”左洛欢很快追问道，“在他发育完全的过程中，会不会出现其他问题？

“概率很小。”方勇把看完的一页页报告放在桌边，“他现在状态很好，至少我没看出任何问题。”

得到这样一席话，左洛欢心中积压已久的石头才彻底落下。

“这是……”方勇看到下一份报告时整个人愣住了，他猛地抬头，看向左洛欢，“他分化成地坤和你有关？”

左洛欢刚才正偏头看纪越之，闻言说了一声：“是。”

方勇明显感觉到她说的“是”不是自己想问的意思，他捏着手中的报告，皱眉：“我之前听说你分化的时候，是纪越之发现的？”

这时左洛欢才敏锐地察觉到不对，她点头：“是他发现的。”

方勇现在已经不问她了，而是问纪越之：“你发现她分化了，之后你的分化期前兆才消失的吧？”

纪越之没有回答，转头去看左洛欢。

“方医生，有什么不对的地方吗？”左洛欢问道。

“他没事。”方勇伸手指着左洛欢，“你有问题。”

“我有问题？”左洛欢不免皱眉，她以为是之前受伤留下的后遗症。

“你费洛蒙等级太高。”方勇原本只是顺带着看看左洛欢的报告，没想到会发现端倪。她的费洛蒙简直是时刻在沸腾，然而表面看起来居然像个没事人一样。

“刚才我就不明白为什么他分化期前兆会消失得那么快，即便他有强烈的意愿要分化成地坤，也需要契机和时间，而不是突然之间收缩、萎靡，然后就停止了。”

左洛欢听方勇分析时，发现旁边的纪越之握着她的手不自觉地用了力。

他在紧张。

方勇的目光落在纪越之身上：“都说左洛欢分化后期发高烧倒在自己房间里，是你发现了她，这期间是不是发生了什么？”

虽然是问句，但方勇几乎能肯定期间是发生了什么，才导致纪越之后来的变化。

纪越之垂下眼睫，并不言语。

“不是说……是我的问题？”左洛欢不着痕迹地上前一步，挡住了方勇的视线。

方勇意味不明地哼了一声：“当然是你的问题，等级这么高的费洛蒙，身为一个天乾，并不完全是好事，找不到合适的地坤，潮期得不到解决，你就像一个炸药桶，不停往里放炸药，迟早有一天要爆炸。简单地说，你是个短命鬼。”

方勇看着左洛欢身后的纪越之：“我大胆猜猜，你分化逆转和左洛欢有关系，分化期前兆碰上左洛欢这个快分化结束的等级极高的天乾，势必会被压制。正常人这种时候要么倒地失去意识，要么精神受到重大打击，之后一蹶不振。但你们……”

有意思。

大概一个人的潜意识不想伤害对方，另一个人的潜意识不想对抗，所以才产生了这种逆转。

“她咬了你？”方勇突然问道。

左洛欢听到方勇的话后愣了愣，偏头去看纪越之。

他没有出声，也未否认，已经足够说明问题了。

“这样也挺好……”方勇嘴里低声说着什么，随后对左洛欢道，“你的费洛蒙等级太高，他的也不低，这样一来，反而能让他发育得更完整，你也不至于英年早逝。”

“总之你们要是愿意的话，下个月再来检查一遍。”方勇说完就开始赶人，“占用我这么久的时间，该走了，我还有病人要看呢！”

左洛欢牵着纪越之出去了，一直到坐上车，两人都未说话。

等她俯身照例帮他系安全带时，纪越之轻声地问：“你会不会生我的气？”

左洛欢一愣，抬眼望着他，笑出了声：“生什么气？我们越之那么好。”

因为他不择手段地算计她，每一次接近，每一句话都带着欲擒故纵的意味，没有人会喜欢被算计。

“刚才方医生说了，以后我的命把握在越之手里。”左洛欢抬手轻轻地碰了碰他的眼尾，‘有你在，我才不至于早逝。”

纪越之皱眉，伸手捂住左洛欢的唇：“方医生没有这么说，你会活得很久很久。”

左洛欢就着这个姿势，亲了亲他的掌心：“好，你陪我一起。”

两人再回到中心城时，已经是下午了。他们没有回校，准备明天早上再去，这样晚上还能待在一起。

大晚上的，方勇悄悄地发了一条消息给左洛欢：“那个……具体你应该知道吧，总之不光单纯要费洛蒙交融，最好还能让他心甘情愿地情动。”

左洛欢扫了一眼，便将信息删除了。

方医生有时候就是不太正经。

然而，她忽略了方勇是一个医学狂魔，为了达到目的，脸皮都不会要的。他还给纪越之发了消息，拿左洛欢做筏子，大意是说她需要定期疏解。

左洛欢不理会方勇，但纪越之在乎她。

不过是左洛欢离开卧室去倒了杯水回来的间隙，房间内便充满了地坤的鸢尾甜香。纪越之穿着薄薄的长衫坐在床中央，听见开门的声音，便转头看向她。

白色的薄长衫在灯光的照耀下有些透，往常左洛欢只当自己看不见，但现在对方释放这么多的费洛蒙，又用一双透着湿润氤氲的眼睛望着她，不多想都难。

左洛欢掩去眼中的情绪，走向床边，坐下来，低声地道：“先喝水。”

纪越之很听话，主动伸出手，接过她手中的水杯，抬手时，衣袖滑落到手肘，冷白色的皮肤在灯光下泛着玉色，他仰头，慢慢吞咽着杯中的水。大概是吞咽太急，有一点水顺着杯口滴在他的衣领上，浸透了薄白衫，透出底下的肌肤。

“喝饱了。”纪越之喝了一半便不再喝了，偏头望向左洛欢，“你要不要尝尝？”

问她要不要尝尝，自己却握着水杯不给她，视线落在她的唇上，上半身则往前送了送。

心思昭然若揭。

“我尝尝。”左洛欢抬手制住纪越之的下巴，亲在他水润丰盈的唇上。

纪越之的双手撑在后面，修长白皙的手指抓着床单，过了一会儿被她压倒，另一只手不自觉地往后退，玻璃杯掉落，杯中的水渐渐洇湿了白色床单。

两人谁也没有察觉。

灯光依旧，杯中的水已经流尽，那一块床单湿透了，渐渐变得冰冷，床上的人身体温度却只升不降。

房间内的两股费洛蒙慢慢交融，逐渐散发出另外一种混合过后的好闻的味道。

“现在够了？”左洛欢将人揽进怀里，眉眼中还带着一点藏不住的恣意，声音有点哑，“下次别完全听方医生的话，他为了自己的研究，夸大情况是常有的事。”

此时，诊所内的方医生打了一个喷嚏。

“嗯。”左洛欢说什么都好，纪越之倦意上来了，只想靠在她身边休息。

左洛欢也不再出声，安抚着纪越之，让他渐渐睡去。

等纪越之睡熟后，她盯着他看了半晌，像是要将人刻在心中，良久才闭上眼睛睡去。

又是那个梦。

这一次左洛欢仿佛一个局外人，她看着自己躺在床上，一只手搭在额头，似乎不太舒服的样子，片刻后才侧身卧着。

以往这时候她怀里会多出一个模糊不清的人，在她准备看对方的脸时便会醒过来。

但这次的梦境变了。

她见到有人打开门，从外面走进来。少年身材的模样，唯一露出来的脚踝干净、细瘦，带着几分脆弱感。

对方走到床边，俯身想要看床上的人怎么了，却被一把拉上了床，两人纠缠在一起。

向来带着微凉体温的人这时候浑身滚烫，烫得少年挣扎着要起身，却在见到她脸颊通红时，停了下来，伸手去碰她的额头。

“醒醒。”少年似乎被吓住，声音中透着几分颤抖。

床上的人果然睁开了眼睛，带着红血丝，盯着被自己压在身下的少年，伸出手指，重重地按压着他的唇，随后手往下落，托住他的后颈，将人拉了起来。

少年还没有来得及松一口气，下一秒便被咬住后颈。

床上的人本能地朝少年后颈咬去，眉眼泛起狂躁，但并未继续咬伤他，只是抬眼看着少年，声音因为高烧变得嘶哑：“你不是地坤。”

房间内已经开始聚起冰冷的寒意，少年敏锐地察觉到那是她的费洛蒙。他没有离开床，反而伸手搂住她，靠在她的肩膀上，被咬伤的后颈便暴露在她眼前。

即便没有地坤费洛蒙，怀里的少年也对她有着莫大的吸引力。

左洛欢虽然处于第三视角，但能清晰地感知到床上的人现在在想什么。她在想不是地坤也没有关系，自己很喜欢他，只要是他就可以。

“别咬其他人。”少年趴在她耳边轻声道，“我会变成地坤，以后你只许标记我一个人。”

“好。”床上的人发着高烧，意识不清，但他说什么她都答应。

“那……”少年察觉到空气中费洛蒙的变化，主动将自己送过去，让她舒缓下来。

后面的情况左洛欢再熟悉不过了，偏偏有时又觉得陌生至极。

熟悉的是她搂着一个人，低头咬着他的后颈，陌生的是，这一次她接触的是天乾费洛蒙，同样是鸢尾香，却带着苦涩味。

天乾和天乾的费洛蒙触碰在一起，势必会有一者占据上风，将下风者死死地压制。

只不过原本该有的抵抗却没有出现，他完全臣服在她的费洛蒙之下，近乎献祭的行为，也让原本发高烧的人潜意识里不想伤害他。

至寒冰雪费洛蒙爆发，一时间居然和浅薄的未成熟的鸢尾费洛蒙相安无事，甚至鸢尾费洛蒙随着主人的心意，试探性地一点一点侵占了至寒冰雪的空间。

一个有意退让，一个想要缠着，两者竟然慢慢混在一起，原本苦涩味的鸢尾渐渐被稀释，逐渐回收。

两者混合产生的刺痛让他的脸色变得苍白，床上的人也察觉到了异样，这才舍得松开他。

他们即便意识模糊，也想要先安抚对方。

左洛欢看着跪坐在床上的他，趴在她的肩膀上，露出半张脸，轻轻地喊了一声：“姐姐，我喜欢你。”

左洛欢猛地睁开眼睛，天已经亮了。她下意识地转头去看另一边，纪越之不在。

左洛欢瞬间清醒了过来，起身下床，推开门，还未出去，便见到了走过来的纪越之。他已经换上了军服，手上还拿着一套。

“怎么起来这么早？”左洛欢还带有晨起的不适，嗓音中透着微微哑意。

“已经七点半了。”纪越之将手中的军服递给左洛欢，眉眼间泛起浅浅的笑意，“你睡得好沉。”

在往常，都是他醒过来时，她已经穿戴好，甚至还订了餐食。今天他醒过来，发现她还在睡时，心中惊讶了一下，却没有吵醒她，陪着她继续睡了一会儿才起来。

此刻在左洛欢眼中，穿着军服的纪越之和梦境中的那个人逐渐重合了。

“我在外面等你。”纪越之把衣服交给左洛欢后，便转身准备退出门外。

左洛欢一把将人拉住，纪越之回身看她，眼中有些不解：“怎么了？”

“在想我比你大几个月，”左洛欢半靠在房门上，看着他，“算起来我们越之该叫我一声姐姐。”

纪越之一怔，下一刻便偏头不去看她：“只是几个月而已。”

“大一天也是大。”左洛欢好整以暇地望着试图逃避的纪越之，梦中的人可比现在主动多了，“今天很想听你喊一声。”

纪越之的耳尖都红了，左洛欢想要的，他都愿意给，不过……

他没有看左洛欢的眼睛，而是上前几步，错开她的视线，靠在她耳边轻轻地喊了一声：“姐姐。”

轻飘飘的一声，隐隐带着赧意，却和梦中少年的声音完美重合。

左洛欢下意识地环抱着纪越之的腰，回应着梦中那人的话：“我也喜欢你。”

纪越之的半张脸埋在左洛欢的肩膀上，听见她这句突然的话，微微一愣，却没有多问什么，只是更近地靠着她。

周一，两人成功踩着点上课，差点被扣学分，匆忙中纪越之忘记了贴防护贴，于是上课的时候，他周围空了一圈。

这几天他的身上残留着左洛欢的费洛蒙，像是一种圈地标记的行为。

两人在外面向来注意，这还是纪越之头一回带着一身天乾的费洛蒙出现在人前。

第一军校匿名论坛的帖子满天飞。

“救命！这就是大佬的费洛蒙？太可怕了！我人要没了。”

“你们在说什么？有人科普吗？”

“纪越之身上带着左洛欢的费洛蒙呢！太夸张了，这种等级的天乾，果然只有纪越之能配得上。”

“他们在一起都多久了？”

“等等，我记得纪学长以前是不是贴过防护贴？就是分化期之前的那段时间。”

“没有吧，什么时候？”

“夜袭结束那天！我看到过，纪学长后颈贴了。”

“后来那几天纪越之和左洛欢是不是都不在学校？”

“他们那时候就在一起了吗？”

“不是吧不是吧！”

…………

匿名论坛上快吵翻了天，但现实中，整个教室内的所有军校生鸦雀无声，离纪越之远远的。

地坤和中庸还算好，但左洛欢的费洛蒙实在是让座位上的天乾扛不住，太强势了。

左洛欢也是回到寝室后才想起纪越之没有贴防护贴便出了门，正好她待会儿要上下一节课，便去医务室拿了防护贴，去他所在的教学楼大厅等着。

一直等到纪越之下课，从楼上走下来。

“这个。”左洛欢走到他面前，摊开手道，“早上出来得急，忘了。”

纪越之接过来，拉着她去了角落处，道：“你帮我。”

他语气中有几分理所当然的意味，又不讨人厌，反而让左洛欢觉得新奇。她笑了几声，依他：“好。”

左洛欢撕开包装，站在纪越之身后，仔细地将防护贴贴在他的后颈处。

天乾的费洛蒙立刻被隔绝了。

“好了。”

纪越之转身看着她：“你待会儿该上课了。”

“晚上一起吃饭。”左洛欢道。

“好。”

看着她离开的背影，纪越之才伸手摸了摸口袋内的防护贴，他早上带了，只是故意忘记贴而已。

他垂眸看着地面，这种伎俩很拙劣，却有效，可以得到她的关心，又能在课间多见一面。

左洛欢这节课上的是单兵课程，和江弘、关雪同班，她刚一走进去，两个人就开始冲她挤眉弄眼。

“洛欢，我就想知道一件事，纪西修没教训过你吗？”江弘凑过来问道。

“没有。”左洛欢转了转手腕。

“我觉得离纪西修教训你的日子不远了。”关雪摇着头，“现在全校都知道你们已经发展到什么地步了，纪越之的后援会彻底破碎，目前正在匿名论坛上骂你呢！”

“其实我一直很好奇。”江弘宛如唱双簧，紧接着道，“同样都是军校生中的佼佼者，你还是联邦极其罕见的顶级天乾，长得也不差，为什么就不讨人喜欢呢？”

“没错，纪越之冷冰冰的都有那么多人喜欢。”关雪煞有其事地点头，“后援会那些人还多是地坤，真搞不明白他们在想什么。”

“因为他值得。”左洛欢转了转脖子，随后猛地抓起江弘的手，用力一带，就将人拉了过来，一摔。

江弘开始没有反应过来，等人被甩到半空中时，才陡然借力，落下时，用手撑着地面，才不至于真的摔下来。

“你！你动手前不打招呼？”江弘说完就冲了上去。

这时候左洛欢已经和关雪对上了，再加上他，一对二。

三个人都是军校生中的佼佼者，打起来的时候，旁边的同班生立刻过来围观，为关雪和江弘加油。

至于为什么没人替左洛欢加油，自然是因为她赢了太多次了。

等到教官过来的时候，训练室内的气氛已经活跃起来了，不过江弘和关雪一瘸一拐的。

“下手也太重了。”江弘和关雪嘀嘀咕咕，“这是把精力全部发泄在我们身上了。”

“什么精力？”关雪不解地问道，总觉得他话里有话意有所指。

江弘瞥了一眼关雪，扫兴地摇头：“忘记了，你不是天乾，不懂。”

关雪：“歧视中庸！”

“我可没有。”江弘叹气，躲着左洛欢小声地道，“你们中庸不明白我们天乾的痛苦，总有那种精力得不到发泄的时候，所以才会好斗。”

关雪看着他，只见他一边说话，一边看着左洛欢那边，出于单身狗之间的心灵感应，关雪猛然间明白了过来：“原来是这样，他们还没有……”

"嘘——"江弘示意她别说了，教官已经盯上他俩了。

骨骼机甲的训练计划还在进行中，北区的凛冬军走在最前列。目前已经有大批武器研发员赶赴北区，为凛冬军研发适配的武器。

左狄鸿一时半会儿回不来，而第一军校的军校生也逐渐适应了骨骼机甲。

"一个月后，第一军校将选派三千名最优秀的军校生去往北区，和凛冬军一起训练。"康广在课上突然放出重磅炸弹。

"三千名军校生在哪几个年级里挑选？"有人举手问道。

康广罕见地没有咧嘴笑，只是道："全校无年级限制，不止你们，其他军校也同样会选拔军校生过去。"

纪越之闻言，心中便有了猜测：恐怕军委会决定组建骨骼机甲军了。

军校生可塑性强，骨骼机甲计划是头一回尝试，选拔军校生与现有军队共同组建骨骼机甲队伍，应该说是一次很有决心的试验。

"顺便告诉各位一个好消息。"康广的目光扫过在场的所有人，"这次你们不用参加选拔，两百人的名单已经上报了，另外旁边武器系的学生也会过去，不占用三千人的总名额。"

这个消息震惊得所有人头皮发麻，一直到下课都没有反应过来。尤其是大二的军校生，他们可从来没有离过校，不像大三的军校生到处接过任务。

"我们要去北区了吗？"

"我还从来没去过北区呢！"

"听说北区边境线最难守，我们过去能和伽什罗人打不？我早就看不惯他们了！"

周围的讨论并没有影响左洛欢，她更关心另外一件事。

"过几天周末，我带你去方医生那儿，再检查一下。"左洛欢走到纪越之身边道。

纪越之偏头看她，眼中泛起点点笑意："他们都在讨论去北区的事。"

"都已经成定论了。"左洛欢随意地道，"之前说过，要看看你发育得怎么样了。"

她的心思放在纪越之身体的发育情况是否健康上，但他不是。

周末去方勇诊所前，纪越之给方勇发了一条消息询问一些事情："周末去诊所检查发育的情况，如果做了某些事情，会不会影响检查？"

方勇还在给病人看病呢，看见光脑上弹出信息，他懂纪越之在想什么，但大受震撼。

他利索地给病人开完药，洗完手后回复纪越之："当然是越频繁越好，这样我才能更清晰地对比你发育的情况。"

纪越之看着方医生的消息，回想自己的感受，觉得自己可以承受，并没有多少痛苦。

纪越之垂眼想着：那周六……

第二十二章 手中刀

几所军校的学生应该都收到消息了，深夜时，罗绍圆到处联系人，说欢迎他们到来。

“北区虽然环境艰苦了一点，但是好吃的也有，等过来后，我请客，你们付钱。”罗绍圆拍着胸口道。

“你大半夜联系我们就为了说这件事？”查立礼十分无语，深夜一点，罗绍圆打通他和纪越之、安英景的通信，就冒出这么一番话。

罗绍圆觉得查立礼的话很不对：“我今天才得到的消息，当你们是朋友才一训练完就打通信。”

“谁和你是朋友？”查立礼啧了一声，酸味十足，“你们几个一起偷偷去西江流放星玩的人才是朋友吧，和我有什么关系！”

“打过架的都是朋友。”罗绍圆大大咧咧地道，“要是你觉得不是，等来北区，你再来找我打几次。”

查立礼一时无言。

罗绍圆的通信打过来时，几个人都已经睡下了，罗绍圆身后是灯火通明的训练场，她衣服被汗浸透了，半点没觉得尴尬。

纪越之起身接通信时，左洛欢没有入镜，只是翻身起来，拿了一件薄毯，裹在他身上，自己则坐在一旁。

查立礼见到了一双手，以及左洛欢的半张脸，眼睛都瞪大了。他半点都不知道两个人的事情，整个人都呆住了。

“你……你们……”查立礼仔细看着纪越之背后的场景，明显是卧室，两个人大晚上睡一间房？

“他们是一对。”罗绍圆颇为得意地道，“我在西江流放星就知道了。”

查立礼一脸震惊。

对手也是能说在一起就在一起的？未免太离谱了。

“有事说事。”左洛欢受不了他们的磨磨蹭蹭，入镜后冷冷地道，“没事就挂了。”

“别！”罗绍圆喊道，“我想问一下你们过来的准确时间，到时候过去接你们。”

“下个月二十号的样子。”查立礼平复了心情道，目光却不自觉地往纪越之那边瞟。

安英景靠在床头：“我们二十三号。”

“好，那我去接你。”罗绍圆无意识地紧跟着他的话道。

纪越之的视线落在安英景脸上片刻，道：“第一军校会在二十二号动身。”

“行，我知道了。”罗绍圆得到了自己想要的消息，便道，“那不打扰你们睡觉了，拜拜。”

你也知道打扰了，安英景在心中道，再抬眼时，光脑对面已经黑了下来。

纪越之收了光屏，下一秒便被左洛欢拉着重新睡下。他趴在她身边，用指尖轻轻地描摹着左洛欢的眉眼。

今天是周五，康广拉着两百名军校生训练了一整天，纪越之回来的时候已经累了，洗完澡躺在床上便睡熟了，还是罗绍圆打过来的通信吵醒了他。

左洛欢任由他的手指在自己脸上描摹，过了一会儿，才捉住纪越之的手：“不是累了？”

纪越之不语，反而往她那边靠了靠，埋在她怀里，后颈暴露在她眼中。这种举动，无疑是向天乾表明了自己的意愿。

只不过左洛欢向来能克制自己，何况他今天明显累了，并没有如他所愿，就当自己没看见。

纪越之等了半天也没有等到自己想要的，他将脸埋在左洛欢的肩膀处，想要悄悄地释放费洛蒙。

左洛欢像是猜到他要做什么，伸手按住他的后颈，微凉的指腹一碰上去，便让他乖巧了：“听话。”

明明累得回来就睡着了，还在乱撩拨。

左洛欢搂着他，一手搭在他的腰上，一手轻轻地按着他的后颈安抚着。

原本纪越之想着周六要左洛欢安抚自己，但现在生出了逆反心理。她越不碰自己，他越想要她碰。

在左洛欢没有反应过来时，纪越之直接翻身起来，坐在她身上，低头看着她：“你是不是不喜欢我了？”

“没有。”左洛欢扶着他的腰，有些无奈地哄着，“今天先睡觉，有什么事明天说，好不好？”

大概是夜深了情感肆意，纪越之坐在左洛欢身上，双手扶着她的肩膀，轻轻地蹭着：“不好。”

左洛欢没有任何举动，只是看着他，岿然不动。

纪越之抿了抿唇，低下头，俯身贴在左洛欢的耳边，轻声地喊：“姐姐……你……”

左洛欢用力一把将人拉了下来，压在身下，眸色深不见底：“只一次，其他的不要想。”

纪越之像是计谋得逞的山谷狐狸，眉眼微弯，微微仰头，伸手环住了左洛欢，靠在她的肩膀上：“嗯，就一次。”

左洛欢偏头亲了亲他后颈的那块软肉，手在他腰上不停地按压安抚着。

地坤被喜欢的人亲吻是一件很愉悦的事，但天乾强势的费洛蒙往往会让地坤变得疲倦，所以左洛欢才一直拖着不想动纪越之，今天训练时间太久，中途没有怎么休息过，他太累了。

不过她到底没有控制住。

等左洛欢的费洛蒙一注入进来，鸢尾费洛蒙便欢欢喜喜地缠了上来。这个时候，他的眼神逐渐变得迷离，手也有些揽不住了。

那种被她占有的感觉，让纪越之沉迷不已。

然而很快，一股刺痛感开始出现，纪越之最初不以为意，但越到后面，那种刺痛感便越强烈，令他身体发疼，导致他的身体下意识地绷紧了。

“怎么了，疼？”左洛欢很快察觉到纪越之的不对劲，快速将人放开，抱了起来。

纪越之脸上的薄红迅速消退，只剩下苍白，他的身体还在抖。

“我带你去方医生那里看看。”左洛欢迅速起身，被他拉住了。

纪越之摇头：‘已经不那么疼了。”

左洛欢不相信，他脸色苍白，才这么短短几秒，额角便冒出了细密的汗。

“我困了。”在左洛欢放开纪越之后，他身体的刺痛感便没有加重了，纪越之要她陪着自己睡觉。

左洛欢盯着纪越之的脸色，见他好了一点，才同意不去，但还是坚持道：“明天一早去方医生诊所。”

“好。”

等左洛欢躺下来时，纪越之主动靠在她的身边：“我没事了。”

“有没有事，等明天检查。”左洛欢有些生硬地道。她心中自责，却没有表现出来。

纪越之真的累了 应了一声，便沉沉睡去，左洛欢却久久睡不着。

第二天一早，左洛欢便带着纪越之去找方勇。

方勇闻不到费洛蒙的味道，但这两人提前一天过来，让他下意识地去看纪越之。

“你先帮我去拿个药剂。”方勇对左洛欢道，“就在隔壁黄色柜子的最里面，贴了红标签的那瓶。”

等左洛欢出去后，方勇问纪越之：“昨天晚上亲密了？”

纪越之点头。

“转过身让我看看。”方勇道。

“方医生，”左洛欢拿着药剂过来，眼含警告，道，“你要的药剂。”

“说说情况。”方勇问道。

左洛欢仔细将纪越之昨天晚上的情况说了一遍。

“你是说一开始他没有异常，等后面才突然不舒服？”方勇继续问道，“之前出现过这种情况吗？”

“没有。”

“行，先检查。”方勇带着纪越之进去了。

两个多小时后，方勇低头看着打出来的报告：“没受到什么伤害，状态很稳定。”

“那他为什么会不舒服？”左洛欢问道。

“可能是身体太累，导致残留的费洛蒙冒了出来。”方勇观察报告上的发育情况，“他的身体里一定会有天乾费洛蒙残留，这个没办法祛除，只能等它们渐渐散去。你也不用太担心，就是他会吃点苦头而已。”

这点苦头在方勇看来根本不算什么。

纪越之从天乾转化成地坤才只有这点痛，又没有后遗症，已经算是天大的好事了。

不过……他看了一眼面无表情的左洛欢。

方勇不由得想起前几天纪越之偷偷发消息询问他的事，最终还是加了一句：“不会有什么事，你不用多想，该做什么做什么，也不用……咯，忍得太过分，有时候亲密接触是好事。”

左洛欢抬眼，淡淡地瞥了方勇一眼，当作没听懂他话中的深意。方医生从来不多管闲事，但在纪越之的事情上，这已经是第二次了。

“行了，我这些天做了一种药剂。”方勇被她看得有点发怵，把红标签药瓶装好，交给左洛欢，“每天晚上给他擦一擦，有好处。”

“谢谢方医生。”左洛欢接过药瓶，伸手牵过纪越之。

走出去后，左洛欢见纪越之沉默的样子，不由得在心中叹息，然而面上还是带着笑，道：“是我紧张了。”

纪越之抬眼看着她：“分化成地坤是我自愿的，我不想这件事成为你的负担。”

“不是负担。”左洛欢解释，“我只是担心你。”

在遇到纪越之身体出状况时，她会控制不住自己的情绪外露。

从方勇医生的诊所出来后，左洛欢便没有再和纪越之亲密过。两人偶尔周末会一起过，但更多的时间都在训练。军校生们继续加大训练强度，每天都要操作骨骼机甲，如今能力提升了不少，已经能达到自己不穿骨骼机甲时的速度了。

“往年这个时候，你们都在为烈盾努力。”康广看着选拔出来的三千名军校生，“但从今年开始，情况发生了变化，现在军委会酝酿了骨骼机甲计划。你们将是第一批试验者，未来骨骼机甲战士能否在联邦声名鹊起，就看你们了。”

康广只是送他们到港口，并不去北区。

第一军校为他们准备了一艘军舰，最多可容纳五千人，被选中的军校生按队伍安排依次从港口进入军舰中。

“学长，学姐。”丁伍明正在排队进去，见到纪越之和左洛欢等人，立刻打招呼。

左洛欢偏头看去，丁伍明后面的严岩刚好也在和他们打招呼，便一起应了。

“两位学弟也选上了，不错。”江弘对着丁伍明和严岩竖起大拇指，“这次大一入选的军校生才二十四个人。”

一个年级几万人，这次名额的大头全被大四、大三的军校生分走了，严岩和丁伍明能从中脱颖而出，实力确实不错。

“到底是和我们一起参加过演习赛的人，入选不了挺丢人的。”关雪在旁边插嘴，“这次几个军校都有人过去，应该能碰到其他参加演习赛的外校生。”

江弘点头：“对，我查了，他们都会去。”

军舰空间极大，每位军校生都有自己的房间，大概三天的时间能到北区。他们二十二号动身，二十五号才抵达北区港口。

到达的时候，原本说好来接他们的罗绍圆并没有出现。江弘一打听才知道，原来是二十三号那天，罗绍圆第二次逃课出来接安英景，直接被教官抓了回去，到现在都被盯得死死的。

“平时打人训练冲在第一，教官想看不到她都难，不请假直接逃课，怎么会不被发现？”安英景在通信中撇嘴道，“也不知道她成天在想什么。”

那天罗绍圆在港口当着几千名联合军校的人喊安英景的名字，安英景还没来得及站出来，下一秒北方军校来了一车教官，把罗绍圆按在地上抓走了。

安英景都替罗绍圆尴尬。

当然安英景生气的不是这个。

那些教官冲过来一制住罗绍圆就问："外校生自有我们负责接待，你天天逃课跑出来是什么意思？接小情人也不能天天接啊！"

"什么小情人，都是我的兄弟姐妹。"罗绍圆试图挣扎，"那我都接了云东军校的人，肯定要接联合军校的，不能厚此薄彼。"

安英景不情不愿地想着：谁和你是兄弟姐妹？

总之安英景这几天一直都和自己军校的人待在一起，不光没见到罗绍圆，没接到她的一个通信，甚至连条消息都没有。

港口这边，北区已经有教官来接第一军校的人过去了。这次不是演习赛，各军校也没有竞争关系，彼此间的交流比较和谐。

"因为临时来的军校生太多，所以现在只能麻烦诸位睡多人间，暂时没有单人间。"来的教官道，"天乾和地坤会分开，至于中庸也会另外分在别的楼。"

等众人到了北方军校才发现，这个混合多人间里还有外校的军校生。

查立礼和进来的左洛欢打了一声招呼，这间寝室有四个床位，除了左洛欢外，还有两个云东军校生、一个联合军校生，都是天乾。

左洛欢点了点头，将东西放在唯一一张空床铺上。

她看了一眼光脑，纪越之和钱茂被分到了安英景那间寝室。

他们在北区应该住不了多长时间，等队伍整顿好，应该就会去凛冬军那边，住在军区内。

不过到了晚上，凛冬军有人开了飞行器过来接走了左洛欢，是左狄鸿的命令。

他们父女俩大半年没见面了，虽然这是常态，但这一次左狄鸿特地派了人过来，左洛欢不得不去。

北方军区戒严，即便带着左狄鸿的命令，那辆飞行器也要经过层层检查。

左洛欢靠在窗边，在想待会儿爸爸会问自己什么事，是西江流放星的事，还是和纪越之在一起的事。

等到了左狄鸿的办公室外，她敲门进去，见到的是左狄鸿忙碌的样子。他还在处理边境线上的各种事务。

左洛欢也不急，坐在旁边椅子上等着。

“吃了晚饭？”左狄鸿忙完手头的事情，抬头问道，没等她回答，又说，“陪我一起吃点儿。”

桌旁边有现成的饭菜，不过已经凉了，左狄鸿也不在意，打开盒子，摆在桌上，招呼左洛欢过来。

“菜冷了，叫人热一下？”左洛欢拿起筷子问。

“不用，都忙。”左狄鸿抬头，“你吃不惯？”

左洛欢夹了一筷子菜：“不至于。”

“也是，你多能吃苦，怎么会连冷菜都吃不下去呢！”左狄鸿话里夹枪带棒。

左洛欢不说话。

“既然有了喜欢的人，就收收心，别成天到处乱跑。”左狄鸿忙了一天，吃着饭道，“你能发现问题很好，但别一个人单打独斗，至少得让身边的人知道。”

“爸，有什么事您先吃完饭再说。”左洛欢打小就脸皮厚，除了遇到与纪越之相关的事情容易变得畏首畏尾外，其他的事情她还从来没怕过什么。

左狄鸿不再说话，他吃饭也快，在边境线待久了，不吃快点就要饿一天肚子。

等吃完后，左狄鸿才问：“小纪喜欢你？你没强迫人家？”

当初听到这个消息时，他的第一反应也是不相信，毕竟自己女儿成天连家都不着，更不用提在学校待着了，她一天天地在外游荡，和每年都是优秀学生代表的纪越之完全相反。

况且他还有一个疑惑。

“你老实和我说，是不是因为小纪分化成地坤，所以你才喜欢他？”左狄鸿担心左洛欢只是玩玩。

左洛欢非但没有觉得她爸爸多事，反而心中有点高兴父母在意纪越之：

“不是，很久之前就喜欢他了。”

左狄鸿一脸疑惑。

“当初我分化的时候，你们说是他发现的。”左洛欢今天来，正好也有事要问，“我想知道当时的具体情况。”

左狄鸿拧眉回想：“我和纪西修在后院聊事，小纪要上去看看玻璃花园，正好经过你的房间，才发现你出了事。后来纪西修上去找小纪，就把你背了下来，我们那时才知道。”

“他呢？你们有没有注意？”左洛欢继续问道。

左狄鸿一怔，当时他们只见到发高烧的左洛欢，完全没有注意纪越之：“应该和纪西修一起回家了。”

问到这里，左洛欢已经完全确定了，她常做的那个梦是现实中发生过的事情。

“小纪是好孩子，你别乱来。”左狄鸿警告道，“到时候纪西修会放过你，我都不会放过你。”

“知道。”

左狄鸿话锋一转：“所以你们打算什么时候结婚？”

他好准备礼物，少不得要贴给纪西修东西，大出血是一定的。

左洛欢眼中罕见地露出茫然：“什么？”

“别在这里装糊涂了，都在一起了，你不想想未来？”左狄鸿难得这样敞开和女儿说话，“当年我还在军校就向你妈求婚了，不然哪里轮得到我？”

左洛欢一时愣住。

这个还真没有听说过，她爸当年在军校不是数一数二的天才人物？

她这么想着，也这么问出来了。

左狄鸿想起当年的事，脸不由得一黑：“再天才，纪西修这样的人不也一样被压得死死的？”

左洛欢扬眉，猛然明白过来了。

当年第一军校里还有一个任平泊，有他在，纪西修和左狄鸿完全被压制。

“而且……你妈当年迷任平泊，要不是后来……”说起这个，左狄鸿的脸沉了下去，“疯子做出来的事情，永远无法理解。”

一句无聊，就投身伽什罗帝国，让联邦边境线上几十万人陷入水深火热之中。

这件事，无论是纪西修还是左狄鸿都想过、推算过无数次，从来没有想出任平泊背叛联邦的理由。

联邦辜负谁都没有辜负过任平泊。

提起任平泊，左狄鸿又道：“他盯上了你，我没办法转移他的视线。如果他要对付你，我希望你不要辜负了联邦的期望，你是目前联邦等级最高的天乾，除了你，没人能和他比得了。”

“我知道。”

左狄鸿有些自嘲：“任平泊从来看不上我和纪西修。”

“再看不上，如今你们也将他压在边境线之外。”左洛欢对任平泊没有什么感觉，淡淡地道，“他再厉害，也只有一个人，联邦这么多人，拖都能拖到他死。”

左狄鸿向来威严的脸上露出笑容：“你说得不错。”

父女俩又谈了一会儿，左洛欢临走前，被左狄鸿喊住，他再次催道：“求婚这种事，最好早点搞，别错过了好机会。”

左洛欢：“这种事情，左将军您就不用管了。”

她现在只想要纪越之能完全转换，不会再受苦。

从北方军营一路到北方军校，所经过的建筑皆粗犷大气，待在这种地方，很容易生出豪气。

左洛欢下了飞行器，便一路走向寝室。她刚推开门，便发现寝室内或坐或站满是人，她第一眼便落在中间的纪越之身上。

“你们……”左洛欢的视线移向凳子上的牌，“聚众赌博？”

罗绍圆立马从地上站起来：“瞧你这话说得，我这是教他们学习北方军校的习俗。”

好不容易从教官手里逃脱，罗绍圆便强行拉着江弘、纪越之和安英景等人过来玩。

“是吗？”左洛欢偏头道，“我刚才好像见到有教官在楼下。”

罗绍圆一惊！

这时候，左洛欢伸手拉过纪越之，将他手中的牌塞到罗绍圆手中，带着纪越之转到角落处。

“砰——”

寝室的门被人从外面踢开了，罗绍圆还没反应过来，说时迟，那时快，安英景抢过罗绍圆手中的牌，扔在了查立礼身上。

门口的教官手持电棍，虎视眈眈地探头进来，见到罗绍圆就瞪大了眼睛：“罗绍圆！又是你！三更半夜，聚众赌博！”

“我……”

“教官，她没有玩，只是来提醒这个寝室的人别做违规的事。”安英景用手指着坐在下铺的查立礼，此时，查立礼身上有一堆扑克牌。

“我不管你们是不是外校生，在北方军校内赌博就是违规，再有下次……”教官举着电棍按下按钮，空气中顿时有电流闪过。

被扑克牌糊了一脸的查立礼面无表情地盯着安英景：你礼貌吗？

因为是外校生，第一次，不懂规矩，教官最终放过了查立礼这帮人，不过临走前又警告了一番。

教官一出去，查立礼就站了起来，扑克牌落了一地：“安英景，你自己拿在手里不行吗？非要栽赃给我？”

安英景道：“怎么叫栽赃？这是传递！再说了，你之前不也玩了？”

岂有此理！

查立礼看着寝室里的一帮人，随后将矛头对准罗绍圆：“下次你别过来。”

从头到尾没有反应过来的罗绍圆很无辜：“我也不知道教官还会来你们住的地方突击检查。”

说完，罗绍圆发现她的手还被安英景拉着。训练就算了，平时天乾与地坤授受不亲，她当即抽回了自己的手。

查立礼：这种人居然也会有地坤喜欢？

最早开始“传递”的左洛欢已经拉着纪越之躲在角落里，完美隐蔽。

“算了。”罗绍圆大方地道，“下次我再带你们去其他地方玩，今天先到这儿。”

几所军校的人互相认识，玩起来像是感情很好，互坑起来也最狠，在罗绍圆想着下次玩什么时，寝室内的人陆陆续续都走出去了。

“我送你回去。”左洛欢陪纪越之走了出去。

地坤单独住在一栋楼，今天来寝室的人中只有两个地坤。

“伯父让你过去，是为了西江流放星的事？”路上，纪越之偏头问道。

左洛欢想起她父亲说的某些话，笑了一声，道：“不完全是。”

她说不完全是，却没有解释谈了什么，纪越之虽然好奇，但没有再问，只是任由她牵着自己的手，往寝室那边走去。

寝室内的安英景站在原地，等了半天也没有等到相同的待遇，不免有些生气，直接大步走出了寝室门。

“别收了。”查立礼看着蹲在地上收拾扑克牌的罗绍圆，“安英景都走了。”

“哦，是要早点回去睡觉。”罗绍圆闻言，回头看了一眼，“我就剩下这一副扑克牌了，不能丢了。”

查立礼抢过罗绍圆手中的扑克牌：“我收拾好，明天给你。安英景一个地坤，大晚上的，你去送送。”

话都说到这个份上了，查立礼觉得是个人都能明白，但很显然，他高估了罗绍圆。

“我们北方军校安全有保障，又不是第一军校。”罗绍圆这话说出来，顿时觉得自己的身影都伟岸了不少，她这语言嘲讽的实力又提升了不少。

查立礼有些无语：算了，我多管什么闲事。

不过到底罗绍圆也没有捡完扑克牌，因为安英景去而复返，直接喊罗绍圆陪他一起回寝室，说天太黑，他不适应。

“你都这么大的人了，怎么还怕黑？”罗绍圆嘴上虽然这么说，但还是将扑克牌塞到查立礼手上，“明天还我，谢谢。”

看着这两个人离开，查立礼低头望着自己手上的扑克牌：为什么心中就是这么不爽呢？

第二天，各军校开始熟悉周围的环境，凛冬军那边还在准备几所军校的驻扎营，不过已经有人过来点名了。

来的人中有一个人，左洛欢和江弘很眼熟。

“那不是耿迎玉吗？”江弘站在左洛欢旁边低声道，“她不会和我们一起训练吧？”

这次除了各军校选拔出来的人，凛冬军也会挑选一批军人进来，江弘对耿迎玉有心理阴影。当初上康广的第一节课时，全训练室呕吐的场景还历历在目。

“哟，你们班来了不少人啊！”耿迎玉经过第一军校的队伍时，见到了不少江弘的同班生，顺便打了个招呼。

然后，耿迎玉经过下一排，见到了左洛欢，脸上的笑僵了僵。

之前被左洛欢按在地上打的事情，是耿迎玉过不去的坎儿。

“学姐，你是骨骼机甲训练的一员，还是光来点名的？”江弘没忍住问道。

“既来点名，以后也和你们同属一支队伍。”耿迎玉说话时，视线几次很明显地避开左洛欢。

左洛欢站在那儿，没有什么特别的反应，但纪越之察觉到了耿迎玉眼神的躲闪。

她也是个地坤，还属于北区凛冬军。

纪越之垂眼看着粗糙的地面，忍不住多想。

只是一次笼统的点名，点完名后，大家便解散了。

江弘则去直面自己的“阴影”。

纪越之有心想问左洛欢和那个耿迎玉是什么关系，却不知道从何问起。

他面上的表情从来都是淡淡的，又有些冷漠，在常人看来没有任何区别，左洛欢回头去寻纪越之，一见他站在那儿，便走过来问：“怎么了？”

他看起来不太高兴。

“你们认识耿学姐？”纪越之的视线落在前面的江弘和耿迎玉身上，装作不在意地问道。

“以前上过一节课。”左洛欢想起同班生呕吐的场景，不由得笑了笑，“学姐很有意思，费洛蒙用得不错，安英景比起她差了点。”

安英景天生能让人产生幻觉，耿迎玉则充分利用战斗的时机瞬间释放出费洛蒙，打得对手措手不及，这是一个真正经过生死战斗的人摸索出来的方式。

原本纪越之还只是有些在意，当他从左洛欢口中听见夸耿迎玉的话后，便彻底以为两人之间有什么了。

“你很喜欢她？”纪越之心口处无端泛起酸意，“她刚才好像不太愿意看见你。”

左洛欢终于察觉到有点不对劲，她望着纪越之，伸手捏了捏他的脸，问：“在想什么？我为什么会喜欢她？”

“她很在意你。”纪越之提醒道。明明她的眼神在躲避，却又悄悄地用余光看着左洛欢。

“谁都会对打赢自己的人有几分在意。”左洛欢看着纪越之，忽然明白过来了，低声问，“我们越之是不是在吃醋？”

纪越之偏过头不去看她，片刻后才道：“你这么好……有人喜欢你很正常。”

左洛欢还是头一回听见有人说她好，眼中不免带着笑意：“嗯，可是我这么好的人只有一个心上人。”

不经意路过的查立礼无辜“受伤”。

光天化日，朗朗乾坤，就开始说情话，当初还是小看了左洛欢的脸皮。

左洛欢牵起纪越之的手，看向江弘和耿迎玉那边，快速解释道：“之前康广教官上第一堂课时，叫了耿学姐过来，训练室内的天乾的费洛蒙被她全部诱发了出来，只有我赢了她。”

“抱歉。”

纪越之也想控制自己，但两人在一起越久，患得患失的情绪就越严重。即便左洛欢眼中只看得见他一个人，他也总会怀疑这是不是一场梦境。

左洛欢牵着纪越之的手，轻轻地摩挲着他的手指，最后落在无名指上：“你问什么都可以，不用说抱歉。”

那边的江弘和耿迎玉已经成功交谈上了。

“耿学姐，我们几所军校有这么多人，后续由谁带？”江弘试探着问道。

“这事我也不清楚，等过几天军区驻扎营搭好了，一起训练的时候不就知道了？”耿迎玉说完，露出看好戏的眼神，“我听说左洛欢和纪越之在一起了，你给我说说，这两人是怎么走到一起的？”

“就……那样在一起了。”江弘耸肩。

他要是知道是怎么回事，当初能惊讶成那个样子吗？

耿迎玉有点可惜地“啧”了一声：“真没看出来，左洛欢还能有喜欢的地坤。”

那时候左洛欢打她是真的肯下狠手，虽然最后也没动她，但她能从左洛欢眼中明显地感受到没有收敛住的杀意，现在她看左洛欢时身体都会下意识地变僵。

这次骨骼机甲训练计划是前所未有的，因为其中牵涉的东西太多了。

比如，四所军校各自选拔出了三千名军校生，而这三千名军校生原本毕业要去哪个集团军基本都定了一大半，现在却全部要赶赴北区，重新开始训练。

当然，各大集团军的首领，尤其是军委会那边的高层都在争取骨骼机甲队伍未来的掌控权。

不过纪西修和左狄鸿皆有意不让各集团军插手其中，一周之内开了多次会议，最终决定暂时先由北方军校的教官指导训练，之后从这些军校生中挑选能掌管队伍的人。

至于这支队伍内是不是有藏了其他心思的人……那就要看掌管这支队伍的人有什么本事了。

三天后，凛冬军在军区后山搭建好了军区训练营，四所军校被选拔出的军校生全部集合到一起，穿着骨骼机甲向山谷中跑去。

所有骨骼机甲都长得一样，为了区分，各校武器系的学生给自己同校的学生做了臂章，还有铭牌。

当然，这份材料是各校自己出的。

武器系的学生与这群生龙活虎的军校生不同，个个哈欠连天，黑眼圈很重。

这段时间里，这些人紧急补课，学习骨骼机甲的压缩技术，这是一门新课程，所有武器系的军校生都在埋头用功，每一天的时间都不够用。

“都是黑色的太丑了，要不……把我们骨骼机甲的外壳改个颜色？”关雪一边跑，一边对钱茂道。

钱茂没穿骨骼机甲，他摇头拒绝：“骨骼机甲原本的颜色有助于我们发现机甲外壳有没有出现问题。”

四所军校的学生一路浩浩荡荡地跑去，罗绍圆跑在最前面，她成天精力旺盛，自己在前面跑，还要吆喝北方军校的人快速跑起来。

人群中，左洛欢放慢脚步，和纪越之并排：“江弘刚刚说，以后会在我们这群人当中选出一个人掌管骨骼机甲队伍。”

纪越之一怔，这是要脱离其他集团军的掌控？

这次训练因为是四所军校合并，各集团军都出了物资。

“我希望你能成为掌管的那个人。”左洛欢直接道。

纪越之沉默半晌，问：“你呢？”

“做你手中的一把刀。”除了纪越之，左洛欢不会屈居任何人之下。

北区边境线环境复杂且跨度长，一直是最难守的地方，这次骨骼机甲训练的驻扎营安排在山谷中，后山便是凛冬军守着的边境线，前方是凛冬军轮换休息的营地。

四所军校选拔出来的军校生，加起来有一万二千人，他们一大早从北方军校一路跑过来，到天黑时才刚刚抵达山谷入口。

入口处已经有队伍在等，此次从凛冬军中也选出了三千人，全是刚参军不到两年的人。

所有人会集后，左狄鸿亲自过来了。

“在这座山的背后就是边境线，联邦每天都有人因为伽什罗帝国的各种骚扰袭击而死去。骨骼机甲最初研发的目的是减少军人的死亡，但我们在进步，对面的伽什罗帝国也在进步，他们已经研发出了第三代机器人狗。”左狄鸿站在所有人对面严肃道，“现在军委会选拔出诸位，是想要为联邦建立一个保障，一支前锋军。我们期盼你们未来有能力挡在联邦之前，就像身后这座山一样高大。”

左狄鸿看着这些年轻的面孔。这次军委会，他和纪西修力排众议，最终确定了这份计划，为的就是要扶持年轻一代起来，如果他们真的能起来，也许有朝一日能不再像现在这样，只是苦守着边境线。

或许……他们还能覆灭伽什罗帝国。

“在接下来的日子里，会有北方军校的教官指导你们训练。”左狄鸿沉声道，“愿诸位将来能比我们走得更远。”

江弘小声地对左洛欢说；“每次伯父说话的时候，我后背的汗毛都会激动得竖起来。”

“走了。”左洛欢没那么多想法，她心中还装着其他的事情。

北方军校的教官一共有十名，除此之外没有任何人会管束这些选拔出来的军校生和三千名凛冬军。

等大家到了驻扎营，所有人并没有收到解散整理的命令。

为首的一位教官从其他教官中走了出来：“我叫交吉，是你们的主教官，今后你们所有的训练计划都由我发布，你们有什么事情最终也会上报到我这儿。”

她双手背在身后，两脚分开，目光掠过面前的所有人：“你们看见我身后台上的十面旗了吗？以后在这个驻扎营中，会有十名队长，每队一千五百人。现在愿意当队长的人站在旗杆下，一共只有十面旗，每面旗下只能有一个人，如果还有其他人想要当队长，那就去抢，给你们两个小时。”

这时天彻底黑了，只有周围的灯还亮着，刚到山谷的这些人甚至还能听见附近的虫鸣声。

左洛欢伸手拉了一把纪越之，将他拉到自己身后，随即自己朝台上走去。她在第一面旗下站定后，转身面对众人。

交吉拍手：“很好，已经出现了第一位队长。”

在她说完后，陆续有人往其他旗下站，一共才十面旗，要争队长，躲不开竞争。

很快，有人开始向旗下的人攻击，左洛欢当然也免不了和人交手。

“你现在上去干什么？”安英景喊住罗绍圆。

“去竞选队长。”罗绍圆很兴奋地道。

“现在过去白费力气，等他们打到一半你再上去不行？”安英景示意她看台上，“除了左洛欢，你看有谁上去了？查立礼他们都在下面。”

罗绍圆想了想，道：“无所谓，我就想上去和大家交交手。”

当队长事小，她更想打架。

“臭天乾。”安英景看着罗绍圆跳上台，不由得生气地骂了一句。

一万五千名选拔出来的人，哪个不极其优秀？自然不甘屈居人下，两个小时内，不断有人上台。

而守在擂台旗下的人也不断更换着新面孔，到后来，查立礼、关远都上去了。

关远没敢去挑战左洛欢那边，去她那边的人多是凛冬军。最先上去的一批人基本上全下来了。

罗绍圆还在，就是骨骼机甲有不少地方凹了下去。虽然有骨骼机甲护着，但那些挑战者的力气极大，骨骼机甲并不能让所有的力道都消失，她脑袋都有点发蒙。

安英景是掐着时间上去的，随便挑了一个守在旗下的天乾，释放出自己的费洛蒙，将人迷惑住，然后一脚将对方踢下台。

他的费洛蒙一出来，台上人的动作都不由得停了下来。

目前，整个擂台上，从头至尾留在台上的人，只有左洛欢，而且左洛欢是除安英景外最轻松的一个。

那么多凛冬军上来，居然没人能伤到左洛欢。

“奇怪了。”江弘和众人一起围过去，仰头看着擂台上的左洛欢，诧异地嘀咕，“她什么时候爱出风头了？”

左洛欢从来都不太喜欢集体与组织，尤其是当领头人，她嫌烦。

今天她居然这么积极？

不过江弘很快就知道为什么了，左洛欢就是来光明正大地秀一把恩爱的。

守擂即将结束时，左洛欢脱了骨骼机甲，直接朝台下一处伸手，眼中带着淡淡的笑意。

纪越之仰头看着左洛欢，想起她白天说的话，狭长的眼尾微微弯起，随即众人便见到他从人群中走了出来。

他一走出来，便被左洛欢拉着手牵上了擂台，待纪越之站定后，她才从旗台上退下。这时候，两个小时时间刚好结束。

守了两个小时的擂台，左洛欢就这么拱手送人，连旁边的交吉都愣住了，没见过有军校生会做出这么出人意料的举动。

“喔——”台下顿时一片喊声。

谁能想到在这种时候还会有人秀恩爱呢？当着一万五千多人的面，左洛欢狠狠地秀了一把。

“过分！”底下有地坤道，“刚才她把人牵上去的样子，我还以为是什么婚礼现场。”

“还是我们学姐会玩。”丁伍明仰头看着台上，对旁边的严岩八卦地道。

“纪学长也不差。”严岩没有上去，他想跟着左洛欢他们。至于队长是左洛欢还是纪越之，没什么区别。

十名摘旗人已经选出来了，交吉也站了上去：“十位队长已经选出来了，他们手下各有一千四百九十九个名额，现在大家可以自由地选择队长。事先提醒一句，当一个队名额满了，还有人想去的话，也只能挑战。”

江弘、关雪等人没有犹豫，直接走向纪越之那边。项承平犹豫了一会儿，最终也走向他们。

“以前没发现。”江弘走到左洛欢身边，“你可太会了，在哪儿偷师了？”

这水平撩不到地坤才有鬼。

左洛欢垂眸，一只手按在另一只手的无名指上，不停地摩挲着，轻轻地笑了几声：“这种事情，无师自通。”

关雪往外挪了挪。

太酸了，这是“单身狗”不能承受的酸。

人数众多，队伍的划分到后半夜才结束，而他们还要去分配住宿的地方，这些事情自然会交给今天才选出来的队长来处理。再一拖延，基本上天都快亮了，所有人才去休息。

十名队长中，有五名是凛冬军出身，另外五名是还未毕业的军校生，分别是纪越之、安英景、罗绍圆、查立礼以及关远。

所有人刚躺下休息了不到一个小时，驻扎营地便响起了尖锐的铃声。

“这是干什么？”关雪猛然翻身起来，“一个小时都没到。”

“训练。”左洛欢已经穿戴好，“全部出去叫人。”

这一片都是纪越之今天刚刚分到的人，左洛欢出去时，纪越之也刚从住宿的地方走出来，她对着他指了指另外的方向，然后快速地去敲其他人的门了。

等所有人赶到集合处时，已经有五支队伍笔直地站在训练场内。

纪越之的目光向那儿扫去，他记得这五支队伍的队长全是凛冬军出身。

交吉看着第六支集合在训练场的队伍，抬起光脑：“十分钟，一个集合花了十分钟。”

后续又赶来了罗绍圆、查立礼和安英景的队伍，时间全在十五分钟内。

唯一一支队伍集合的时间超过了十五分钟的，是关远的队伍。

“睡觉还换睡衣？”交吉走到关远面前，挑开他没有扣好的军服外套，厉色道，“这座山后就是边境线，你当是你家？十五分钟，足够伽什罗帝国用机器人狗屠完你们一整队了！”

交吉一个个训斥着，纪越之听在耳中，视线却落在前面的几支队伍中。他们每个人的衣服都整整齐齐，显然已经习惯于这种高强度的临时通知。

他们还有很多东西需要学。

“十分钟开外赶到的队伍，全部绕着山谷腹地跑二十圈。”交吉看着纪越之那队，补充了一句，“包括十分钟到达的队伍。”

二十圈的距离不难，难在山谷腹地环境多样。有时候前一秒还是山坡陡石，下一秒就是淤泥水路，他们又穿着骨骼机甲，一脚踩进没到膝盖处的淤泥或水地里，压力倍增。有些人一时控制不住，会整个人都栽进淤泥中。

等大家跑完后，所有人都累得不行，骨骼机甲上脏兮兮的。

“今天是第一次也是最后一次，我们去叫你们。”跑完后，纪越之站在自己的队伍面前提醒道，“以后即便是睡觉，也不能掉以轻心，除非你们想在睡梦中被伽什罗人杀了。”

“是。”

他这支队伍多是第一军校的人，选择纪越之后，没有什么不服从的现象出现。

毕竟队里还有一个左洛欢。

昨天深夜，那么多凛冬军的学姐、学长上场，都没一个能打赢她的。

有她站在纪越之身后，自然谁也不敢反抗，又不是活腻了。

罚跑圈的五支队伍回来后，之前还在这里的五支队伍早就离开了，交吉也不在，只有另外几个教官，一人拿着一把高压水枪等着他们。

等人一到齐，他们就拿着水枪猛滋。

一开始大家以为是帮助他们清洗骨骼机甲外表的脏污，但很快众人便察觉出了不对。

这分明是油！

骨骼机甲本身很是光滑，只有脚底和手掌处做了特殊的处理，但这样被浇上了油，稍微不注意脚下便会打滑。

“向前三公里，交教官在那边等着各位。”一位教官道。

在他背后有一辆罐体车，不用想，里面装的肯定是油。

左洛欢抬起手臂闻了闻，不是汽油，应该只是普通的润滑油。

众人在各队长的带领下往前面跑去，几个教官坐在罐体车最上方，每个人拿着一把高压水枪，时不时就对着下面的军校生喷去。

高压水枪冲力又强，稍没站稳的军校生就被冲倒在地。几个教官这么一路喷去，原本排列整齐的队伍几乎散了，不少倒地的军校生自然落到了后面。队伍行进的速度也慢了下来，不少人踩着润滑油，不管多小心，平地上都能摔倒。

“这样下去，三公里路得跑半个小时。”江弘抹了一把脸，也不管手上有多少润滑油。

骨骼机甲是全包裹型，从头到脚都被薄薄的机甲贴身包住，但眼、鼻、口处做了特殊处理，让穿着骨骼机甲的人可以正常呼吸、说话。

“先排列好队伍，所有人挽手前进，一旦倒下，旁边的人伸手拉一把。”纪越之回首道。

教官要往他们身上浇油，自然是为了后续的训练，不过现在他要护住自己的队伍。

纪越之这支队伍反应迅速，其他几个队的人一见，也有样学样，互相搀扶着快速前进。

只是所有人浑身都是油，要拉起旁边的人不光费力，还容易把自己带倒然后牵连一排。不过每个人为了不连累其他人，都咬牙扛着，倒了就迅速爬起来。

坐在罐体车顶上的教官见状，不由得挑眉，轻笑，反应还行，没那么慢。

他们只是这么想着，可拿着高压水枪喷射润滑油的动作倒没有停过，一直到这些军校生相互搀扶着抵达训练地点。

“来了。”交吉抬手看了一眼时间，问众人，“要不要让你们休息一会儿？”

“不需要！”罗绍圆喊道。

教官那话一听就没安好心。

训练地点是一个悬崖，更确切地说是百米宽的裂缝，固定着五条绳子，对面还是同样的平地，再远处是一栋高楼，外面也挂着五根绳子。

“看你们初来乍到，我们教官也不好做得太狠。”交吉指着那百米宽的裂缝，“教官担心你们过不去，专门为每队固定了一根绳子，待会儿你们从这根绳子上走过去。”

众人一时无言。

“哦，对了，一物两用。”交吉道，“这根绳子你们还可以用来攀楼。”

关雪凑到悬崖处的裂缝边上望了一眼，脚下细碎的石子便哗哗掉了下去，半天都没听见石子落地的声音。

“教官，这下面多深？”查立礼问道。

“不深，大概……”交吉想了想，“千米吧！”

查立礼一脸难以置信。

骨骼机甲再厉害，从这么高的地方摔下去，人也被震碎了。

“既然你们选择了这条路，就要明白死亡时刻伴随着自己。”交吉道，“无非是死在哪里的问题。好了，现在准备动身。”

每队一根绳，绳的直径也就五厘米的样子，他们脚底又沾了不少润滑油，现在过去，难上加难。

“先提醒一句，别想把手心和脚底的润滑油擦了。”开始前，交吉警告道。

脚底踩着绳子会打滑，手攀着绳子也会打滑，他们要过去很麻烦。

“队长，我先过去。”严岩站出来道。

纪越之偏头看他，点头同意。

严岩直接用脚试探性地踩了上去，脚底明显有滑动的感觉，但他用力踩住后，还算能固定住。

他抬头看了一眼对面，另一只脚立马踩在绳上，快速前进。

只是走到一半，他脚底一个打滑，整个人眼看就要掉下去，他猛然伸出手，拉住绳子，但掌心的润滑油还在，同样打着滑，眼看手也要握不住了，他就要掉下悬崖。

在旁边围观的人有些已经惊呼起来。

严岩心中也很紧张，但求生的本能让他挣扎起来。手松开绳子的一瞬间，他双脚绷紧，腿向后弯曲，钩住绳子，上半身再抬起，借用臂弯挂住绳子。

他不敢再耽误，借着这个姿势，快速爬向对面。

最终他翻身起来的时候，对面的人不由得松了一口气。

接下来是关雪，她的身材比之严岩要瘦小不少，动作也灵活很多，直接踩在绳子上一路顺利地过去了。

再难都要过去，各队的人开始陆续过去。大家过去的方法不同，都在寻找适合自己的办法，而且前面的人也贡献了不少招式。

“我的天！”

正在各队艰难过去时，罗绍圆那队有个人最终没撑住，直接掉了下去。

那人这一掉扰乱了各队的平静，像是引燃了什么导火线，接下来各队不断有人掉下去，而围观的教官无动于衷。

“忘了说，训练是计时的，你们再这么愣下去，全部淘汰。”交吉看着这边不动的军校生道。

“走。”

这边还没有走过去的人纷纷咬牙动身。

左洛欢看了一眼站在旁边的纪越之：“你先过去，我最后，待会儿把绳子解了。”

“好。”纪越之应下，他踩在绳子上快速越过悬崖的裂缝。

脚底沾上润滑油后，所有人的实力都大打折扣，要过去的话对平衡力的要求极高。

多数人走到一半皆是手脚并用，慢慢地爬过去的。

等到有人掉下去后，还未过去的人慢慢地改变了策略，直接一开始就手脚并用，爬过去。

纪越之的速度太快，脚点在绳子上，人还未完全沉下去，下一秒，他的另一只脚便点在前方。百米细绳，别人走得艰难，他却像是蜻蜓点水，不一会儿便过去了。

“这也太轻松了。”罗绍圆在对面看着，不免咋舌。

“你成天被左洛欢蒙了眼吧！”安英景嗤道，“纪越之既然和她当对手，水平能差？”

罗绍圆转头看了看安英景：“我随口说说而已，你那队没过的人比我的队多了好几十个呢！”

安英景横了她一眼，没有再理会她，自己踩着绳子过去了。虽然他比不上纪越之，但在一干手脚并用的军校生中表现得还是十分亮眼的。

两个多小时过后，大部分人都过去了，这边只剩下零星几个人。

纪越之这队只剩下左洛欢一个人，她要解开这头固定的绳子。

查立礼那队的最后一个人解开绳子后，直接绑在自己身上，绑了好几圈，然后被对面的人扯了过去。

左洛欢解开绳子后，在手腕上绕了几圈，确定固定好了，便后退几步，随后径直跳了过去。

百米之远，左洛欢凌空几个跨步，最后单手攀住对面的悬崖边，迅速翻了上来。

对面因此响起一阵抽气声。

这太生猛了，两边又没有高度差，她这爆发力未免太变态了一点。

“听说她穿上骨骼机甲跟没穿一样。”交吉看到这一幕，对旁边的教官道，“果然没错。”

即便现在这些人穿上骨骼机甲后的感觉已经比最开始好了不少，但总还有影响。

左洛欢收了绳子，跟着队伍跑到大楼前面。

已经有五根绳子挂在上面了，应该是之前那些凛冬军用过的。墙面光滑无比，没有任何受力点，显然需要绳子才能攀爬上去。

五个队的人要将绳子甩上去，这就得花一段时间。

“关雪，你先上去探探。”纪越之道。

“好。”关雪抓住绳子，道。

她掌心仍有润滑油，好在绳子粗糙，又是向上攀爬，危险性比刚才要低不少。

中途她也曾滑下来，不过很快又上去了。

上去后，关雪打了个手势，示意没有问题。

绳子沾了润滑油，到后面会越来越滑，所以纪越之先分好了人。刚才过悬崖裂缝时，他注意到的一部分实力偏弱的人全部先上，实力强的则留在后面。

楼顶是一个大平台，中间有五个楼梯通道，关雪没下去，就站在楼上等着队伍上来。

等队伍差不多齐了后，纪越之便带着人下去了。

楼梯没有扶栏，而且阶梯很滑，走的时候所有人都小心翼翼的。

“教官也不说在搞什么。”江弘憋了一路，终于没憋住，“完全不知道我们接下来要做什么。”

但很快他们就知道了。

因为大家才走到楼梯的一半位置，楼梯突然全部朝两边收缩，所有人直接从半空中摔了下来。

动作快的人知道借助周围的环境，让自己稳稳地落地，有一些没有反应过来的人直接噼里啪啦地摔落在地，半天爬不起来。

如果队长这时候仔细观察，便可以迅速将自己队伍中的人比较出一个强弱。

当然不是所有人都像纪越之一样过目不忘，何况他身边还有一个左洛欢。

等这些人从骤然摔落中回过神来，便发现前面先抵达的凛冬军队伍已经站在了他们对面。

“每个楼梯有一个对应场地，也对应一支队伍。”纪越之的视线落在对面的队伍上，“我们选了这支。”

“纪队长猜得不错。”顶上传来教官的声音，“旁边有代表你们队伍的背贴牌，各位的任务便是撕掉对方的背贴牌，时限一个小时。”

众人以为这只是一场简单的打斗比赛，但很快他们发现，他们低估了教官的邪恶程度。

因为整个场地突然开始冒水，迅速淹没了地面，不到一分钟的时间便已经漫到了众人小腿处。

“这是要我们在水里比赛了？”纪越之回头看着众人问，“有没有人不会游泳？”

结果真的有人举手说自己不会游泳，关雪、严岩就在其中，随后陆陆续续举手的居然有五六十人。

纪越之分配了两百人挡在这些人的前面：“你们就在后面现学。”

水进得太快，很快便没过了所有人的头顶，那些不会游泳的人被引着现学游泳技术，周围同队的人特地拦在他们面前。

这一下纪越之的队伍便少了几百人。

在水中，身体变得更重，所有人打斗起来更费体力。没人愿意认输，除非失去了抵抗力。

左洛欢就在水中和对面的人打了起来，她也懒得费力，直接带着对方一起沉水。一开始对方还能回招，但后面需要呼吸，便挣扎着想浮上去。对方这一挣扎，就是她撕下对方背贴牌的时机。

水下一片混乱，对方队长趁机带着好几个人围堵纪越之。左洛欢刚到远处撕下两个人背后的背贴牌，一转身便见到纪越之被围堵了。

她离得远了点，离纪越之最近的人是江弘，他的身边也有人缠着。

纪越之沉下水，面向左洛欢，向她打了个手势，要她继续，不用管他。

左洛欢定在原地，随即毫不犹豫地转身继续对付其他人。这一次她没有再偷懒，见到人就直接动手，在她手下几乎没有人能走过两招。

打斗间隙，她回头朝纪越之那边看去，他已经被压在水下，四肢挣扎着，始终上不去。

“你们猜她会不会去救？”交吉看着水下的监控画面，问旁边的几位教官。

“现在去救也晚了。”一位教官道，“如果她一开始不掉头走，还有机会救下纪越之。”

“要是我，一开始就去救了。”另外一位教官道，“不管纪越之是不是她喜欢的人，归根结底他是队长，队伍的中心，怎么也要保住他。”

交吉笑了一声，指着最后面那些人道：“你们继续看。”

原本说着不会游泳的那些人陆陆续续游到边缘处，开始收缩队伍，那姿势灵活得根本就不像刚学会游泳的人。对面的人掉以轻心，还想过来乘机撕他们的背贴牌，结果反而被他们给撕掉了。

有了这几百人的加入，纪越之这边人手大增。

关雪从侧面猛地游了过来，踹开两个正要去撕纪越之背贴牌的人，严岩挡在队长的前面，后面过来的丁伍明架住纪越之便往上游。

纪越之浮到水面上，终于能畅快地呼吸了。

“队长，你没事吧？”

“没事。”纪越之被压在水中太久，整个人有些恍惚。

这时候左洛欢已经撕掉了上百人的背贴牌，别人出水面呼吸几次，她才浮上来一次。她回首见到了纪越之，便快速地浮上水面，远远地看着他。

明明他被骨骼机甲覆盖住了脸，但左洛欢像是能看见他，心口仿佛被人用力攥了一把。

透过翻滚的水面，纪越之朝左洛欢摇了摇头，示意自己没事。

片刻，左洛欢沉下去，继续动手。

“这些人什么时候商量好的？”旁边的教官看愣了，他们一直在屏幕这边看着，也没见纪越之做什么手势。

交吉摇头笑道：“有些话不用说。”

之前纪越之问谁不会游泳时，眼睛一直看着关雪和严岩几个比较熟悉的人，他明明知道这些人会游泳。

关雪几个人瞬间明白过来，他们对附近的人快速打了个手势，这才有了几十个人举手说自己不会游泳的场面。

关键在于对面的人并不了解关雪这些人。

“哈哈，那位凛冬军出身的队长被围堵了。”教官看热闹不嫌事大，“现在等于是自掘坟墓了。”

第二十三章 争执

对面的队长被关雪、严岩几个人围堵了。

关雪等人找到机会就撕下了他的背贴牌，他只能游上水面，回头一看，自己的队员被灭了一大半。

现在的军校生一个个够狠，居然拿自己下套。对面的队长恨恨地想。

“还有多久？”交吉问旁边的人。

“还剩十分钟。”

“可以，时间一到抽水。”

水下，左洛欢犹入无人之境，没有人能拦得住她。

“纪越之这队，左洛欢在这里，就是个无敌的存在。”有教官摇头道。

看其他四场对战，要么势均力敌，要么就是先到达的队伍略胜一筹，毕竟后五支队伍没有时间休息，而前面五支队伍来到这栋大楼后已经休息了几个小时。

哪会像这支凛冬军的队伍一样，输得一败涂地。

“时间到了，抽水。”交吉拍了拍话筒，“所有人停止，注意脚下。”

抽水的速度放慢了，好让里面的人不至于摔下来。

等水抽干后，各队开始清点数量。纪越之这边根本不用点了，对面队伍中还“活”着的人屈指可数。

左洛欢一个人杀到他们大本营去了，水退后，她便脱了骨骼机甲。在水中泡了太久，水从骨骼机甲口鼻处进去了，她浑身早湿透了，头发也不可避免。

她抓了一把湿发，用手指往后捋了捋，便朝对面的纪越之走去。

“好点了？”左洛欢端详着他的脸色，眼尾还有未退去的红晕，显然是之前在水下窒息的原因。

“我没事。”纪越之只是当时有些难受，现在已经没事了，他抬眼看着左洛欢，“我们赢了。”

“嗯。”

在所有队伍清点完，分出胜负后，旁边的墙突然收了起来，各队都能看到隔壁的队伍，交吉等教官也从外面走了进来。

“怎么回事！”罗绍圆就在纪越之这队隔壁，她的目光扫过时，看到了那边一地的牌子，整个人都震惊了，问那个队伍的队长，“你们怎么输得这么惨？”

那个队长白了她一眼：“你们队不也输了？都是输，有什么区别？”

“这当然不一样。”罗绍圆摇头，“我们一连奔波了半天，都没时间休息，对上你们提前来的人，当然吃亏了。”

这时，交吉走了进来，让所有队伍集合并站好：“输的队伍，明天继续罚跑，然后再训练。”

“教官……掉下去的人呢？”查立礼站出来问道。

交吉瞥向他：“在对面继续锻炼平衡力。”

悬崖下设了防护网，没真让这群人受伤，等队伍进入大楼后，教官便将掉落下去的人拉了上来，重新拉了绳子，罚他们在绳子上来回不断地走。

等所有人从大楼内出来时，已经是下午了，交吉让他们把骨骼机甲穿好，集体跑回去，准备吃饭。

“食堂绝对容纳不下一万五千人。”纪越之回头对自己队伍的人道，“加速跑回去。”

其他队也有与他一样想法的队长，立刻带着队伍朝前狂奔。

“一个个比来的时候跑得还快。”交吉在后面嗤道，“我看他们根本不累。”

“今天一天累死了。”到了食堂，江弘抢了一张大桌子坐下，伸了个懒腰。现在他饥肠辘辘。

“我去打饭。”左洛欢按住纪越之，让他坐下，自己则拿着盘子过去了。

江弘也立马站了起来：“我也去。”

关雪把盘子递给他：“谢谢，帮我也打一份，我什么都吃。”

“明天，你给我打。”江弘说完才离开。

没有抢到座位的人只能端着盘子站在里面，或者出去吃。

食堂五十个窗口全部排着长长的队伍，左洛欢算是排在前面的人，她打了两份饭菜，转身回去了。

原本坐在位子上的关雪几个人也不知道去哪里了，只剩下纪越之一个人在这儿。

“吃完饭去休息。”左洛欢将打来的饭菜递给纪越之，在他旁边坐下，“恐怕晚上还有训练。”

纪越之垂在腿侧的手伸了过去，牵住了左洛欢的另一只手，他觉得她的情绪不太好。

左洛欢偏头看了他一眼，淡淡地道：“下次别拿自己当诱饵。”

“只是训练。”纪越之轻声道。

“只是训练就能拿自己当诱饵，那实战时还能做出什么事？”左洛欢眉间掠过一丝烦燥，原本她对任平泊针对自己的事情并不在意，但现在觉得任平泊不除不行，他会危及自己身边的人。

纪越之沉默了半晌：“只要战场上能赢就行。”

“兵易得，指挥难寻，这个道理要我教你？”左洛欢以前不觉得，但今天见到了纪越之在水下被人压制的场景，说话便不自觉冲了点。

江弘端着饭菜走了过来，见两人之间的气氛僵硬，犹豫着问：“这是怎么了？”

仅仅是排队打饭的工夫，这两个人吵架了？

“我信你不会输。”纪越之对上左洛欢的眼睛，“你也要信我不会输。”

“好。”片刻，左洛欢又道，“抱歉。”

“哈哈，都训练一天了，我们赶紧吃口饭。”江弘坐下来打破奇怪的氛围，“关雪呢？”

“我来了！”关雪捧着一堆罐装果汁冲了过来，“刚才武器系的人在那边发饮料，我抢了不少过来，每个人一瓶。”

过了一会儿，严岩等人也打完饭坐过来了。

吃完了饭，所有人洗漱一番，便准备休息了。不过这一次，没人敢把自己脱得干干净净再睡觉，全部换上了新的训练服，和衣而睡。

睡前，江弘收到了一条消息，是左洛欢发来的。

“你帮我搜集任平泊所有的资料。”

江弘翻了个身，发消息回复：“你要查他啊？正好我有很多他的资料。”

左洛欢回复：“不光要大众能查到的资料，最好是那些鲜为人知的信息。”

江弘回复：“这个没问题。但先说好，只有任平泊前二十几年的信息，后面他叛逃到伽什罗帝国了，我家也查不到了。”

左洛欢回复：“可以。”

他们回来后已经是下午四点了，等到彻底可以休息时，差不多五点半了。

左洛欢只睡了半个小时便醒了过来，她走出寝室门，转头看向纪越之的寝室。

他这时候应该还在休息。

原先并没有觉得，可今天在水下那一幕，让左洛欢彻底明白了纪越之在自己心中有多重要。

她宁愿那个被压在水底不能呼吸的人是自己，也绝对不希望那个人是纪越之。

左洛欢靠在柱子上，有些出神。

过了十来分钟，有人从里面走了出来。她回头看去，是纪越之。

“怎么不继续休息？”左洛欢问道。

“想你。”纪越之言简意赅地道。

左洛欢一怔，随后朝他伸手：“过来。”

纪越之关上寝室门，快步走向左洛欢，才一靠近，便被她抱住了。

纪越之被左洛欢一把抱住，无意识地将下巴垫在她的肩膀上蹭了蹭，虽然训练服布料粗糙，他那一小块皮肤都因此蹭得发红，但他也没放下来。

过了一会儿，左洛欢的上半身微微后移，纪越之只能从她的肩膀上移开。

她牵起他的手，把玩了片刻，带着虔诚的意味亲了亲他的手指："我也想我们越之。"

酥酥麻麻的感觉从那根被亲过的手指蔓延至全身，纪越之几乎需要靠在左洛欢身上才不至于站不稳。

"有监控……"纪越之轻声地提醒，却没有抽开自己的手，而是任由她微凉的唇亲上来。

左洛欢低低地笑了几声："那我们去没有监控的地方。"

整个山谷中间都是空的，左狄鸿让他们在这里驻扎营地，当然会有监控。不过总有监控死角，来的第一天左洛欢便摸透了。

她牵着纪越之往寝室楼后方走去，将人带到墙角处。

左洛欢最初倒也没想做什么，纯粹想要好好地看一看纪越之，手抚着他的侧脸，轻轻地摩挲着。

她没有什么要说的，只是这么看看便够了。

纪越之蹭了蹭她的掌心，忽然靠近她，双手揽住她的脖子，将自己的唇送上去。

喜欢的人将自己柔软、温热的唇轻轻地贴了上来，任谁都拒绝不了，左洛欢再克制，也无法推开他。

何况她也不需要。

夜色渐浓，有星光洒下，角落里两人拥吻着。

左洛欢对他向来温柔克制，即便是亲吻也带着小心翼翼，只是有时候被他主动勾着，天乾骨子里的强势仍然会泄露出来。

大概是察觉到纪越之渐渐呼吸不太顺，她便放开了他。

纪越之用鼻尖蹭了蹭她，轻轻软软地喊着："姐姐……"

左洛欢的眼神当即变了，又凶又沉，手掐在纪越之的腰上，哑着声音警告道："这个称呼，不要随便喊。"

"姐姐。"纪越之看着左洛欢，好像听不懂，又叫了一声，"为什么？"

真的是……

左洛欢觉得自己平生所有的克制与耐心都给了他，将他带进怀里，用力地闭了闭眼睛，粗鲁地道：“我更喜欢你留在别的地方喊。”

纪越之的半张脸埋在她的肩膀上，一双漂亮的眼睛早就笑得弯成了月牙，愉悦的情绪怎么都掩盖不了。

他喜欢她为自己失控的模样。

纪家人最擅长算计筹谋、掌控人心，联邦无人不知。

左洛欢当然知道纪越之是故意的，只不过她心甘情愿地中套罢了。

“我们回去。”左洛欢觉得下次还是不能来这种角落了，容易擦枪走火，控制不住自己。

纪越之低头看着自己被牵住的手指，心情愉悦地同意了。

两人刚走出去没多久，便见到关雪从寝室内出来了，她见到他们愣了愣：“你们不睡觉，出去约会？”

说话间，关雪眼神中流露出钦佩，所有人都累了一天了，这两位居然还有精力谈恋爱。

爱情使人快乐，啧啧。

“关雪，”左洛欢轻飘飘地喊了一声，带着浓浓的警告之意，“管好自己。”

“我饿了，出来找点东西吃，吃完就回去睡觉！”关雪快速地溜了。

两人分开前，左洛欢叫住纪越之：“等等。”

纪越之回头看她：“怎么了？”

左洛欢伸手，用指腹按了按他的唇：“这里，红了。”

他的唇原本便粉，微微翘起，左洛欢稍微咬一咬，往往便艳得过分。

刚刚那么长时间的亲吻，只要仔细观察便能发现纪越之的唇微微有些肿。

纪越之并不在意，他眼睛一动，但还未动作，左洛欢便收回了自己的手指，改为捏住他的下巴，让他没办法张口。

“别勾我，这里有监控。”

纪越之也不恼，静静地望着左洛欢，看着很乖的样子。

“回吧。”左洛欢松开手道。

看着纪越之进了寝室后，左洛欢才走回去休息。

事实上，他们总共没有休息几个小时，待天彻底黑下来后，营地的警报再一次响起。

这回所有人都有了经验，用最快的速度爬了起来，连拖延的念头都没有，飞奔着从寝室出来集合。

交吉看着十支队伍差不多集合完，抬手看了看光脑：“这次都保持在十分钟之内，那我们继续开始训练。”

没有人敢抱怨。

“今天晚上的训练很简单，只需要夜行一圈回来就可以了。”交吉微笑着道，“现在跟着教官们走。”

说是夜行就真的是夜行，只不过夜行所经过之处都装了分贝测试器，但凡哪支队伍的人在行进路上发出的声音超过一定程度，便会被扣分。

野草、枯枝这些东西一旦踩上去都会发出超过测试要求的音量，在这种漆黑的地方，可以说防不胜防，只能靠着经验来。

这时候，训练过的凛冬军显然更有优势。

一万五千来人的队伍，居然没有一个人说话，黑压压一片，不断地悄然推进着。

夜行一圈下来，虽然没有打斗，但个个疲惫不堪。每个人走路都要提心吊胆，累出了一身的汗，而且多是冷汗。

“回去休息，明天早上集合后继续训练。”等他们回来后，交吉也没有废话，打了个呵欠，回去了，仿佛晚上只是喊这帮人出来溜达一圈一样。

从他们到山谷扎营后，一天二十四个小时有十七八个小时都在训练，除了吃饭等必要活动，睡觉的时间少得可怜。

训练几个月后，个个都瘦了一大圈。

“有个劲爆的消息。”江弘蹲在凳子上，对左洛欢几个人道，“武器系那边今天要给我们配置武器。”

“钱茂那边有进展了？”关雪问道。

江弘点头：“光枪、刀、匕首等武器全部可以用银青混合材料压缩做出来，另外好像还有一件大事要宣布，具体是什么我也不清楚。”

下午集合时，武器系的学生果然都来了，身后还有不少大箱子。

“各位在这里训练了五个月，再过一个月，刚好半年。”交吉也比最初时要瘦，但人还是照样精神。

在众人以为交吉要宣布分发武器时，她却道：“这五个月中，每次训练的得分都有记录，今天我们将从十位队长中选出一位总队长，负责统领所有人。”

她手一拉，半空中便显现出一面光幕，上面记录着十支队伍的得分和进步速度。

纪越之那队的序列号为一，数据从头到尾都是一条斜线往上，而其他队伍的曲线各不相同，但中途或多或少都有一段平缓的横线。

“得分最高的队伍是一队。”交吉的视线落在纪越之身上，这几个月来，左洛欢单人的实力固然强得可怕，但纪越之所带领的这支队伍的整体实力也在飞速地进步着。

“所以他以后就是总队长？”关远不满地道，“就因为他们队伍得分最高？总队长应该由一个统揽全局的人担任。纪越之当上总队长，我认为他会偏袒左洛欢，众所周知，他们两个人是情侣关系。”

左洛欢闻言不由得嗤笑一声：“比赛你不行，话多倒是第一。”

关远：“你！”

“行了。”交吉抬手阻止他继续争辩，“以左洛欢的实力，谁当队长，都会偏袒她，除非是和联邦有仇，或者智商有问题。”

“如果还有人有异议，可以举手说说看。”交吉看向其他队长。

无人举手。

这几个月来，每支队伍都和纪越之他们队交手过无数次，基本没人能赢得过他们。

不能赢不是因为实力相差太大，而是没人能算计得过纪越之。他仿佛能看穿所有人的想法，进而攻击。

像查立礼，演习赛输给了第一军校，一直认为纪越之不过是靠着运气和左洛欢，但这几个月下来，他被打服了。

纪越之就是有本事，能利用周围的一切环境，编织各种圈套，让他们这些猎物进网。

这个总队长，除了纪越之来当，没有人更合适。

何况……只有纪越之来当这个总队长，才能压制和指挥左洛欢。

左洛欢这个人，实力强，且并不比纪越之计谋弱，她要争的话，没人能争得过。

也就是她自愿放弃，当然里面也掺杂了一些政治层面的因素，他们在北区训练，这个总队长由左洛欢当不如纪越之来得合适。

“既然没有人有异议，那么总队长的人选就这么定下来了。”交吉道，“接下来是适配武器的事。经过武器系师生们的共同努力，骨骼机甲的武器终于有了着落。”

来北区的是各军校最优秀的武器系师生，同时首都那边还有十七军的武器研发部同时进行，两边共同努力，实时分享成果，最终研究出了可以固定压缩在骨骼机甲上的武器。

“这批武器，今天我不发放。”交吉的目光落在纪越之身上，“由你们总队长来。”

纪越之瞬间明白了教官的意思，他们要组建一支骨骼机甲，但还可以从武器这方面细分小队。

像罗绍圆最适合前锋近战，她带的队伍也多是这样的人，擅长刀、拳。

“从现在开始，你要开始整合与细分。”交吉走到纪越之面前，“我们教官的任务快完成了，接下来是你的任务。”

交吉等教官只能在这里再带一个月，这期间纪越之要开始接管这一万五千人。

“是。”纪越之面色冷静地应道。

等到众人解散后，钱茂找到左洛欢，将一把弯刀递给她：“这是首都十七军送过来的。”

和伽什罗帝国人所用的弯刀几乎一模一样，只不过材质有差别，它可以安装在骨骼机甲上，与机甲一起进行压缩。

“今天把你的机甲给我，待会儿帮你改装上去。”钱茂道，“还有一把光枪，你先装着试用。”

“可以。”左洛欢答应了。

另一边，纪越之在看武器的种类和数量，准备着手划分队伍。

他看完箱子中的武器后，抬眼朝左洛欢那边看去，她正在和钱茂说话，手中把玩着一把弯刀。

“这一个月你的主要任务是整合队伍，让他们把你当成总队长。”交吉站在旁边提点道，“我们会在这里再待一个月，一个月后，这支队伍就是你的。”

最开始，他们这些教官以为十位队长中会有左洛欢，然后由她接手，毕竟他们是凛冬军，更期望由左狄鸿的女儿接手，不过现在发现，纪越之也确实有实力接手。

“是。”

纪越之和教官打了一声招呼，便朝左洛欢走去了。

那边钱茂已经走开了，左洛欢回头看着纪越之，眼中带笑，朝他伸手。

纪越之将自己的手搭上去，望着她认真地道：“我现在是总队长了。”

“嗯。”左洛欢笑道，“现在开始，我是纪总队长手中的刀。”

教官留下来的一个月时间，原本是为了让纪越之顺利过渡到总队长，却没有想到他做得比他们想象中还要好。

原本的十支队伍被打乱重新编排，以所持武器类别分编，同时换下了两名队长，其中之一就是关远。

纪越之让项承平代替了关远。被替代掉的关远当然不服，只是这次纪越之采用了高压政策，不服可以，退出骨骼机甲计划就行。

关远自然不可能主动退出，他丢不起这个人，最终只能屈服。

知人善用，这一点于纪越之而言，实在是拿手好戏。他只需要稍微观察一下就能做到，这几个月来，他一直在做这样的事。

原本熟悉的队伍被重新分编，又有了新的队长，众人对原来队长的仰仗与依赖便减退了不少，最终不得不承认总队长的身份。

这一个月中，武器系的学生拼命改装，终于将骨骼机甲改好了。

“十天，你们只剩下十天的适应期。”交吉离开前对纪越之道，“北区边境线不需要你们来守，十天之后，你们将去往西区守边境线。”

“西区？”纪越之心下一动，他们在这里从来没有收到西区方面的消息，那边有什么异动？

“这十天，让你的人适应手中的武器。”交吉说完便转身回了凛冬军营地。

纪越之去找江弘，想要问他西区最近有没有什么事发生，却没有见到人。

“我刚才看见他和左洛欢往旁边走了。”关雪穿着一身骨骼机甲，手中拿着一把冲锋光枪，说完就对着正前方的靶子射击。

纪越之朝她指的方向看去，想了想，他没有走过去。

“这是他所有的资料？”左洛欢翻着光脑上的文件问江弘。

“对，已经是最详细的资料了，一些影像我也拷贝了下来。”江弘道，“资料我都看了，还是搞不明白任平泊在想什么，为什么会叛逃。”

任平泊是真正的天之骄子，虽然父母早亡，但从入学开始便展现出了过人的天赋，这让他一直有贵人相助，一路绿灯。

一直到第一军校，无论是左狄鸿还是纪西修都压不住他的风头，他可以说是真正的联邦第一人。

然而饶是这样，他还是叛逃了。

左洛欢靠在树上，点开一个视频。那是当年第一军校的比赛，没有头没有尾，看样子应该是拍摄的人一时兴起录下来的，镜头还有点晃。

画面中，有年轻时候的左狄鸿和纪西修，还有一个年轻英俊的男人，他站在最边上，但所有人的目光都集中在他的身上，甚至连阳光似乎都更偏爱他一点。

左洛欢没有见过任平泊，但这个瞬间她几乎可以肯定这个人就是他。

他眉宇间带着不可一世的骄傲，这是一个从未失败过的人。

不过是走向第一名的台阶，却像是加冕。

左洛欢换了下一个视频，同样是这个人，只不过是入学时的发言。任平泊站在台上，不过讲了几句话，便将底下人的情绪煽动得高昂起来，连后面上台的纪西修也没能夺走他的风头。

左洛欢面无表情地重新点开这个视频，又看了一遍，这是一个极具魅力和实力的男人，他想要什么便要得到什么。

“我信他那个说自己因为无聊的理由。”左洛欢关了光脑，看向江弘道，“没有什么原因，想叛逃就叛逃了。”

这个人身边聚集着大量优秀的朋友、贵人，却没有任何人能做他的底线。

无论是辉煌大道 还是无尽深渊，任平泊都无所谓，因为……太无聊了。

左洛欢眼中没什么情绪，道：“我现在有点同情他了。”

江弘悄悄地搓了搓自己的手臂，抚去那些竖起来的寒毛。他其实觉得左洛欢和任平泊很像，只不过左洛欢从小就散漫，又喜欢出去疯，不爱走天之骄子这条路。

“对了，西区边境线好像有什么异动。”江弘道。

左洛欢闻言：“去和队长说。”

“行。”

两人走出树林，回到训练场，江弘便去找纪越之了，告诉他关于西区的消息。

“我知道了。”纪越之道，“我们十天之后动身赶往西区边境。”

“啊？”这一点，江弘倒是不知道。

十天时间，只是为了让众人更加熟悉自己武器的构造，实际上他们之前也练过，只不过这一次的武器全部都在骨骼机甲上。

“听说武器系准备继续研究压缩的方法，让骨骼机甲变得更加方便携带？”罗绍圆追着钱茂问。

“你问你们军校武器系的人不行吗？问我干什么？”钱茂快被她烦死了。

罗绍圆眼热左洛欢手中的那把特制光枪很久了，最近知道是钱茂做的，成天和他套近乎。

“问我们军校的人有什么意思，我就喜欢你。”罗绍圆缠着钱茂不放，大声地说。

正好安英景带着自己的队伍训练回来，听见她的话，嗤了一声：“看不出你这么深情。”

罗绍圆回头见到是安英景，对他挥了挥手，继续缠着钱茂，蹩脚地道：“交个朋友，都是同龄人。”

什么鬼借口，钱茂看着快把自己戳出洞的罗绍圆，头都大了：“罗同学，放过我，我不想和你交朋友。”

他的脑容量本就不够，万一再被罗绍圆传染，真就变成傻子了。

“对她这种人，不如换种方法。”不知什么时候走过来的纪越之对安英景道，“或许直接一点更好。”

罗绍圆的脑子里除了打架就是吃，根本没有想过其他东西。

安英景盯着还在缠着钱茂的罗绍圆半晌，突然走了过去：“罗绍圆，我和你打一架。”

“啊？”罗绍圆愣住了，“好端端的，为什么要和我打架？”

“我想和你打一架。”安英景道，“如果你输了，答应我一件事，反之我答应你一件事。”

“我也没什么事要你做。”罗绍圆有些不解。

“你哪里那么多废话，是不是天乾？这都不敢应？”查立礼都看不下去了，也不知道安英景喜欢罗绍圆什么，木吗？

其他队长也凑过来起哄，要罗绍圆和安英景打一场。

“行，打可以，但是你不能用费洛蒙。”罗绍圆试图讲条件。

“费洛蒙也是我的东西，为什么不能用？”安英景道，“你也可以用你的费洛蒙。”

罗绍圆深吸一口气：“行，来！”

两人站在训练场中间对招，纪越之听见脚步声，转头看去，是左洛欢。

她递过来一瓶水问：“那里什么情况？”

“安英景和罗绍圆对招，赢了之后要对方答应一件事。”纪越之只是提醒他用另外的方法，未承想安英景会这么直接。

左洛欢闻言笑道：“不会要罗绍圆答应和他交往吧？”

纪越之垂眸：“若是你们天乾能主动一些，也不用我们地坤这么费尽心思。”

左洛欢一怔，牵起他的手，赞同道：“嗯，是我们天乾不行。”

纪越之只是有感而发，却没有想到左洛欢也这么说，他抬眼看着她，还未出声，便被喂了一瓣橘子。

“刚刚路过时摘的。”左洛欢将橘子塞给纪越之，“甜不甜？”

纪越之咬开那瓣橘子，汁水在口中迸发，酸中带甜，他弯了弯眼睛：“甜。”

他低头掰开一瓣，递到左洛欢唇边，喂给她吃。

这边两人气氛正好，训练场中间的安英景已经落了下风，但他释放出费洛蒙后，对面罗绍圆的动作瞬间便慢了下来。

她这一慢就被安英景抓住时机，被掀翻在地。

安英景收敛了费洛蒙，但罗绍圆还没有清醒过来，天乾的费洛蒙到处乱放。

“糟糕！”

围观的群众无端受到牵连，迷迷瞪瞪的。

安英景释放的费洛蒙极少，只够迷惑人一会儿时间，众人很快就清醒了过来，可罗绍圆的费洛蒙没有收敛。

查立礼嫌弃地捂住鼻子，拿过一瓶水，朝罗绍圆泼去：“收敛点！”

罗绍圆这才清醒过来，倒在地上的她立马翻身起来，看着对面的安英景：“你的费洛蒙太霸道了。”

“你要反悔？”安英景瞪着她道。

“也没有，你要我做什么？”罗绍圆说，“先说好，不能太过分，我没钱。”

“不要你的钱。”安英景道，“你和我交往就行。”

罗绍圆睁大眼睛，双手抱住自己，看了安英景半天，才结结巴巴地道：“不、不太好吧……我又没有色。”

“磨磨唧唧，你还是不是天乾？”安英景烦躁地道，“刚才你都答应了。”

“那……”罗绍圆试图向周围的人投去求助的眼神，结果没人理她，都捂着鼻子离他们越来越远。

安英景见状，直接转身离开。

这回罗绍圆倒是知道伸手拉住安英景了：“我答应，答应还不行吗！哎，你别生气。”

远处的左洛欢眯了眯眼睛，对纪越之道：“看起来她也不是不喜欢安英景。”

当初在演习赛上，罗绍圆闻到安英景的费洛蒙后出现的反应没有现在快，刚才她几乎瞬间就陷入幻觉之中。

纪越之低头清理橘子上的白络子，将弄干净的橘瓣喂给她，并不在意远处的人。

“唉，这又成了一对。”江弘蹲在严岩和关雪旁边，“这是训练基地，又不是爱情基地。”

“我们队这个月成了三对。”关雪蹲在地上，伸出一只手道，“真想举报他们。”

“总队长带头谈恋爱，你举报有什么用，小心左洛欢揍你。”江弘啧啧摇头，“我们还是多练练手，去西区边境线对付那些伽什罗人吧。”

回去后，罗绍圆一直在反省自己，为什么就答应了安英景？她老觉得他在算计自己。

“他为什么要和我交往？”罗绍圆问室友。

室友不理会秀恩爱的人，纷纷闭眼睡觉。

罗绍圆躺在床上半天睡不着，最后她想通了，如果他要玩玩，那她就陪着他一起玩玩，反正……应该也发生不了什么。

十日后，骨骼机甲的训练计划正式结束，纪越之带领一支全新的队伍，赶赴西区边境。

之前西江流放星一事导致西区集团军元气大伤，边境线频繁受到骚扰，因此军委会决定让这支全新组建的骨骼机甲队伍先去西区。

“在山里待了半年多，整个人都傻了。”江弘一出港口便小声地和旁边的关雪闲聊。

“我还以为我们会留在北区边境线帮忙。”关雪这半年一直都以为他们的首战会发生在北区边境线上。

他们走的是军用港口，抵达后有人过来和纪越之交接，随后将他们带过去。

纪越之和对方签了字后，便领着众人去往边境线。

西区的边境线不像北区的复杂多变、环境恶劣，这里的边境线更像是一堵长墙，墙内是西区，墙外是那些伽什罗人和机器人狗。

“这里的环境不错。”查立礼看了看寝室大楼，想起刚才一路走过来的场景，“不像是边境线，反而像一座城池。”

“西区的边境线都是这种状况。”江弘道。

这种边境线也不是没有麻烦，因为和附近边境的城市结合在一起，边境线一旦被破，民众极易出事。

纪越之低头看着光脑上的边防图，这半年来西区边境不断受到骚扰，西联军长期处于高压状态，如今已经疲惫不堪。

“这是这周的巡视图，各队长分发下去。”纪越之在光脑上将巡视图发给各位队长，这是他在军舰上制订好的巡视计划。

“到现在还没有见到伽什罗人使用三代机器人狗。”左洛欢坐在会议室内，突然道。

“在西江流放星上的那些机器人狗会不会就是他们所有的存货？”罗绍圆出声，“毕竟之前我们碰到那么多的机器人狗，光是材料就不计其数了。”

“不管如何，我们在西区还是要打起精神。”查立礼头一回守边境线，不想出现任何意外。

骨骼机甲队伍的核心成员一共有二十来个，在会议室谈完这周的安排后，便回去休息了。

第二天一早，队伍便开始分头行动了，他们要从目前的地点巡视检查边境线。他们每到一个关卡点，都能碰见西联军。

“最近有不少关卡点需要维修，你们过来了，我们压力就能减轻不少。”一位西联军的团长碰见纪越之，上前道。

纪越之道：“有什么需要帮忙的，团长可以告诉我们。”

“主要是伽什罗人总是无规律、小范围地不断骚扰我们西联军，大半年下来，谁都累了。”团长无奈地道，“我们也不敢放松警惕。”

谁知道哪天对面突然就出现了一大堆伽什罗人和机器人狗。

联邦高层对任平泊态度复杂，但底下这些长年在边境线的集团军没人不恨任平泊。

要不是任平泊，伽什罗帝国可能早被联邦灭了，那时候联邦的实力不断增强，伽什罗帝国更像是落日，即将沉入黑暗之中，偏偏任平泊叛逃之后，带着伽什罗帝国再次崛起了。

表面上看，这么多年伽什罗帝国没有攻陷联邦的土地，但伽什罗人的水平与实力明显得到了提升，像是起死回生了。

纪越之告别团长后，继续往边境线上走，一路上顺带检查防护墙。

左洛欢站在他身后，视线掠过周边，她不认为任平泊会做无用功，这些骚扰一定有什么目的。

只不过所有人都将注意力放在了防护墙之外，猜测什么时候伽什罗帝国会大举进攻。

纪越之带队检查了边防线一周，将那些破损的地方全部标记好，上报给西联军，由他们附近的关卡点负责修补。

“明天我们队轮休。”安英景问纪越之，“能不能去城区内？”

纪越之抬眼：“可以。”

“我明天请假。”左洛欢忽然道，“也去城区一趟。”

纪越之一怔：“请假？”

左洛欢点头：“有点事要处理。”

他们没有规定不能请假，只是这半年来左洛欢一直都在纪越之身边，他习惯了，她要离开，他一时间无法适应，即便只是一天。

“好。”纪越之没有多问，答应了，“你们带好骨骼机甲。”

骨骼机甲压缩后只有一个手掌大小，带上它也不算麻烦。

轮休的队伍有三支，分别是罗绍圆、安英景以及项承平那支，外加一个请假的左洛欢。

出去时，左洛欢和罗绍圆他们坐的是一辆车，到了城区后，左洛欢独自下来，和他们约好下午在哪里会合。

“居然一个人请假出来。”安英景坐在车上，透过玻璃看着左洛欢的背影，不由得撇了撇嘴道，“一群臭天乾。”

“也不是所有天乾都臭，我觉得我就不臭。”旁边的罗绍圆闻言，下意识地反驳道。

“闭嘴。”安英景回头道，“你还想不想要我带你出去吃东西？”

罗绍圆顿时伸手在自己嘴边做了一个拉拉链的动作，示意自己不说了。

项承平对这边不熟悉，罗绍圆主动说要一起逛，但她和安英景交往的事传得沸沸扬扬，项承平不太想当电灯泡。

“我们自己到处逛逛就行。”项承平拒绝了。

“行吧。”罗绍圆悄悄瞅了一眼安英景，其实她只是想拉一个人陪着自己，这样才不至于尴尬。

每次和安英景单独在一起，她都莫名紧张。

左洛欢出来只是来拿东西的。

她原本想着回首都之后便去那家设计店将自己定做好的东西拿回来，没想到他们直接来了西区，好在这家店在联邦各区都有分店。

还没来西区时，她联系了首都那边，让他们将东西寄到西区分店，她找机会取。

来到西区后一直没有时间，左洛欢忍了一周，最终没忍住，便请了一天假出来拿。

分店在城区中心较清净的地方，左洛欢走过几条街道，终于见到了那家分店的招牌。

路边的行人不多，但去那家店的人都是成双成对的。

如果他和自己一起来也不是不可以，左洛欢垂眼笑了声，算了，还是自己先取了。

进门前，左洛欢心中竟然有一丝紧张。

她抬步走进店内，明亮的灯光照射在长长的玻璃柜台上，让里面的东西更加熠熠生辉。

“您好，请问需要买些什么？是送人还是自己佩戴？”里面的店员走过来，热情地问道。

“我来拿预订的东西。”左洛欢报了自己的名字。

店员立刻反应过来：“好的，您稍等，现在帮您去拿。”

他们店难得有总部运过来的东西，早在店员们收到的时候就在猜是什么样的人预订的，里面是什么东西。

可惜分店的人不能打开看，东西用密封箱装好了，有密码。

“这是总部发来的，您可以当场查验。”店员戴着白手套，捧着一个密封箱过来，“有什么问题可以当场告知我们。”

左洛欢接过密封箱，输入密码，打开箱子。

对面的员工和不远处站在其他柜台前的员工都忍不住瞟过来，他们虽然有职业操守，但到底忍不住自己的好奇心。

因为用这种密封箱封装的东西，都代表着天价。

即便是总店，也很少有。

再者……来拿东西的人，太年轻太好看了。

箱子被打开了。

对面的店员见到里面的东西后便轻轻地抽了一口气，箱子内有一个红色盒子，这种盒子只用来装一种东西。

戒指。

店员抬头看了一眼左洛欢，这个天乾这么年轻就要结婚了吗？

左洛欢拿起红色的盒子放在掌心，小心翼翼地打开，露出里面的东西：两枚素白色的圆戒，内环分别雕刻着一个名字。

看起来似乎配不上这个等级的密封箱。

“没有问题。”左洛欢关上红色的盒子，抬头道。

店员回神，拿出一份文件，让左洛欢签字，并祝福她。

“谢谢。”左洛欢难得对外人露出几分真心的笑。

她今天很高兴。

店员收好签字的文件，蹲下身，拿出一个白色袋子：“您可以将密封箱用袋子装好。”

左洛欢接过白色袋子，将红色的盒子放进密封箱内，再小心地放在白色袋子中，最后拎着走出店门。

她一走，周围的店员立刻围过来，问刚才的店员："真的是戒指？"

"是戒指。"店员撑着脸感叹，"她一定很喜欢那个人。"

刚才，左洛欢垂眼看着戒指的神情，充满了温柔。

"看清楚是什么样的戒指了吗？这么值钱！"其他店员问道。

"没看清，都回去。"站在柜台内的店员挥手道。

这是值不值钱的问题吗？要是能得到这个人的喜欢，铁皮做的戒指，他都愿意戴上。

离集合的时间还有好几个小时，左洛欢拎着袋子有些想先回去，她一个人对西区这边并没什么兴趣，何况她已经来玩过。

左洛欢走向他们商量好的集合点，在想着自己要不要一个人先回去。

她还未走到红绿灯那儿，对面的那条十字路口便开始出现骚动。

左洛欢皱眉看着不远处，对面的骚动有扩大的趋势。她点开光脑，联系项承平，没有人接。她还没来得及打给罗绍圆和安英景，对面正在奔跑的人群中突然有人喷出了血。

左洛欢迅速穿上骨骼机甲，朝那边奔去。

这时候正是中午，下班的人很多，又处于十字路口，左洛欢看不清发生了什么，只见到了尖叫着狂奔的人群。她仰头看了一眼周围的大楼，一个箭步冲向旁边，攀上高楼。

她低头往下看，没有见到闹事的源头，只有不停被抹杀的人。

不对……

左洛欢的余光见到一抹细微的银白色光芒，她的瞳孔不由得一缩——有东西在人群中。

那是……巴掌大的机器人狗。

罗绍圆一路吃东西，最后才想到回头，结果见到安英景额头上全是汗，才决定进一家餐厅。

她在边境长大，无父无母，并不常来这种高档的餐厅，进来的时候，她多少有点不自在，不过安英景直接牵着她的手走了进去。

“交往要做什么你都不知道？”安英景十分不满地道。

“那……”罗绍圆的眼神有点飘忽，“你不就是逗我玩吗？再说天乾也不能随随便便牵地坤的手。”

安英景用力地捏住罗绍圆的手：“我就是一个随便的地坤，不行？”

“行。”罗绍圆也不挣脱，由着他捏着自己的手。

他们被服务员领着去了二楼包厢，安英景转头去看楼上，他刚刚好像见到了西区某个集团军的掌权人。

也不稀奇，这家是附近最高档的餐厅，这些人来这里用餐也正常。

“看什么？”罗绍圆凑了过去，也往楼上看去。

“走了。”安英景用手肘杵了杵她，示意她一起进包厢。

安英景点了一桌子菜，他自己倒是没吃多少，全看着罗绍圆吃了。

“我都没有带你去北区逛。”罗绍圆的胃好像是无底洞，埋头吃了半天才抬头道。

他们在北区待了半年，一直在山谷中训练，从来没有出去过。

“以后再去。”安英景托着腮，用公筷帮她夹了一块蟹肉，“你还想吃什么？”

“吃完这些就饱了。”罗绍圆道，“待会儿我们走一走，促进消化。”

罗绍圆风卷残云地吃完这一桌菜，特地又坐了一会儿，见安英景额上的汗干了，才起身离开。

安英景嘴角翘起：“你担心我累了？”

他虽然是地坤，但穿着骨骼机甲到处跑都没事，怎么可能这么容易累？

罗绍圆粗声粗气地道：“你好烦，走了。”

两人走出了包厢。

罗绍圆走到楼梯处正准备下楼，忽然抬起头看着上面，一把拉过安英景。

“怎么了？”安英景不明就里。

“有血腥味！”罗绍圆闻到一股很淡的血腥味，从楼上传来的。

安英景皱眉：“上去看看。”

两人悄无声息地走过去，这时候安英景也闻到了血腥味，他们快步在走廊巡查。

罗绍圆走在前面，忽然回身对安英景打了一个手势，让他小心，她则走到了一个半开的包厢门前。

包厢内的人歪七扭八地倒了一地，每个人身下都有一摊血。

“中间的是这个城区集团军的掌权人。”安英景走上前，翻开一个人的身体，看到他的脸后道。

随即他低头，快速地召集自己队的人。

这个城区的集团军规模不大，和西区最大的西联军比，顶多算是城区内维持治安的保护者，平时只负责民众的安全。

“通知你们的队员，集合。”安英景心中顿生不妙，他想要联系在边境线的纪越之。

这时候，倒在地上的一人身上突然蹦出一个东西，直接朝着安英景的脖子攻击。

“小心！”

罗绍圆想也不想直接伸手挡住，她的手臂顿时被割开，伤口极深。

安英景立即拔出光枪，对准那个东西。很快，他发现包厢内那东西的数量不止一个，而且直接从窗户离开了，下楼在人群中发动攻击。

“那是什么？”罗绍圆眼睁睁地看着那几个东西跳了下去，割了路人的脖子。

“机器人狗。”安英景看到那道银白色的影子便知道了。

“你联系队长，我下去救人。”罗绍圆跳下三楼的瞬间，穿上了骨骼机甲，直接朝人群中奔去。

那些东西追着人群分散开来，且喜欢用手臂勒着路人的脖子，罗绍圆即便见到了，也不能轻易开枪。

然而等她靠近时，人往往已经没有了呼吸。

“总队，城区出事了！有极小型的机器人狗出现。”安英景迅速发去了消息，然后也跳下楼。

这是纪越之收到的第二条消息。

在此之前，项承平已经打来了通信，只有短暂的二十秒，便被迫中断了。

“他们这是又研发出了新的机器人狗？”江弘的脸色很是难看，“我们要过去救援。”

纪越之站在边防线前，片刻后摇头：“我们不去，通知边防线上的所有人，注意墙外的一切动向。”

另一边的巷子中，穿着骨骼机甲的项承平不断地奔跑着，他身上全是鲜血，这是他之前在一条特色街道上沾到的。

他下车和罗绍圆两人分开后，便和自己队伍中的人一起去城区有名的特色街道逛，他这支队伍有一千多人，全部使用光枪，算是骨骼机甲队伍中划分出来的最普通的一支。

项承平身边大概跟着一百来人，还有两百多人也都在这条街道上逛，其他人则散开去了另外的地点。

这条街上人挤人，项承平走走停停，偶尔会停下来在摊位上买点有意思的东西。

有位家长抱着小孩站在他前面看东西，小孩趴在家长的肩膀上，对着项承平“咯咯”地笑。

项承平旁边就是卖棉花糖的摊位，他顺手买了一个，要递给小孩。

“快对哥哥说谢谢。”家长抱着小孩道。

项承平手中还拿着棉花糖，他的视线大部分集中在小孩的身上，余光见到家长身后的人停下了脚步，突然掏出一个巴掌大的圆球。

自从用骨骼机甲训练后，他们这些人对圆球比较敏感，但这是在大街上，周围都是普通人，项承平心中划过一丝异样，却没有多想，只是多分出去几分注意力。

就在那一瞬间，那个人将圆球猛然砸到地上，圆球落地，变成一个巴掌大的银白色机器人狗。

项承平瞳孔一缩，下意识地松开了手中的棉花糖，反射性地穿上了骨骼机甲，伸手将家长拉过来。

然而他出手还是晚了一步。

血溅在雪白蓬松的棉花糖上，又砸在了地上。

等项承平伸手抱住小孩时，已经错过了机会，那个不过巴掌大的机器人狗又朝其他人攻击过去。

项承平将小孩递给后方的队员，大声喊着，让在这条街道上的队员分散人群。

还有人在砸圆球，每一个圆球砸在地面上，便会迅速变形成为机器人狗。

这些巴掌大的机器人狗都握着一把匕首，专攻人的颈动脉。

“走！”项承平让所有人都离开了这条街道，他盯住了一个砸圆球的人，朝那个人追去，同时联系其他的队员。

十字路口，左洛欢一手攀在大楼上，另一只手拔出腰间的光枪。那一瞬间，时间仿佛停滞了，她手中的光枪射出了子弹。

新型机器人狗趴在一个人的脖子上，用拇指大小的匕首划破颈动脉的瞬间，便被打穿了身体。

同时，被划破颈动脉的人也被光枪打穿了脖子。

街道的角落处，一双皮鞋踩住了白色的袋子，这个人望着毫不犹豫开枪的左洛欢，脸上露出一丝意味不明的笑：“倒是比我想象中要狠。”

他低头看着脚下的袋子，弯腰捡了起来，拿出里面的密封箱。

明明是设了密码的密封箱，却被这人轻而易举地打开了。他看着红色盒子内的两枚素白的戒指，脸上的笑意越来越浓：“有意思。”

恐慌奔跑的人群并不是都见到了机器人狗，他们只知道有人脖子被划开，血溅得极高。

而左洛欢穿着黑色骨骼机甲，又攀在大楼上开枪，民众就以为是她动的手，纷纷避开她，疯狂奔逃着。

左洛欢的视线掠过那些倒地被踩的人，她没有下去，毕竟她只有一个人，需要先解决那些机器人狗。

从第一枪开出去后，凡是被她见到的新型机器人狗，只要从一个人身上跃起，势必会遭受一枪。

不过城区集团军渐渐有人过来了，对着她零星开火，让她烦不胜烦。

骨骼机甲目前只有边境军才知道，大众根本没有机会接触，都把她当成伽什罗人了。

左洛欢跳着踩到一盏路灯上，伸手挡住飞来的子弹：“我是第一军校左洛欢，现在带着人离开，别耗费那些无用的子弹。”

她顾不上那些城区的集团军在想什么，下一秒便朝下方奔去。

现在的距离很近，她没有必要开枪。

在新型机器人狗跳到路人的脖子前，左洛欢一脚踢开了那人，伸手抓住了那巴掌大小的机器人狗。

它的匕首能划伤骨骼机甲。

左洛欢松开手，另一只手拔出弯刀，在它要逃开时，直接将它劈成了两半。

没有爆炸。

想也是，新型机器人狗的体积太小，藏不下炸弹。

左洛欢的视线掠过自己被划伤的掌心，转身朝自己来时的那个路口看去，脸色骤然沉了下来。

掉落的白色袋子不见了。

刚才的人群并没有朝那个方向散去，而且……她似乎听见有人在笑。

“左洛欢！”

她朝着声源看去，发现是几个穿着骨骼机甲的队员。看手臂上的图标，应该是项承平队伍的人。

“现在是什么情况？”左洛欢回首看着空无一人的街道，问那几个人。

“我们在前面的路口遇到了一种小型机器人狗，它们专门割人动脉，队长那边也出事了，现在让我们集合。”

这时城区的警报突然响起：“敌袭、敌袭！请居民跟着安全箭头尽快躲避。”

其余的街道本来挺热闹的，很快便空空如也，所有人都在往地下走。

“你们跟着我去地下逃生区。”左洛欢道。

几个人犹豫过后，快速跟在左洛欢身后。

左洛欢不停地拨打罗绍圆和安英景的光脑，最后安英景接了。

“给你们二十分钟集合，护着居民转移到地下。”左洛欢抬头看了看，报了自己在的方位，“另外那些新型机器人狗的匕首会对骨骼机甲造成伤害，让所有人小心。”

骨骼机甲由银青等材料混合制成，左洛欢怀疑这些机器人狗的材料也类似，所以能划破骨骼机甲，只不过需要一定的力度和角度。

“左洛欢，”安英景喊了一声，“边境线……”

“他会处理好。”说完，左洛欢便将通信挂断了。

第二十四章 很想你

边境线墙外突然有大量机器人狗出现，纪越之派人通知西联军，同时自己带领骨骼机甲军队出墙攻击。

此时出现的只有二代机器人狗，显然伽什罗人只是想拖住边境军，不让他们回城区支援。

纪越之只能相信城区的人能抵挡住，好在有左洛欢在那儿，他能稍微安心一些。

城区各处的地下逃生所中拥挤不堪，无数人拥了进来。

左洛欢这边集齐了两百个人，她站在其中一个大型逃生所的门口，只有被搜过身的人才能进去。

以防止有人携带新型机器人狗进来。

“所有的东西都留在外面，不准携带任何东西。”地下逃生通道不停地循环播放着这句话，一旦有异动，骨骼机甲成员便会瞬间动手制伏。

左洛欢站在门口，目光落在被搜身的人身上，余光察觉到了异动——有人试图偷偷将手中的圆球扔在地上。

她抬手，连续射出两枪，一枪打在刚落地还未完全变形的机器人狗的头上，一枪打中了那个人的腿。

周围的人被吓得贴墙逃跑，附近的骨骼机甲成员直接补了一枪，正中对方脑门。

紧急时刻，左洛欢要他们不用留活口，直接动手灭了。

站在门口的左洛欢看似漫不经心，其实没人能逃得过她的眼睛，但凡有异动的人皆被她发现了。

安英景用光脑发消息：“我们两支队伍已经集结完毕，分了三分之一去地下逃生所。”

项承平发消息：“队伍集齐，正在赶往地下逃生所。”

左洛欢低头看了一眼光脑收到的消息，来边境线途中，她看过地下逃生所的图纸。地下逃生所位于城区地下，有大有小，但相互之间都能通行。

她在这里等着项承平和安英景分过来的队员。

“学妹，”项承平身上不光有血迹，骨骼机甲上还有各种伤痕，他脸色沉重，“上面应该还有人。”

“你们守在这儿，防止有人混进去造成大量伤亡。”左洛欢点了几个人，其中两个是狙击手，“你们几个，跟我上去。”

她带着几个人从地下通道一路走着，最终抵达城区治安军所在地的下方，直接走了出来。

城区的治安军乱成了一团，他们从来没有遇见过机器人狗。之前，这些机器人狗一直都被西联军挡在边境线外。

左洛欢并不需要这些人帮忙，她来这儿，只是为了要一辆飞行器。

“驾驶到半空，一路朝东面开去，见到异常的人直接开枪。”西边有罗绍圆和安英景，左洛欢便去东面，她让其中一个人驾驶飞行器，“他们专门袭击人群，一旦遇到人群就会立刻缓下来。”

没有大部队，左洛欢只有一架飞行器和几个狙击手。

“前面有人群！”才开了不远，副驾驶座的队员便喊道。

更确切地说，是狂奔的人群。

他们在上面看得更加清晰，时不时有人被杀，血溅四处，地面的人群中因此传来阵阵尖叫。

“你们留下来狙击那些拿圆球的人。”左洛欢对那两名狙击手下完命令便直接从飞行器上跳了下来。

最好能在新型机器人狗彻底变形前打中它，要不然的话，后续的难度便会迅速攀升，只是一个眨眼的工夫，新型机器人狗就能收割一条性命。

左洛欢穿梭在人群中，每一枪都能打中新型机器人狗，从未犹豫过。

飞行器副驾驶座上的观察员心想，当初谁说左洛欢没有纪越之射击技术好的，她的命中率明明高得可怕，连狙击手都不一定比得过吧！

整整两天，城区便发生了翻天覆地的变化，大街上已经空无一人，人们全部转移到了地下，左洛欢和罗绍圆等人也全部去了地下逃生所，协助搜寻随时可能出现的机器人狗。

联邦其他地区收到消息后，开始紧急搜索辖区，以免发生同样的事。

不过左洛欢觉得大概无济于事，任平泊既然敢这么明目张胆，肯定已经做好了万全的准备。

“边境线那边还在和二代机器人狗搏斗，但这次估计会被我们的骨骼机甲队伍压制。”安英景站在左洛欢旁边道。

“嗯。”左洛欢淡淡地应了一句。

“等我们检查完了，需要上去帮城区的治安军一起搜索新型机器人狗？”安英景朝上方看了看，“现在治安军也是一片混乱。”

领头的已经死了，现在全靠那股恐惧和愤怒支撑着他们完成搜寻工作。

骨骼机甲的成员状态并不算好，不是因为累，而是他们眼睁睁地看着那些人被杀，却无能为力。

项承平已经沉默了两天，除了说必要的话，其他时候一直没有出声。

“这些人全是联邦的人。”罗绍圆走过来烦躁地道，“没有一个伽什罗帝国的人，这帮人疯了？”

伽什罗人死后眼睛也会恢复成竖瞳，罗绍圆过去翻他们的眼睛，全是正常的眼瞳状态。

左洛欢嗤了一声：“任平泊有那个本事蛊惑人心。”

当年任平泊叛逃的时候，可不止他一人。他还带着好几个厉害的少年天才一起加入伽什罗帝国，可惜那几个人最后全被他杀了。

至于原因，简单得很，他厌烦了那些跟在他后面的人。

罗绍圆拉着安英景走到旁边，小声地问道：“怎么回事？左洛欢心情不好？”

“可能是因为用光枪打了普通民众。”安英景道。

他听队员说，左洛欢从一开始就没有犹豫过，最初好几枪都是直接射穿了普通民众的脖子，虽然对方已经被割喉，但任何一个人恐怕都会有心理负担。

两人走到旁边说话，左洛欢并没有注意，她站在通道的一角，手握着光枪，望着外面还在排队的人群。

虽然前面是十字路口，但当时左洛欢走出来的那条街道比较偏，她穿上骨骼机甲的瞬间，将白色袋子放在了街边，靠着墙。

那时一片骚乱，她不认为会有人在逃跑的过程中拿走戒指。至于那些带着新型机器人狗的人更是一群死士，谁会拿她的东西呢！

在当时的境况下，只有不为周围环境所动，甚至悠闲的人才会弯腰捡起一个不大的袋子。

想到某种可能，左洛欢的脸色又难看了几分。

五天后，终于将地面紧急搜索完毕，这时西联军才允许地下的民众返回自己的住所。

截至目前，骨骼机甲的队员一共处理了两千多个新型机器人狗，但这些机器人狗造成的伤亡翻了数倍。

左洛欢等人几乎没有停歇，立马赶往边境线。这时候，纪越之还在边境线墙外，带队和二代机器人狗战斗。

出身凛冬军的骨骼机甲队员显然会更轻松，那些还是军校生的队员对付这些二代机器人狗时会较为生涩。

纪越之迅速调整部署，让没有经验的军校生先跟在后面，经过这几天战斗，这些军校生队员得到了飞速的成长，他便重新调整了队伍。

实战永远是最好的老师。

二代机器人狗对上骨骼机甲队员时很吃亏，但它们数量太多，一直采用车轮战。它们又不是人，只需要能源块就能工作，于是凭借数量优势耗着边境军。

左洛欢回到边境线时，正在边境线墙外的纪越之被二代机器人狗团团围住了。

她直接从墙上跳了下来，没有用光枪，另一只手抽出弯刀，朝那些机器人狗砍去。只有这样一刀刀砍中它们，她才能发泄出心中的那股怒意。

左洛欢的速度太快了，一时间竟然帮纪越之砍出了一个缺口，让附近的西联军目瞪口呆。

毕竟，她面对的是那么多的二代机器人狗……

虽然它们比不上骨骼机甲队，但这也……太夸张了。

纪越之反手射中侧面的二代机器人狗，望着突然出现的左洛欢，嘴角微弯，他知道她一定会安全回来。

“既然他们主动将材料送上门来，我们不要白不要。”左洛欢回头看着纪越之道。

“好。”纪越之语带笑意，回道。

有的人，注定是战场上的强心剂，只要她站在战场上，每一次动手都能引起周围队员热血沸腾。

一时间，原本已经疲惫的骨骼机甲军又精神一振，兴奋地对付着这些数量庞大的二代机器人狗。

纪越之开始统筹调配在场的队伍，不断转换攻击节奏，但凡出现在他们视野中的二代机器人狗，无一能逃脱，全部都得留下。

“左洛欢已经好几天没有休息了，她真的没事？”罗绍圆都已经休息两轮了，看着边境线墙外的左洛欢，有些心惊地道，“幸好现在我们是一个队伍的。”

“你以为她等级高我们这么多是白高的？”查立礼仰头喝了一口水，他在等武器系的同学帮他修好骨骼机甲，“城区那些新型机器人狗很难对付？”

“那些东西就像虱子一样，往人身上扒，如果不及时打中，在人群中就是大杀器。”提起这个，罗绍圆便想起自己刚开始对付这些东西时的画面，只能眼睁睁地看着人不断地死去，那种无力感，算是她这辈子受到的最大冲击。

“他们怎么混进来的？”

“不是伽什罗人，全是联邦的人。”罗绍圆道。

查立礼抹了一把汗，看着下方：“那些二代机器人狗的数量是不是在减少？”

罗绍圆往下看去，果然没了二代机器人狗刚来时的那种源源不断的感觉。

“左洛欢说了，送上门的材料，不要白不要。”罗绍圆穿上骨骼机甲，带着自己的人冲了下去。

西联军原本以为这次伽什罗人动了真格的，边境线恐怕要失守，没想到数量如此之多的二代机器人狗最终全被留了下来。

左洛欢按下手心的按钮，瞬间脱掉了骨骼机甲，她看着对面的纪越之，大步地走过去，一把将人抱住：“我很想你。”

两人虽在一个战场上，但除了第一天的那句话，就再也没了说话的机会。

由于连续几天都未停歇，左洛欢身上罕见地带着些许热度，纪越之甚至有种要被烫伤的错觉。他并不在乎自己在众人面前被抱住，靠在她的肩膀上，认真地回应：“我也想你，很想。”

左洛欢清醒了过来，松开纪越之，看了一眼满地的二代机器人狗：“我们回去。”

这次抵御边境线敌军的主力是骨骼机甲队，西联军出力少一些，所以后续由他们负责清扫和收拾战场。

左洛欢回去换洗后，倒下便睡着了。纪越之虽然疲倦，却不至于这么累。于是他就坐在她旁边，安静地看着她，同时悄悄地伸手，握住她的手指。

“队长……”江弘走进来小声地道，“我们三个今天不回来了，晚上在边境线墙外巡视。”

纪越之点头，表示自己知道了。

江弘进来拿走了严岩和丁伍明的外套，快速地离开了。

纪越之低头，将脸贴在他们交握的双手上，静静地望着左洛欢。她眉眼间带上了浓浓的疲惫，听安英景说，他们在城区需要时时刻刻注意混在人群中的叛徒，她几乎没有合过眼。

“姐姐……”纪越之轻轻地喊了她一声。

她陷入沉睡中，没有回应。这是他们确定关系后，她第一次没有听见他喊他姐姐。

在往常，她一听见他这么喊，眼神总是会变得又凶又狠。

想起左洛欢的眼神，纪越之唇角不自觉地扬起一抹淡淡的笑。他脱了外套，小心地上了床，贴在她的身边，陪着她一起休息。

左洛欢确实累了，一觉直接睡到第二天下午才醒。其间纪越之醒了后，俯身在她唇上亲了又亲，然后才抽出手离开。

那些边境线墙外的二代机器人狗全部被拆除了，材料都已经送到了武器系的学生手中，所有人都忙碌了起来。

左洛欢起身出来的时候，没有哪个人闲着。

“洛欢！”远处的江弘朝她这边跑了过来，打开光脑，让左洛欢看一个视频，“半个小时前，任平泊向大众发出来的视频……送给你的。”

左洛欢面无表情地点开视频，一个英俊无比的男人对着镜头笑着。

“这是四代机器人狗，就当是送给联邦年轻第一人的礼物。如何？是不是很有意思？那么一点大的东西就能瞬间割破一个人的喉咙，温热的血溅在脸上……”

任平泊的双手搭在书桌上，露出了意味深长的笑：“左洛欢，我很期待你的未来。对了，如果你想拿回自己的东西，找到我。”

“你什么东西落在他手里了？”江弘皱着眉问道。

左洛欢的视线落在任平泊书桌右边的红色盒子上：“没什么。”

江弘愣住了：“你真的有东西被任平泊拿走了？”

“或许你可以关注另外一件事。”左洛欢面无表情地道，“任平泊就在联邦内，而且……前几天就在城区内。”

江弘诧异极了：“什么？你怎么知道？你和任平泊交手了？”

他转念一想，觉得不对，左洛欢要是遇上了任平泊，罗绍圆他们早就说了。

“视频传遍了？”左洛欢问江弘。

“反正联邦军区和几所军校都传遍了，民众那边没有收到，被我们拦截了。”江弘抓头，“什么情况？你怎么又和任平泊纠缠上了？”

左洛欢重复看了一遍视频，心中的不悦堆积到了顶点，脸上却没有什么表现，只道：“你们江家的信息收集水平应该再提高一点。”

说罢，她便走了。

江弘扭头看着左洛欢的背影，问旁边的关雪：“她这是不高兴了吧？一定是不高兴了！”

军区的人都看到了，纪越之自然也看到了任平泊发出来的那段视频，他自然免不了会被任平泊后面说的那句话吸引注意力。

所以左洛欢走过来时，纪越之有那么一瞬间想问是什么东西落入任平泊手中了，不过他最终没有问出来，只是道：“睡好了？”

左洛欢拉起他的手，两人十指相缠，她笑了一声：“睡得很好，昨天晚上……你睡在我旁边？”

纪越之垂眸不语，想起自己偷偷亲她侧脸和嘴唇的事情。

“起来的时候，我身上都是你的味道。”左洛欢挑眉道。

纪越之骤然抬眼否认：“没有。”

他的费洛蒙一直收得好好的，怕打扰她休息。

左洛欢低头吻了吻纪越之的指骨，顺从地道：“好，没有。”

实际上只要她想，再微薄的费洛蒙她都能闻得到。

“任平泊发的视频看了？”左洛欢问他。

纪越之点头：“看了。”

“我怀疑他之前就在城区。”左洛欢道，“捡走了我的东西。”

纪越之一怔：“他捡走了你的东西？”

任平泊在视频中说的果然是真的。

“嗯。”左洛欢没有解释是什么东西，“我会找到他的。”

边境线外墙有不少破损的地方，西联军准备着手修补。这次二代机器人狗的数量太多，骨骼机甲队和西联军一起分掉了材料，最欣喜若狂的是武器系的军校生，个个快疯魔了，他们将这些二代机器人狗熔了，得到了极多的银青材料。

“总感觉任平泊疯了。”江弘一边点着光脑，一边道。

“他做事只图刺激。”左洛欢单手抬起，靠在椅背上，淡淡地道，“这次的目的，恐怕有两点，一是测试骨骼机甲队的实力，二是想要见血，看到城区民众恐慌的样子。”

“心理变态。”罗绍圆骂了一声，脸色难看极了。就因为这个人要寻刺激，北区边境那边死伤无数，他们失去父母，成了孤儿。

“四代机器人狗拥有的压缩技术，是我们联邦特有的技术，联邦有叛徒将机密传给了伽什罗人。”查立礼分析道。

间谍无法避免，联邦这么大，总会有伽什罗人混进来。更为严重的是联邦人被策反，成为伽什罗帝国的走狗。

纪越之听他们说完了才道：“任平泊很有可能是在联邦内部制造的四代机器人狗，上千只四代机器人狗即便经过压缩，想要从外面混进来也不容易。我更倾向于相信他们是在联邦内制造完后，再运抵城区。”

联邦每年都会发现间谍，但从来都除不尽。有些间谍埋伏得太深、太久，很难查得出来。

“首都那边有没有消息？”左洛欢问纪越之。

“按兵不动。”纪越之抬手，将光幕移到会议桌中间，“这是要传过去的视频，你们看看。”

长达六分钟的视频，是纪越之从城区内收集到的，经过整合，可以观察到四代机器人狗从落地变形，到飞到人颈部挥刀割喉的整个过程。

当然也少不了各骨骼机甲队员斯杀四代机器人狗的监控视频。

从罗绍圆、安英景，再到项承平和左洛欢，他们的临场反应可以看出实力的区别。

前面三人并不算慢，甚至反应很快，只是被人群束住了手脚，也正因为如此，才导致了更多的人死亡。

左洛欢从见到四代机器人狗的那一刻开始，便全身投入战斗状态，每一个动作都是为了杀死新型机器人狗。

“四代机器人狗除去压缩技术和再次提升了速度外，并没有多少创新，只是因为体积太小，目标又是民众，才导致我们束手束脚。”纪越之分析道，“弱点在头部，光枪一枪就能让其芯片瘫痪，难点就在于开枪时机的选择。”

“不是每个人都是狙击手，很难去衡量出手时机，只能在它们落地前或者跳上人的脖颈前动手。”安英景道。

纪越之点头："还有一点，我不认为伽什罗人今后只用四代机器人狗攻击我们，我更倾向于在其他几代机器人狗攻击的同时，他们又会使用四代机器人狗偷袭。"

"恐怕骨骼机甲的普及需要加快速度。"查立礼道，"碰上四代机器人狗，至少能够抵御第一轮的伤害。"

左洛欢靠着椅子上，静静地听着。

纪越之大概还有一点没有说，以四代机器人狗的体积来说，压缩技术几乎没有什么用处，最多只是用来隐藏身形。

如果后续伽什罗人将大体积的机器人狗压缩成功，到时候极有可能会从联邦内部袭击，从而将联邦攻破。

纪越之将视频传给首都军委会，便解散了会议。他起身看着对面的左洛欢："该走了。"

左洛欢对他笑了笑："别有压力，我们不会输。"

纪越之伸手牵住左洛欢，他不光担心伽什罗人会从内部袭击，更担心她。

任平泊盯上了左洛欢，上次更是直接发出了视频，几乎等同于宣战。

他不希望左洛欢出任何事。

"好了。"左洛欢用余光扫了一眼会议室，那些人全都离开了房间，她伸出手，轻轻地按着纪越之的后颈，俯身嗅了嗅，突然问道，"你最近的费洛蒙是不是在外溢？"

纪越之有些茫然，他并没有察觉到自己的费洛蒙外溢，周围的人也未提醒过："大概是这几天太忙……没有控制好。"

左洛欢轻轻地按着他，他似乎比以前柔软了些。她身子微微后仰，对上他的眼睛："别担心，这种程度，其他人察觉不到。"

她只是怕他的发育会出现问题，所以格外注意他费洛蒙的变化。

左洛欢转身，将会议室的门反锁，开了循环通风系统，对纪越之道："现在将费洛蒙放出来。"

离开联邦之前，方勇曾经对左洛欢说过，她可以观察纪越之费洛蒙的变化，从而判断他是否发育完全，经常用天乾费洛蒙刺激、诱发也是一种手段。

不过他们一直忙着训练，又过的是集体生活，左洛欢便没有用自己的费洛蒙安抚、诱发过他。

以前纪越之可以大胆地主动释放出自己的费洛蒙，但现在左洛欢这么直白地要他释放费洛蒙，他反而有些不自在。

“怎么了？”左洛欢以为他不舒服。

纪越之偏过脸，沉默不语，只是薄红的耳尖暴露了他的心思。

左洛欢低低地笑了几声，将他拉过来，抬手轻轻地按压着他的后颈。

无论多少次，每当她带着微凉的指腹碰上来时，纪越之便不太能站住。他的手抓着她的外套下摆，将自己的脸埋在他的肩膀上，似乎这样能让身上泛起的热度稍微少一点。

左洛欢知道纪越之的习惯，也不强迫他露出脸来，而是释放出自己的费洛蒙，慢慢地包裹住了他。

冰寒至极的费洛蒙本应该凛冽伤人，但这一刻只带着淡淡的凉意将他覆盖住，带给他的是巨大的安全感，以及挡不住的诱惑。

更不用说此刻左洛欢的指尖还在纪越之的后颈处，温柔又强势地按着、抚摸着。

一股鸢尾的甜香从纪越之身上缓缓传来，地坤费洛蒙中隐隐含着愉悦、期盼，还有藏不住的情愫。

左洛欢原本只想闻一闻纪越之的费洛蒙，确认他有无异样，然而现在，她忍不住想做其他的事情。

她再强的自制力，碰到他似乎都要大打折扣。

纪越之也不太好受，天乾的费洛蒙只出现了一会儿，等他的费洛蒙释放出来后，便收了回去，引得他的情绪有些急躁。

他微微抬起脸，在左洛欢的颈侧蹭了蹭，气息乱了：“别收……”

纪越之喜欢被左洛欢的费洛蒙包裹的状态，这个时候他会觉得自己是她的。

“这里是会议室。”左洛欢提醒道。

她向来克制，除非逼不得已，从不会在外面对纪越之做出格的事。

纪越之的双手搭在左洛欢的肩膀上，侧过脸，贴着她，向来清冷的嗓音此刻带着一股烫人的热度：“门锁了，姐姐……亲亲我。”

他在讨吻。

这个念头从左洛欢脑中划过的瞬间，她几乎失控。

下一秒，她便转头亲在他湿润温热的唇上，才碰过去而已，他便微微张开唇，等着她。

左洛欢有点走神。

她在想，纪越之的费洛蒙比之前更甜了几分，或许开始成熟了。

纪越之察觉到她的心不在焉，咬了咬她的唇，却不知道这样能让天乾更加失控。

但他到底有几分不满，后退几步，靠在会议桌上，仰头直接伸手抓住左洛欢的领口，将她拉了过来。

左洛欢还是头一回见到纪越之这么主动，捧着他的脸，忍不住笑出了声，问：“我们越之不是只要一个吻？还想要什么？”

“方医生说多亲密有助于转化发育。”纪越之仰头望着左洛欢，几近直白地道。

“我们越之……”天乾天生那股恶劣的性子占据了上风，左洛欢俯身，眼神深沉，指腹摩挲着纪越之的下唇，“想要我？”

纪越之没有说话，或者说没有空出声。

左洛欢垂眸看去，纪越之向来清俊冷漠的脸上泛起薄红，那双漂亮的眼睛中氤氲着水汽，安安静静望着她时，他像是吸人魂魄的妖精，让她一时间有些沉迷、晃神。

她脸上没有多少表情，心中却早已经掀起滔天波澜。

左洛欢抽出自己的手指，纪越之本能地闭了闭眼睛，黑色的长睫毛被眼中的雾气打湿了，在雪白的脸的映衬下，眉眼间带着几分脆弱，他的唇又艳得过分，不断冲击着她的视觉。

“好。”左洛欢忽然道。

纪越之仰着头，会议室的灯光聚拢在他那截修长如玉的脖颈上，脆弱又漂亮的喉结上下移动。听见她的话，他缓缓地睁开湿润的眼睛，目光中还残留着茫然，显然没有明白她的意思。

左洛欢俯身，低头吻在他的后颈上，天乾铺天盖地的费洛蒙充斥了他的五感。

两人这半年来没怎么亲密过，甚至连亲吻都少之又少，左洛欢突然的亲吻，让纪越之撑在桌面上的手下意识地曲起，修长漂亮的手指紧绷到发白。

左洛欢抓起纪越之的手，不让他撑在桌面上，两人的十指紧紧地交缠着。

纪越之埋在左洛欢的胸前，发出无意识的呜咽声。

明明是主动要亲密的人，等亲密完，整个人却脱了力。

左洛欢不过是在亲密之后亲了亲纪越之被咬过的后颈，他便受不了，整个人抖得厉害。

即便这样，他偏偏还是要靠近，双手抱着左洛欢的脖颈，被她揽着腰，站了起来。

左洛欢觉得自己抱着一团棉花，她都不太敢用力。

“好了点？”左洛欢低声问他。

纪越之含含糊糊地“嗯”了一声，他根本站不稳，头靠在左洛欢的肩膀上，由于剧烈的情绪波动，他额角的碎发全被汗打湿了，那双漂亮的眼睛被水雾浸透，连长睫都湿了。

只是亲吻和安抚而已，他却沦陷得一塌糊涂。

左洛欢安静地抱着纪越之，低头吻了吻他的唇，触之即分，并不过多停留，带着安抚的意味。

这种温情的亲吻，对失神的地坤是极大的抚慰。

纪越之喜欢左洛欢对自己做的一切，无论是强势霸道的费洛蒙带来的快感，还是现在温情的抚慰，他都想要。

被抚慰时，他的眉眼不自觉地浮起一丝愉悦。

半个小时后，纪越之才恢复过来，但他现在的样子，是个人都知道发生了什么。

左洛欢从口袋中拿出防护贴，仔细地帮他贴好，忽然道：“以后可以多亲密一些。”

隔了半年，他反应太大了。

纪越之目光躲闪，偏过头不去看左洛欢，显然开始觉得不好意思了。

左洛欢见状，低低地笑了几声：“刚刚那个人是谁，不是我们越之？”

纪越之伸手捂住她的唇，不让她继续说下去。

“好了。”左洛欢拉下纪越之的手，帮他拨开额前的碎发，“我们出去。”

幸而到会议室的这一条路偏僻，没有多少人。

这两人一贴上防护贴，是个人都知道他们亲密过，江弘站在寝室床边和严岩八卦。

“左洛欢占有欲强得过分了。”江弘一脸无可救药的样子，摇着头，“生怕别人闻到了纪越之费洛蒙的味道。”

天乾和地坤亲密时混合的费洛蒙象征着两人的关系，所以往往亲密过后，天乾和地坤都会大方地展示。哪像左洛欢和纪越之，次次都要贴上防护贴。一看就知道是天乾那强得可怕的占有欲在作祟。

“我看左学姐也不常释放自己的费洛蒙出来，这可能是习惯。”严岩替左洛欢解释。

“得了吧。”江弘一拍腿，“我和她从小一起长大的，能不知道她在想什么？左洛欢就是不喜欢让其他人闻到纪越之的费洛蒙。”

“那以后纪学长都要贴着防护贴？”严岩觉得这么做实在太麻烦了。

江弘忽然露出猥琐的笑，小声地对严岩道：“当然不可能，防护贴用一两次还行，用多了谁也不舒服。左洛欢不可能会舍得纪越之难受，我看以后结合了她八成就不会用防护贴了。”

严岩想了想，然后义正词严地问江弘：“所以……这和我们有什么关系？”

江弘对他感到无语：“八卦一下不行？”

单身狗不就这点乐趣？

这学弟不行，这种八卦消息要是放在第一军校的匿名论坛上，那分分钟就被顶成“高楼”了。

“你八卦的力气要是用在任平泊身上，更行。”左洛欢不知道从哪里出现的，悄无声息地站在江弘背后。

江弘震惊。

他就知道严岩哪里会这么老实！可恶！居然不悄悄提醒他！

左洛欢踢了江弘一脚：“别成天在我们身上浪费心思。”

“我错了！”江弘立刻举手检讨，“但任平泊那种人，你爸和纪西修都没什么办法，江家只能徐徐图之，一点点查找、整合信息。”

左洛欢靠在床边，片刻后道：“别直接从任平泊查，从联邦各大集团军中挖。”

左洛欢最初在西江流放星意外发现的那批武器，她一直都记在心中，还去调查过各集团军每年军火的使用情况。

自从任平泊叛逃后，联邦内部的叛徒数量几乎是呈直线增长。此人极具煽动力，引得无数人追随。

这么多年过去了，联邦内部不知道有多少地方已经腐化，清道军就是在任平泊叛逃后的第二年成立的。

江弘经左洛欢提醒，调动了家中的资源，开始整合信息，试图从联邦内部找到蛛丝马迹。

“这五年，集团军的军火支出都不低。”左洛欢拿出自己在军备资料库内拍摄下来的文件表格，“你看看。”

江弘抬手移动光屏，仔细地看了看那些文件：“十七军的军火支出比例和凛冬军一样高……二十六军为什么也这么高？”

他还是第一次见到这种完整的文件表格，突然想起来：“这是你大二开学去军备资料库找到的东西？”

左洛欢没有否认：“二十六军这几年拿到了首都治安权，军火开支年年飙高，你查查他们武器的使用情况。”

前些年一直都是十七军把握首都的治安权，后来纪西修将重心放在武器研发上，便将治安权移交给了二十六军，自此二十六军的军火开支便增加了。

“我都去查查。”江弘道。

江弘还未查出什么东西时，整个联邦从内部开始频繁遭受攻击，不知道是不是因为各区开始自查，导致那些隐藏在暗处的人不得不提前行动，或者，是任平泊指使的。

各区突然陷入战火之中，再次让联邦看到了任平泊的本事。即便他一直沉寂，从未光明正大地在边境线打赢过联邦，也能让卧底埋伏在联邦内部，逐渐瓦解联邦。

“他疯了吧！”查立礼看着各区传出来的消息，神色难看极了。联邦才安定多少年，他们这一代人才起来，任平泊居然这么干？

“任平泊不是早就疯了？”安英景黑脸道，“不疯他会叛逃？”

“西区离我们最近，城区内部已经搜了五遍，至少一时半会儿没有发现四代机器人狗，我们需要先过去支援西区。”江弘分析道，“如果从西区走的话，之后再往南区走。”

“不用了。”纪越之忽然道。

“什么？”安英景朝他看去，“为什么不用？”

“军委会是直接向我们发出的救援信号，首都……”纪越之将光幕往上移动，放大了那条简短的消息，“沦陷了。”

会议室瞬时陷入沉默，良久，安英景才问：“会不会是陷阱？”

“不至于。”查立礼率先摇头，“骨骼机甲不是只有我们才有，其他集团军也有，何况他们为什么要费力气给我们设陷阱？”

江弘低着头，正在联系江家人。首都出了这么大的事情，他居然没有收到任何通知。

一周前，他发去消息，要查首都那边集团军的军火开支，江家人只回了一句“收到”，后面他一直以为是去调查了，难道那时候就已经出事了？

“我父亲那边暂时联系不上。”纪越之冷静地道，“各区都出现了暴动与袭击，现在只有我们能腾出手来。”

“如果我们走了，边境线又有伽什罗人攻击怎么办？”安英景道，“一旦去了首都，以我们与西区边境线的距离，一两天根本赶不回来，何况还要防止途中遭到袭击。”

“这点……”纪越之道，“十天前，十七军研发的最新武器已经运抵各区边境线，若是如此还抵御不了，那便是联邦运道如此，谁也没办法。”

“最新武器？”查立礼愣住了，他们完全不知道这个消息，明明大家一直都待在边境线，和那些西联军每日打照面。

不光他，整个会议室大部分的人都完全不知情。

只有站立在墙边的左洛欢一脸平静，这些武器由十七军研发，最终由原377军押送到各区。

377军经过联邦全面调查，将所有可疑对象剔除之后，便原地解散了，由凛冬军提供了一笔可观的退休金。实际上他们暗地里将十七军研发的武器不断运抵各区边境线。

“各队长整顿队伍，一个小时后出发。”纪越之起身道。

“队长，首都那边……”江弘心中焦急，“还有没有其他的消息。”

“只有这一条消息，暂时没有收到江家的信息。”纪越之面无表情地道，“等我们进首都之后，便能知道是什么情况了。”

他作为总队长，此刻不能将心中的任何情绪表现在脸上。

江弘点头说知道了，跟着其他人一起走出会议室。

左洛欢走上前，牵着纪越之微微颤抖的手：“只是被袭击，首都那么多集团军，能来得及。”

会议室中没有了其他人，纪越之的脸色变得苍白起来：“除了这条信息，首都没有传出其他任何消息，说明任平泊控制局面的速度极快，甚至各大集团军都没有人反应过来。”

左洛欢单手捧起他的脸，淡淡地道：“或者说是集团军叛变。”

当首都有集团军叛变时才能够让整个首都无一人传出消息。

纪越之深吸一口气，抽出自己的手：“我们该走了。”

风雨已至。

上军舰前，左洛欢收到了左狄鸿的视频通信，他像是很久没有休息好的样子，脸上的倦意极浓。

“左洛欢，你要去首都？”

“是。”

左狄鸿恐怕也从纪越之这边收到了消息，他深深地看着左洛欢，良久，道：“任平泊很强，但你是我左狄鸿的女儿，是联邦迄今为止等级最高的天乾，该由你去对付他。”

“我知道。”

“另外……让小纪不用担心他的父亲，纪西修向来心眼多，他不会出什么事。”

左狄鸿要和纪越之说的话倒是充满了安慰，左洛欢闻言，不由得笑了一声：“好。”

左狄鸿大概也有点别扭，但对面的人是自己的女儿，小纪又不在旁边，他不用在乎那么多，干脆直接挂断了通信。

左洛欢望着黑下去的屏幕，不由得挑眉，随后转身找到纪越之，对他复述了父亲的那些话。

“谢谢伯父。”纪越之心中涌起一股暖意，眼中带了一丝笑意，“我知道。”

骨骼机甲队集结后，一路飞驶，到了首都港口附近，他们没有直接停靠过去。

他们不知道港口有没有沦陷。

江弘这几天一直在试图联系江家的人，以及首都附近的线人，皆无收获。

“我们要派人先去港口查看一下。”查立礼道，“我过去。”

纪越之回头看了他一眼，同意了。

查立礼点了五百人跟着自己一起走出舰舱，驾驶军用飞行器往港口靠近。他们才一靠近，便有光炮射了过来。

“港口已经被占了！”军用飞行器中有人道。

“等等。”查立礼喊住想掉头的驾驶员，“继续飞过去。”

“可是有攻击。”驾驶员道，他们乘坐的只是军用飞行器，一旦被击中，便没有挽救的余地。

查立礼并不理会驾驶员的话，坚持道：“继续往前开，注意炮弹攻击。”

虽然这样做会冒着被攻击的风险，但军用飞行器上的队员此刻都没有出声反驳。

“三点方向有光炮，九点方向也有，注意！”侧面的观察员喊道。

驾驶员只能猛然升高飞行器，整个机身旋转了近乎三百六十度，剧烈的颠簸下，飞行器内的队员全部紧紧地抓着扶手。

两枚炮弹在他们下方相撞，发出巨大的冲击波。

查立礼的视线落在攻击他们的光炮方向，忽然对驾驶员道：“直接往港口去。”

驾驶员这一次没有反驳，他们现在也算是军人了，不畏生死是他们坚守的信条。

“总队，港口有人袭击我们，但我猜测港口并没有完全被占领。”查立礼传消息给军舰上的纪越之。

刚才他们直接飞向港口，来阻拦的只有两枚炮弹，显然对面港口有人在阻止，但具体是什么原因，他需要去确定，同时辨别是不是陷阱。

“我们现在过去。”查立礼说。

纪越之收到消息后，皱了皱眉，转身要项承平、罗绍圆带队出去，跟着查立礼，同时命令军舰也向港口靠近。

军舰上的炮口全部对准港口，无论对面是否为陷阱，他们都要进去。

又有两辆飞行器从军舰上飞出，一路绕过炮火。况且他们背后还有一艘军舰支撑，即便这次会面临港口处更加猛烈的炮弹，他们也能冲过去。

“迟早灭了伽什罗帝国。”罗绍圆死死地抓住扶手，忍住要吐的冲动，在心中默默念叨。

查立礼所在的飞行器还未完全进入停舰场，便被打穿了机翼。

“所有人往下跳，找掩护！”查立礼大声喊道。

好在他们已经越过了港口防御网，这时候即便没有降落，也没有性命危险。

五百名队员全部穿上了骨骼机甲，如同鬼魅般落地，然后疾速散开，躲在周围的军舰后。

果不其然，在他们落地的瞬间，观察塔上便发射出光弹，只不过断断续续的。

查立礼打了个手势，所有散开的队员不断前移。他们的目标是观察塔，他们要过去抢回制空权。

他们一过去便确定了这不是陷阱，地上有大片的血迹，来这里挡住伽什罗人的是清道军。

“只有你们来了？”何月抹去脸上的血迹问道。

“后面还有人。”查立礼快速道，“目前还有两架飞行器要降落，后面是我们的军舰。”

何月点了点头：“这边交给你们，先将这里清扫干净，让飞行器上的人安全降落，之后跟着我去港口武器塔。”

只有控制住港口的武器塔，军舰才能够过来。

查立礼的视线落在远去的何月身上，她身上的骨骼机甲已经破碎，脚踝处甚至被深深地割了一刀，整个人却依旧照常行动着。

军舰体积庞大，移动起来不如军用飞行器灵活，但舰体上有武器。一旦军舰检测到对面港口有光炮发射过来，舰体架起来的武器便会瞬间启动，将飞来的光炮打下来。

两者碰撞造成的冲击波撕裂着周围的环境，军舰整体都在摇晃。

“项承平、罗绍圆降落成功。”左洛欢在旁边，扶住没站稳的纪越之道。

纪越之接通通信，问对面的人：“港口情况如何？”

“查立礼的那架飞行器坠毁在停舰场。”罗绍圆刚刚从飞行器上下来，“目前没有遭到太强的攻击。”

她才说完，周围便传来了一阵异动，项承平的声音传了过来：“观察塔上有我们的人，他们在上面。”

纪越之低头看了一眼时间，估算着查立礼带人上去的速度：“港口应该还有联邦其他的人，你们和查立礼会合，再去武器塔。”

“伽什罗人想占据港口，这样来救援的队伍便无法停留与驻扎，但过了这么多天，伽什罗人还是这种火力……说明港口一定还有联邦的其他队伍。”安英景在旁边道，“我们今天必须进去。”

军舰还在躲避对面偶尔发射过来的炮弹，武器塔这边已经不能用“惨烈”来形容。

清道军要对付的不只是机器人狗，还有伽什罗人。这些伽什罗人或许没有机器人狗能打，但他们有智慧，知道在哪里补刀。

即便何月带着她的人赶了过来，也只是抵御了一阵。他们在观察塔上早已筋疲力尽，但好歹能拖住更多试图用武器塔上的武器攻击港口外的军舰的伽什罗人。

然而他们维持下来的均衡局势没多久便被打破了，一排伽什罗人忽然后退，拿出一个个圆球，猛然砸向地上。

何月瞳孔一缩，是四代机器人狗，她只来得及提醒一句：“小心！”

若是全盛期的清道军一定能躲过这些四代机器人狗，但他们不是，他们甚至连身上的骨骼机甲也早被砍得破破烂烂的。

观察塔上遭遇了同样的事情。

在罗绍圆和项承平带队上去时，一批伽什罗人悄无声息地出现在他们面前，放出了四代机器人狗。这些人中，只有罗绍圆这队接触过新型的四代机器人狗。

军舰处很快便收到查立礼的汇报，他用的是罗绍圆的光脑，他的光脑在下来时被打坏了。

“伽什罗人也派了支援过来。”安英景皱眉，他忽然道，“我过去。”

他没说要带队，现在火力越来越密集了，稍有不慎便会被击中，他一个人去就可以了。

“我跟他一起去。”左洛欢看着纪越之道。

纪越之抿唇，答应下来：“好。”

左洛欢开着飞行器出来，里面只有安英景一个人。他扣紧安全带，坐在位子上，心惊肉跳地望着她开飞行器。

军舰上的纪越之有意给他们打掩护，以身犯险，几次放弃击落飞来的光炮弹，导致军舰受损。

“不用管我们。”左洛欢按下面板上的无线通信，对军舰上的纪越之道，“很快就到，护住你们自己。”

控制室调整舰体的队员闻言，等着纪越之下令。

“忽略飞行器，继续防护军舰，逐渐推移。”纪越之选择相信左洛欢。

武器塔上的伽什罗人发现又有一辆飞行器朝港口过去了，以为里面有很多联邦救援军，开始发动疯狂的攻击。

左洛欢对后方的安英景说了一声：“抓稳。”

下一秒，飞行器骤然拔高，光炮弹直接擦着飞行器下方过去了。

左洛欢操控着飞行器迅速翻转，继续朝港口的停舰场飞去。一路上，她将飞行器来回翻转，次次擦着光炮弹而过。

左洛欢的操控吸引了对面不少火力，军舰得以顺利地前移了一段距离。飞行器内的安英景看不到，但军舰控制室的人能发现这一情况。

“安英景，准备跳下去。”左洛欢驾驶的飞行器已经驶入停舰场上空。

“好。”安英景穿上骨骼机甲，扒着飞行器的座位，走到舱门处，等待时机。

这时候，观察塔上有人用光枪扫射过来，左洛欢离开驾驶座：“跳！”

两人从舱门处跳了下来，飞行器被光枪射中，直接在空中爆炸了。

“你留在这儿，我去武器塔。”左洛欢说完朝另一边快速移动着。

安英景仰头看着观察塔，他没有上去，只是开始释放自己的费洛蒙。

这半年，安英景时常被要求对着骨骼机甲队员释放费洛蒙，目的就是让自己的人适应，在关键时刻，能起到意想不到的作用。

这些伽什罗人不可能特意戴着面具只为警惕他一人。

他的费洛蒙或许对机器人狗没有作用，但那些伽什罗人瞬时便陷入了幻觉之中。罗绍圆一闻到熟悉的费洛蒙，便知道安英景来了，她和不远处的查立礼对视一眼。

很快，查立礼带队掩护着罗绍圆等人，罗绍圆则一一收割那些陷入幻觉中的伽什罗人的性命。

没有了这些伽什罗人，便不再有四代机器人狗被放出，骨骼机甲队员的压力顿时减小。

至于武器塔那边，当左洛欢到达时，清道军已经完全抵挡不住伽什罗人和四代机器人狗的攻击，何月被一名伽什罗人踹倒在地，对方挥起弯刀，要往她头上砍去。

伽什罗人用的弯刀极其锋利，他们喜欢用弯刀割喉。

何月脚后跟的筋被砍断了，早已支撑不住身体的重量，她明明等到救援军了，因此更不甘心被伽什罗人夺取控制权。

即便弯刀已经到了何月眼前，她也没有闭上眼睛等待死亡，反而睁大眼睛瞪着面前的伽什罗人。

左洛欢没有穿骨骼机甲，她用脚尖微微一踢，地上死去的伽什罗人手中的弯刀便弹了起来。她接到手中，紧握着，甚至没有调整弯刀的位置，径直朝着何月面前的那个伽什罗人扔去。

弯刀飞到伽什罗人身后时，弯口已经对准了他的后颈。

伽什罗人的弯刀刀尖才划破何月的脖子，下一刻，他便丢了性命。

左洛欢的脚踩在死去的伽什罗人身上，弯腰间取下了自己身上的两条负重带。

在周围的伽什罗人和四代机器人狗一起过来时，她的脸上露出了笑容，带着极深的嘲讽之意，随即将手中的两个负重带分别朝两个伽什罗人砸去。

负重带砸过来的力道太大，两个伽什罗人当场殒命。

“不急，我还有两个。”左洛欢道，她看着越来越多的伽什罗人扑了过来。

她取下手腕上的负重带，躲开一个四代机器人狗的攻击，将负重带再次砸了过去。

有了经验的伽什罗人这一次知道躲开了，而另一个伽什罗人握着弯刀朝负重带砍去，以为自己能劈开，然而弯刀却被飞过来的负重带震飞了。

左洛欢转了转手腕，瞬间穿上骨骼机甲，从侧后方蹿出来的伽什罗人用弯刀砍在她后颈处，只发出一道“锵”声。

伽什罗人还未反应过来，左洛欢反手一把将他拉了过来，没有拿光枪和弯刀，直接扭断了他的脖子。

明明只有她一个人，武器塔上的局势陡然间发生了转变，伽什罗人想要撤退，然而左洛欢并不给这些人机会，偶尔有空甚至还会打掉蹦跶的四代机器人狗。

左洛欢从第一个武器口开始清扫，一路过去，没有伽什罗人和四代机器人狗能逃得过她的光枪和弯刀，她实在太游刃有余了。

那些张狂的伽什罗人怎么也想不到，有朝一日他们会死在弯刀之下。

何月撑着血迹斑斑的身体，缓缓地靠在墙上，忍不住笑了笑：左洛欢的实力强到这种地步，不知道当初演习赛训练的时候为什么会输给纪越之。

清道军挡不住的伽什罗人和四代机器人狗，被左洛欢全部解决了。

她解开那些负重带，就宛如解开了封印，尤其有了骨骼机甲的加成，实力更上一层楼。最后一个伽什罗人想要逃跑，她闲庭信步地跟在他身后，在他即将跳出去时，一脚将人踹倒。

伽什罗人面朝地倒了下来，他的手往玻璃窗户前伸，再次试图逃出去。

左洛欢一脚踩住他，弯刀架在他的脖子前，弯腰道："看着很眼熟。"

过了一会儿，左洛欢才恍然大悟，道："以前看过你在北区边境线杀人的视频。"

凛冬军还未驻守北区边境线前，伽什罗帝国曾一度攻进边境线，里面有不少伽什罗人专杀联邦的民众，像罗绍圆这种孤儿多是这么来的。

被踩在地上的伽什罗人疯狂地挣扎着，左洛欢也懒得和他再纠缠，直接将手中弯刀轻轻一送，往侧边一拉，随即握着弯刀站了起来。

左洛欢并未多看一眼，她走到武器塔前，透过屏幕看着又前移了一大半距离的军舰。

他们快到了。

"教官。"左洛欢转过身，翻找医疗箱，要替何月包扎。

"先救他们。"何月示意左洛欢去后面，"我……伤得不重。"

左洛欢看着浑身血淋淋的何月，没有多言，放下一包创口愈合剂，起身去后面帮其他清道军了。

军舰上。

“总队长，攻击停止了。”负责武器输出的队员回头看着纪越之道。

纪越之握紧的手指终于缓缓松开，他的掌心积了一片冷汗，但脸上依旧沉静：“全速前进。”

观察塔内，骨骼机甲队员也逐渐取得胜利。

四代机器人狗用在人群中是个利器，但在训练有素且有骨骼机甲防护的联邦军看来，效果就没有那么好了。

“快看！”项承平指着外面的停舰场，“军舰过来了！”

查立礼松了一口气：“武器塔那边的控制权应该夺回来了。”

向来憋不住话的罗绍圆反而没有出声，而是迅速走下观察塔。她在附近走了两圈，终于在一艘民用舰背后找到了晕倒在地的安英景。

第二十五章 援军

安英景身上的骨骼机甲已经脱了下来，整个人浑身都被冷汗浸湿了。

地坤过量释放费洛蒙时，便会生出冷汗，还会脱水。

罗绍圆冲过去时，还能闻到安英景身上传出的浓烈的费洛蒙的味道，她一把抱起安英景，朝附近的医务室跑去，给安英景补充营养药剂。

等见到他脸上恢复了一点血色后，她才拍着他的脸喊道："不需要再放费洛蒙了，观察塔上的伽什罗人全被清除了。"

安英景很累，过量释放费洛蒙导致他浑身隐隐发疼，他现在还很烦，因为有个不识相的人一直在拍他的脸。

"拿开你的手！"安英景睁开眼睛，拍开罗绍圆的手。

罗绍圆"哦"了一声："你好点了没？我要去……"

"你要去哪儿？"安英景瞪着罗绍圆，一副凶神恶煞的样子。他就知道罗绍圆是个傻子，他都这样了，她还要回去打架！

罗绍圆原本充满了豪情干仗的冲动，被他这么一凶，顿时萎靡了。她把原本要说的后半句话咽了下去，支支吾吾地道："我要去给你……嗯……拿营养剂。"

安英景这才稍微满意地挥手："去拿。"

罗绍圆翻出来一支营养剂递给安英景，然后眼巴巴地看着他。

"你不帮我吗？"安英景靠坐在医务室的床上问道。

罗绍圆只能再次拿起营养剂，帮安英景打进去。

安英景总觉得哪里不对。

他看着罗绍圆用酒精棉片认真地帮自己擦拭手臂，再将营养剂打进来，这时，他终于发现问题了：“你为什么没有反应？”

罗绍圆靠近他的时候一定会嗅到大量且浓烈的费洛蒙，这种具有针对性的费洛蒙和一般的大面积扩散不同，又不是每个人都是左洛欢，其他天乾训练得再多也会出现幻觉。

上次打赌要她答应自己一件事的时候，安英景突然释放出费洛蒙，罗绍圆立马就中招了，没道理这次会安然无恙。

罗绍圆听完他的话后，眼神飘忽，不知道该说什么。

“上次你骗我？”安英景的脸莫名其妙地红了起来，仰头高傲地道，“罗绍圆，原来你也不是个傻子。”

罗绍圆将用完的营养剂收拾好，扔到垃圾筒里，小声地嘀咕：“我就想看看你要我答应什么事，谁知道你要我那什么……”

“你出去！”安英景转身背对着罗绍圆。

罗绍圆有点头大：“你怎么又生气了？很伤身的！”

方才安英景释放了过量的费洛蒙身体已经虚脱了，被这么一气，差点又晕了过去。

过了一会儿，他忽然咬着牙转身，看着还没有走的罗绍圆：“我潮期到了，想要更伤身一点。”

“什么？”罗绍圆一时半会儿没听明白安英景的意思。

“就这样。”安英景伸手把罗绍圆拉了上来，两人一起倒在医务室的床上。

罗绍圆一时震惊。

军舰成功停靠在停舰场，里面的骨骼机甲队员迅速下来搜索港口，开始取得这里每一处的控制权。

纪越之抬头看着从观察塔上下来的队员，然后他带着一队人朝武器塔快速跑去。

一路过去都能发现周围有血迹，分不清是联邦人的还是伽什罗人的。

沿途医疗室的医药箱全被拿了出来，纪越之带队上了武器塔，果然这里的状况最为惨烈，电梯、楼梯、走廊全是血迹，有些低洼的地方甚至形成了血坑。

纪越之上到武器塔的最高层，倒在那里的是无数的伽什罗人、清道军和破碎的机器人狗。

他没有见到左洛欢的踪影，心跳得极快，甚至开始发疼。

纪越之手指攥得紧紧的，神色却一如既往的冷静，他的视线扫过倒在地上的人，试图从中发现左洛欢，又不想见到她。

“纪……越之。”何月咬牙给自己包扎好脚跟处，胸口的伤也用了愈合剂，她靠在墙下，神色疲累，但仍打起精神对他道，“去后面控制室，还有很多受伤的人。”

“带教官离开。”纪越之对后面的两名队员道，他带其他人往后面走去。

控制室有不少清道军在守着，这是他们守着的最后一道防线。这里一旦失守，外界就完全不能进入首都港口，等于彻底堵住了救援的希望。

有队员要在纪越之前面踹开门，以防有意外发生，被他拦住了。

纪越之一个人走到大门前，用力推开控制室的门。

随着两扇门被推开，他的视线落在里面的一个人身上，眼中骤然现出笑意。

她没有受伤，还好好的。

左洛欢刚帮一名清道军包扎完，听着外面熟悉的脚步声，起身看着门口。

见到纪越之的那一刻起，她有种两人经年重聚的错觉。

明明才过去三个小时不到。

左洛欢没有朝纪越之走过去，而是对着他扬眉一笑，随后拿起医疗箱，继续帮助受伤的清道军。

“都进去帮忙。’纪越之回头对身后的队员道。

他们带着医疗箱．只要不是致命伤，都能帮助伤者治疗和缓解伤情。

纪越之朝左洛欢深深地看了一眼，然后才低头去看光脑。

骨骼机甲队员搜寻过后，无数条消息汇聚在他的光脑上。江弘和严岩那边碰上了一小队残余的伽什罗人和四代机器人狗，但他们很快就把对手解决掉了。

现在他们需要做的，是将港口的防御网打开。

纪越之走到控制室最前段，伸手按下那个红色的按钮。

里面的清道军顿时愣住了，有人喊道："你在干什么？你们也是叛徒?!"

"前辈，别扯到伤口。"纪越之未开口，左洛欢便转身对那人道，"我们这么做自然有我们的道理。"

刚被从武器塔上扶下来的何月仰头看着港口半空中升起的防御网，不由得愣住了，她浑身僵硬，随后突然又松懈下来："这帮人，够有魄力。"

首都那些伽什罗人多半会以为他们的人已经控制了港口，即便后续发现有诈，也能为纪越之他们争取一段时间。

目前最关键的是，纪越之需要快速了解首都发生了什么。

队员差不多将港口巡查完了，纪越之扭头看着控制室内受伤的清道军，他们的伤也基本被包扎好了，得到了有效的治疗，那些伤情严重的则被抬了下去。

左洛欢将手擦干净，走到纪越之旁边："这里我看着，你去找何教官，她应该知道一些事情。"

她到港口后，试图联系过认识的人，皆没得到回信，不知道是因为信号被屏蔽还是人被控制了。

纪越之望着左洛欢，皱了皱眉，他最终没有忍住，上前一步，抬手碰了碰她的下颌："受伤了。"

"刚进控制室时被偷袭了。"左洛欢随口道。

伤口只有八厘米左右的长度，也不算深，看起来确实不算严重，倒更像是被利器不小心划了一下。

纪越之走到旁边，从地上的医疗箱中拿出一瓶愈合药剂，仔细地喷涂在左洛欢的伤口上。

"我没事。"左洛欢看着纪越之，安抚道，"都不太疼。"

他们平时训练，有时候也会受伤，伤口比这严重的多了去。但现在不是训练，时刻都有生命危险，纪越之自然克制不了对左洛欢的担心。

"你……还有其他地方受伤吗？"

"没有。"左洛欢伸出双手，甚至往上撸了撸袖子，示意纪越之看，"只有刚才那一道伤口。”

纪越之这才彻底放下心来，将愈合药剂塞给左洛欢，转身离开了。

注视着他离开的背影，左洛欢微微松了一口气。她刚才的话应该也不算说谎，确实身上只有那么一道伤口，只不过骨骼机甲被砍坏了。

方才左洛欢一推开控制室的大门，便有五个伽什罗人和四代机器人狗围了上来。如果纪越之查看她的骨骼机甲，便会发现她下颌的那道伤口和骨骼机甲上的一道痕迹完全吻合。

若不是有骨骼机甲，左洛欢下颌处就不只是一道浅浅的伤口了。

走下武器塔的纪越之毫不知情，他找到何月教官，此时，她胸前的伤口已经被包扎好了，之前整个人一直撑着一口气，现在直接昏睡了过去。

守着何月教官的医务兵队员见到纪越之后立刻站了起来，低声喊道：“总队长。”

纪越之摆了摆手，示意队员跟着自己出去：“何月教官的伤怎么样了？”

“胸口的伤很严重，不过何教官身体素质强，一定能撑过来。”医务兵队员说完，似乎又欲言又止。

“还有什么问题？”纪越之没有错过医务兵的神色，不由得问道。

“何教官跟腱断裂，如果不早点治疗恐怕会有很大影响。”医务兵眼中闪过佩服和敬畏，“看这伤口，何教官受伤后又坚持了很长一段时间，现在即便伤口痊愈了，也会影响运动……以后恐怕只能勉强正常行走了。”

纪越之点点头，示意自己明白了：“你去看看其他人需不需要帮助，何教官这儿有我守着。”

“是。”

纪越之再次走进医务室时，何月已经睁开了眼睛，但她的神志明显不算太清醒，只是因为伤口过于疼痛，才导致她从昏睡中醒了过来。

她见到纪越之，眼中虽然还有浓浓的疲惫，但仍旧试图坐起来。

“教官，您先躺在这儿休息。”纪越之阻住她，不让她坐起来。

何月喘了一口气，硬撑着道：“我不知道首都中心发生了什么，当时……太乱了。”

几乎只是一晚上的事情，整个首都就彻底翻了天。

“清道军能来港口，是因为接到匿名举报信息，说有叛徒携带了大批量的新型机器人狗离开。”何月一口气说完想说的话，便下意识地想要捂着自己胸口的伤。

她有点呼吸困难。

何月闭上眼睛缓了缓，才继续道：“当时说是有大量的机器人狗出现，联邦又在严打，清道军自然不敢放松警惕，深夜时几乎全军出动……我们来到港口搜查到天亮，也没发现问题。”

清道军常会碰见这种事，有些只是误报，有些则是叛徒已经提前离开了。

“我们当时打算先回去。”何月脸色苍白，说话的声音越来越小，“却没想到有伽什罗人带着机器人狗直接攻击了港口。”

光天化日下，在联邦首都，伽什罗人带着大群机器人狗出现在首都港口，不要说港口的民众吓傻了，连他们清道军心中都生出了荒诞的感觉。

“他们想要占领港口。”何月脸上带着一点苦涩的笑，庆幸道，“不知道是谁举报的，如果我们没有过来，港口早在几天前就被占……”

纪越之看着陷入昏睡的何月，坐了一会儿，然后才起身走了出去。

有人提前知道了那天晚上会出乱子，所以先用举报消息将清道军引到港口。

不得不说，这是唯一不会引起怀疑的方式。

清道军不受任何集团军管辖，独立在外，又能抓捕任何人。他们几乎每天都会接到各种真真假假的消息，即便是深夜也穿梭在首都各处。

清道军的调动是首都的日常任务，谁都不会怀疑。

若是港口真的出事了，清道军虽只负责清剿叛徒和伽什罗人，但同样是联邦军，他们不可能会坐视不管；反之港口无恙，也只是清道军日常扑空的一晚，没有半点影响。

纪越之仰头望着港口的天空，最重要的是，整个联邦除去凛冬军和十七军，清道军才是实力最强的队伍，没有之一。

只有实力足够强，才能逮捕和清剿隐藏在深处的叛徒，因为这种叛徒的势力往往极大。

既能提前知道消息，又能想出这一招的，只有纪西修。

然而父亲到现在都没有其他动静，一定是发生了什么！纪越之脑中不断思考着接下来的计划。

观察塔附近的医务室中，罗绍圆红着脸拉上作战服外套，结结巴巴地道：“你怎么、怎么骗人呢？根本、根本没到潮期。”

安英景的衣服都散得不成样子了，他懒懒地靠在医务室的床上：“我以为到了，都……”

他的话没说完，便被罗绍圆捂住了嘴：“别、别说了。”

安英景拍开她的手，用力偏过头，呵了一声：“你脸红什么？”

罗绍圆试图挣扎：“我不是故意的！”

“我是故意的。”安英景道，“都已经交往了，这样不是很正常吗？”

罗绍圆沉默半晌，才憋出来一句：“别耍流氓！”

安英景偏偏唱反调：“就要。”

罗绍圆斗不过安英景，见他没事，直接夺门而出，落荒而逃了。

“胆小鬼。”安英景撇嘴，他穿好衣服起身，才踩到地面上，腿便一软，手扶着床沿才不至于跌倒。

安英景脸色一黑，过了一会儿才想起了什么，又阴转晴，嘀咕了一句：“这些以后都要讨回来。”

一直到晚上九点，港口内受伤的人员才全部被包扎好，左洛欢也回来了，她看了一眼何月教官收到的那条匿名举报消息。

“这是方医生发的。”

“方勇医生？”纪越之一怔，他父亲和方勇医生并不熟悉。

“说话的口吻很像，而且方医生接私诊，对匿名这种套路很熟。”左洛欢指着最后面的一个逗号，“另外，他在网上和别人发消息，永远不用句号，只用逗号结尾。”

即便不是方勇，也是熟悉方勇的人发的消息，不过冒充方勇没什么意义，到现在都无法联系上他。

“有没有可能是谁联系上方医生，让他举报的？”江弘在旁边问道。

“方勇和首都军委会的那些人不熟悉。”左洛欢笃定地道。

方勇只是在私诊这一块儿有名，军委会那帮人用不上他。

纪越之脑中闪过一些杂乱的信息，他记得父亲曾经查过方医生和左洛欢。

纪西修向来疼自己儿子，当时纪越之知道左洛欢几次进出诊所，担心她受伤，纪西修便去调查了方勇。

这样看来，纪西修能联系上方勇也不奇怪。

纪越之朝外面看了一眼，随着时间的推移，里面的情况只会越来越复杂，而他们甚至还不清楚首都内发生了什么，所以今天晚上必须要派人进去打探。

左洛欢对上纪越之的目光，像是看出他在想什么：“我和江弘带一支队伍进去。”

“我也去。”关雪举手道。

“留在这儿。”左洛欢偏头看她，“你带着狙击手埋伏在港口周围，别让伽什罗人进来。”

关雪只能同意：“你们小心。”

要带队过去，势必要挑人，纪越之陪着他们两人过去，才挑选完队员，钱茂便找了过来。

“洛欢。”钱茂在后面小声地喊道。

左洛欢转身走了过去：“修好了？”

钱茂拿出骨骼机甲：“修好了，你现在就要走？”

“时间差不多了。”左洛欢穿上骨骼机甲，动了动手脚，确定没有问题才收了起来。

纪越之转头看着不远处的左洛欢，心生疑问，她的骨骼机甲拿去维修了？

平时左洛欢的骨骼机甲维修次数最少，因为大部分人根本无法靠近她，自然破坏不了她的骨骼机甲。

钱茂愁得头都大了：“你们一定要小心。”

左洛欢点了点头，表示自己知道了。她走回去对上纪越之的眼睛，笑了笑，问：“怎么了？”

“我等你回来。”纪越之缓慢又认真地道。

左洛欢一怔，随后伸手勾住他的手指，有些幼稚地用大拇指盖在他的大拇指上，闷闷地笑了一声：“好。”

深夜，江弘率先走出港口那条通道。

他宛如鬼魅般贴着路边的墙面快速移动着，暂时未发现异常之处后，才朝后面打了个手势。

左洛欢带着其他人迅速上前。

周围空无一人，只有昏黄的路灯照在路面上，江弘浑身警惕起来，然而他依旧没有发现任何不对劲的地方。

离港口几里外有一个居民区，左洛欢示意所有人分散开，朝着居民区奔去。他们才走到门口，她便抬起手，让所有人停止前进。

“机器人狗。”江弘望着地面上的痕迹，是机器人狗的脚印，他的心顿时沉了下来，“里面出事了？”

“先进去看看，所有人小心，注意周围。”这一次，左洛欢走在最前面。

居民区基本没有灯亮着，一路走过来，花坛中的树木倒了一地，到处都是血迹，很难不让人有最坏的猜测。

左洛欢快速攀爬上一栋居民楼，她透过没有拉上窗帘的窗户向里看去，并没有发现里面有人。

江弘等人也在检查其他的居民大楼，同样没有发现有民众存在。

“没有尸体，屋内很凌乱，看样子被搜过。”江弘下来后，对左洛欢道。

左洛欢点了点头，示意所有人集合。一支队伍如潮水般悄无声息地快速会合：“没有尸体，意味着有人将这些居民带走了。”

但这些居民好像起不了什么作用，除非用来威胁集团军。

左洛欢扫了一眼来时的路：“他们可能还在这里。”

既然整个首都都没有办法向外界求救，那么她更倾向于相信多数居民区都被控制了，甚至不需要多少大部队，只要一些伽什罗人或者反叛者，再加上机器人狗就够了。

这么多居民不可能被全部移送出去。

左洛欢示意所有人分散寻找伽什罗人或者机器人狗的存在。

这个居民区离港口很近，里面有港口的工作人员，或许还有护卫队住在这儿，所以出现了反抗的情况。但联邦有能力反抗的人不多，他们又从来没有接触过机器人狗，恐怕最后的结果只有被镇压或者……死亡。

左洛欢沿着周边的路搜索下去，几乎能还原出当时的场景。

左洛欢走到一个拐角，瞬间抬手，示意后面所有人停下，前面有敌人。

是一队巡逻的机器人狗，红色的眼睛在昏暗的夜色中显得格外恐怖。

左洛欢快速打了几个手势，队伍立刻分散成两队，她带着一队，江弘带着另外一队绕到后方。

一队有十只机器人狗，它们在那栋楼门口不断地走动、巡视。左洛欢的视线落在大楼正门口的绿色图标上，上面标示着地下逃生场。这是首都的规定，每个居民区都必须建造一个地下逃生场，以防意外或者灾难发生，而居民区地下逃生场所在的位置多数在某一栋楼下。

他们将居民赶进地下逃生场？

左洛欢带着九个人突然出现在那些机器人狗面前，速度快得惊人，直接控制住机器人狗，躲在后面的队员同时使用光枪射击，打中了它们的芯片。

机器人狗顿时失去了行动能力。

光枪原本就没有什么声音，骨骼机甲队员的枪还做了特殊的消音处理，这队机器人狗就这么悄无声息地被解决了。

另一头的江弘带队从这栋大楼背后翻进了窗户，迅速行动。

才走到第二层楼梯，江弘便听见下方有人交谈的声音，他抬手示意队员后撤，后面的队员传来一套探照仪。

江弘接了过来，将一根细长的探头悄无声息地伸出去，另一个队员手中捧着的屏幕上立刻出现了大楼内部的画面。

江弘打了个手势，让队员传给外面的左洛欢。

队员照做，但他们很快发现，这里的信号断了，通信消息根本发不出去。

江弘闭了闭眼睛，将探照仪传了回去，带着人快速下楼。他打算扑杀那些人。

一楼入口处围了十几个敌人，还有二十几只机器人狗，江弘和一百多位队员速度再快，也难免有遗漏。其中一个露出竖瞳的伽什罗人拿出自己的无线通信设备想要通风报信。

然而对方刚刚将无线通信设备拿出来，便被从外面进来的左洛欢拧断了脖子。

刚打穿机器人狗芯片的江弘回头看着左洛欢手中的无线通信设备，顿时松了一口气，幸好她及时赶到。

左洛欢道："附近的通信箱坏了。"

她刚才在其他地方绕了一圈才发现的。

有了左洛欢，队员们迅速将一楼的这些敌人彻底清除了。

接下来，他们需要进入地下逃生场。这不是左洛欢第一次进地下逃生场，但这次不同，地下逃生场里面可能还有敌人。

"进去时动作要快，你带队护住居民。"左洛欢道。

地下通道并不窄，建造前已经考虑到各种因素，左洛欢一路走到底，她直接推开地下逃生场的一扇门，扔了一个东西进去。

里面的伽什罗人的注意力被吸引了，立马意识到有人攻进来了，下一秒左洛欢和江弘等人便闯了进来。

左洛欢带着队员专攻站在里面拿着光枪的人，他们绝不手软。周围的那些机器人狗试图疯狂地攻击他们，可惜只有二十只左右。为了控制整个首都，伽什罗人手中的机器人狗被分散了，数量有限。

有两个伽什罗人反应极快，从口袋拿出一把圆球往地上砸。那些圆球一落地便成了四代机器人狗，冲着蹲在那儿的民众奔去。

江弘立刻示警，对付四代机器人狗他们有经验，要在它们爬到人身上前打穿才行。

左洛欢明明背对着那两个伽什罗人，却忽然抬手，连发两枪，正中他们脑门。

地下逃生场的敌人不是特别多，左洛欢和江弘花了不到半个小时便将他们全部解决了，只是停手后，队员们见到了墙角那一堆堆明显死了好几天的尸体，不免沉默下来。

左洛欢望着正对面的那架摄像机，忽然皱了皱眉："江弘，你看看他们录了什么。"

江弘走过来，快速查看连接摄像机的光脑，并顺利混入其他联网地点："这应该是他们开发出来的无线秘信，可以在信号被破坏时互相联系。"

"你看。"江弘脸色阴沉，将其他地方正在播放的视频给她看。

和左洛欢的猜测差不多，各居民区基本都被控制了。更过分的是，里面看守居民的人，似乎接到任务后便开始随机射杀民众，无论男女老幼，扫射到一定数量才停下来。

"现在怎么办？"江弘问道。

左洛欢看了一眼那群蹲在角落里瑟瑟发抖的民众，他们旁边就是死去好几天的尸体："你带一批人找到有信号的地方，联系总队，再派人出来，以港口为圆心，一路清扫过去。"

江弘立刻转身离开。

左洛欢示意队员将尸体清理干净，她暂时没有让这些民众离开，外面情况未知，留在这里或许更安全。

"有没有人能站出来告诉我这几天发生了什么？"左洛欢忽然开口问道。

"你们是什么人？"有一个短发女性起身，看着左洛欢身上的骨骼机甲，她没有见过这种东西，虽然他们看样子似乎是来救自己的，但那身穿戴更像是伽什罗人的东西。

左洛欢脱下骨骼机甲："第一军校的学生。"

原本已经是惊弓之鸟的民众顿时发出一阵骚动，左洛欢让他们安静下来，她走到那位短发女性身边："你能告诉我这几天发生了什么吗？"

"晚上十点左右，小区的大门忽然被封了，那群伽什罗人带着一批机器人狗袭击我们。"短发女性走了出来，道，"港口有不少护卫队的人就住在我们小区，他们试图反抗，但是全部失败了。"

短发女性眼中含泪："怎么逃都逃不掉，那些机器人狗……太可怕了。"

她的话引起了不少民众的共鸣，有些人忍不住掉下泪来，同时也哭出了声。

"你们怎么现在才来？"短发女性用力擦了一把脸，指着那些不断被抬出去的尸体，"他们都臭了。"

左洛欢闻言，下意识皱起眉头，她还未有所反应，对面那靠近过来的短发女性手中猛然弹出一把匕首，朝她的心脏上狠狠插去。

短发女性骤然发难，还特意将左洛欢的注意力转移到那些尸体上，在匕首刺中左洛欢的瞬间，连左洛欢都没有完全反应过来，更不用说周围的队员。

匕首锋利无比，甚至不需要多用力便能扎得很深，而短发女性又是用了十成十的力道，左洛欢只来得及微微偏开身体，然而匕首还是刺了半截进去。

冰冷锋利的匕首刺进胸口，左洛欢面无表情地抬手，抓住她的手，不让匕首再刺进去，另一只手直接掐住她的喉咙，硬生生将人提了起来。

短发女性被掐得窒息，眼白微微向上翻，但左洛欢没有错过她变成竖瞳的一幕。

这是一个伽什罗人。

周围队员有的围了过来，有的将光枪对准刚才救下的民众，生怕这些全是伽什罗帝国的人。

左洛欢捏断了短发女性握着匕首的手，将人直接摔了出去，再伸手拔掉匕首，旁边的队员立刻拿着愈合药剂过来。

匕首刺进去大半，再深一点恐怕就伤到心脏了，幸亏左洛欢偏了偏身体。

"将人先抓起来。"左洛欢接过愈合药剂，低头喷在自己的伤口上，暂时将血止住了。她抬眼看着那些心慌的民众，对周围的队员道，“将周围收拾好，把食物和水运过来。”

队员们对民众有所防备，虽然不确定里面还有没有伽什罗人，但会特别小心里面的人。

“另外，你们几个追上江弘，提醒他们小心藏在民众里的伽什罗人。”左洛欢捂着伤口，点了十来个人。

她胸口上的伤虽然暂时止住了血，但他们原本只是来查探情况的，没有带多少医疗药品，因此伤口愈合得不算快。

“地下逃生场应该会准备不少的医疗用品。”一名队员走上前道，“我去拿。”

“多带几个人过去，有事联系。”左洛欢把刚才夺过来的无线通信机扔给他们，她的脸色现在已经变得苍白无比，但也只是这样而已，没有其他异样，好像刚才那一刀对她的影响不大。

这个居民区离港口不远，左洛欢派去的人返回港口时，江弘已经向纪越之汇报完了。

“你们怎么回来了？”江弘见到这些人，皱着眉问道。

队员立刻将左洛欢的话复述了一遍。

纪越之看着这些人：“谁被偷袭了？”

江弘也忍不住朝他们看去，既然提醒得这么突然，一定是那边发生了什么。

队员犹豫了。

左洛欢没交待，他们也不知道该不该说出来。

纪越之见他们这样沉默，便猜到了什么，心下一沉：“他们攻击了左洛欢？”

“目前民众里面只有一个伽什罗人。”有个队员下意识地解释，被旁边的人踩了一脚。

“洛欢应该没事。”江弘对纪越之道，“没人伤得了她。”

说是这么说，但江弘记得，他离开前，左洛欢已经脱下了骨骼机甲。

“继续说。”纪越之对刚才出声解释的队员道。

“那个人用匕首刺中了左队长的胸口，不过后来被左队长挡住了。”

另外一个队员立刻补充：“左队长立马用了愈合药剂，看样子应该没有刺中心脏部位。”

“刚才分配出来的队伍现在可以离开了，注意隐藏在民众中间的伽什罗人。”纪越之收敛情绪，冷静地道，“另外，各队无必要情况不要脱下骨骼机甲。”

带队去救居民的有江弘、项承平、查立礼以及严岩，他们准备了一番，便迅速离开了。

这时候钱茂跑了过来，满脸激动：“总队长，我们做到了！”

钱茂掏出来几个圆球，往地上一砸，顿时出现了四代机器人狗，周围的罗绍圆几人差点对他动手了。

“别激动，这个没有攻击性。”钱茂举起双手，连连道。

罗绍圆朝那几个四代机器人狗看去，它们的红眼睛一闪一闪的，像是卡住了，也没有上来攻击人。

“老师们一直有将机器人狗的研究成果发给我们，四代机器人狗可能是伽什罗帝国那边为了试验压缩技术做出来的，芯片出现了漏洞，被我们抓住了。”钱茂从包里掏出一个黑色方块，足足有篮球大，他指着上面的按钮，“你们带这个去，按下红色按钮，就能干扰四代机器人狗，也就不用担心它们会偷袭伤害民众了。”

“有几个？”纪越之抓住了关键之处。

“这是我做的第一个，你们再等十几分钟，武器系那边还会有人送过来。”钱茂道，“一共做了大概……十五个。”

“需要什么材料，我们找给你。”纪越之弯腰抓起那个卡住的四代机器人狗，“这种干扰器越多越好。”

“知道。”钱茂脸上也难掩激动之色，这一次虽然只是抓住了一个漏洞，但对后面的机器人狗芯片的破译工作有着极大的作用。

从港口再次出来的队伍都配上了这种干扰器，他们在深夜中疾速前行，去救助首都被俘的民众。

纪越之站在观察塔上，向来漂亮好看的眼睛此刻也黯淡了几分。

左洛欢擦了药后便没有再管伤口，这点伤带来的痛苦比不上当初，只不过匕首是贴着心脏刺过去的，她胸口不太舒服。

才将这些民众安排妥当，左洛欢就等来了项承平。

“学长？”左洛欢有点意外，不知道他们为什么还会过来。

“我的队伍走这个方向，就和你的队员一起过来了。你的伤怎么样了？”项承平拿出干扰器，“这是武器系那边拿过来的，可以干扰四代机器人狗。”

“没什么大事。”左洛欢将干扰器接了过来，“按这个按钮？是个好东西。”

“港口离首都中心圈和第一军校都太远了。”项承平有些忧愁地道，“不知道第一军校发生了什么。”

“等白天。”左洛欢道，“先控制住这周围。”

距离天亮还有几个小时，他们要在这之前尽可能地将各居民区的人解救出来。

“我先走了。”项承平道，“严岩就在小区外，他负责带队将这些民众收拢。”

左洛欢点了点头：“既然如此，我带着他们出去。”

要在深夜将这些人汇集，同时警惕里面有伽什罗人，并不容易，于是严岩带了一千多人出来，几乎是之前出来的队员的总和。

左洛欢和她的队员围着民众，带他们往外走去。好在这些人都很配合，没有发出任何多余的声音，但队员依旧没有放松警惕。

“学姐。”严岩见到左洛欢，上前喊道。

“你们要将这些人护送到哪儿？”左洛欢问道。

“就在港口附近搭临时的驻扎地。”严岩指着后面的大棚子，“总队长说，明天早上首都内的伽什罗人就该知道我们到了。”

左洛欢并不意外，她道："刚才项学长往我之前的那个方向走了，我去一趟第一军校。"

他们需要援军。

夜色浓郁，一支小队无声地行进着。

第一军校并不在市区内，左洛欢带着人悄然绕到学校后山。她带来的这些人都是第一军校的学生，对学校很熟悉。

左洛欢一行人蹲在后山上，往下面看去，学校内居然灯火通明。

这种时候，第一军校每一处都亮着灯，反而让一行人的心沉了下去。

深夜亮灯无数，更像是抓捕现场，大概率是伽什罗人或者叛徒在搜寻军校生。

左洛欢半蹲在草丛中，盯着下方灯火通明的大楼，她反而略微松了一口气，这架势反倒说明里面还有军校生没被抓住。

在外围看不到什么人，第一军校这边显然不是主战场，看来任平泊应该围堵在军委会那边了。

"有没有信号？"左洛欢回头问道。

后面的队员摇头："没有信号。"

正在这时，军校某处传来一阵枪响，不出一分钟，另一处也同样响起了枪声。原本还算安静的校园中，人群立刻如同潮水般在大楼的各走廊上移动。

"是……集团军？"后面的人仔细看着走廊上的人，有些疑惑。

那些集团军手中拿的是光枪，刚才响起的枪声明显是火力枪。第一军校只有暗部地下室有火力枪，之前被伽什罗人夜袭时，便用过一次，后续左洛欢让暗部那些军校生移了一次武器库。

左洛欢盯着走廊，那些集团军露出气势汹汹的模样，她皱了皱眉，抬手做了个手势，示意队员们跟着自己一起下山。

第一军校好几处都响起了枪声，里面的集团军又开始搜寻、追逐军校生，左洛欢便从学校后墙悄无声息地翻了进去。

校内的情况比他们见过的居民区的情况还要糟糕得多。地上就没有能下脚的干净地方，随便走一步就能见到弹孔，显然在第一军校内发生过大规模的战斗。

左洛欢带队悄悄上了最先响起枪声的那栋楼，他们人数不多，又对学校熟悉，所以直接翻楼上去了。

有火力枪声做提示，左洛欢径直往那边移动。这是一栋普通的教学大楼，几乎每间教室内都摆满了座椅，她翻窗进去，随即便碰上了一个端着光枪的集团军士兵。

对方一见是穿着骨骼机甲的人，立刻架枪想要扫射，左洛欢比他更快，光枪正中他额心。

左洛欢快步抓住要倒下的集团军士兵，将人藏进了桌下。她看着他军装上的标识，嗤笑了一声："八十三军？"

军委会中一个不算大的集团军，勉强靠着首都的光环进了军委会。

现在看来，那么多居民区会在一夜之间被控制，这些集团军"功不可没"。

只有集团军出手才能让民众毫无防备。

"队长，有学生！"后翻进来的几个人朝外面看了看，道。

"把骨骼机甲手臂上的标识扯了，现在我们是第一军校的学生。"左洛欢道。

其他人依言照做，撕掉了标识。

左洛欢捡起刚才那个集团军士兵的光枪，随手扔给一个人："去帮其他军校生。"

说罢，她径直走了出去。

目前骨骼机甲的造型都一样，一旦穿上骨骼机甲，很难分清谁是谁，所以骨骼机甲训练军一直都在手臂上标识名字。而第一军校的骨骼机甲还是公用的，自然没有名字。

左洛欢就这么光明正大地走了出去，那些不断搜寻的集团军立刻架枪对着她扫射。

左洛欢偏身躲过一阵光枪，她的光枪和弯刀全都没有拿出来，她直接一个跳跃，踩在走廊的扶栏上，几乎吸引了所有人的注意力，她身后的那些队员则弯腰迅速离开了。

集团军架着光枪对她疯狂扫射，她径直从扶栏上跳了下来，还是冲着那些集团军的方向，伸出手臂，抓住对面下一层的扶栏，翻了进去。

楼上的集团军立刻冲了下来，如同闻到血腥味的鲨鱼。

躲在暗处准备和这些集团军决一死战的军校生面面相觑，终于有人开口了：“谁跑到对面楼上去了？”

“看着好像身手不错，是不是金海？”

“我在这儿。”躲在教室墙角的一个穿着骨骼机甲的人道。

“那个是谁啊？别误事了。”

有人扒着走廊的窗户悄悄偷看，这一看整个人都惊住了，甚至还想揉揉眼睛，但被骨骼机甲挡住了，这才作罢，但他还是忍不住惊呼：“怎么可能！那堆集团军折了！”

左洛欢翻进对面的下一层楼后，既没有跑，也没有动，只是靠着教室的外墙，安静地等着上层的集团军过来。

集团军士兵一见到穿着骨骼机甲的人，根本没有任何停顿，直接用光枪对着左洛欢各个要害打。

“凭你们？还差了点！”左洛欢宛如闲庭信步般躲过前后的光枪弹，一步又一步靠近对面的集团军士兵。

她走得轻松写意，但在其他人看来，速度逆天。

集团军士兵只觉得眼前一花，这个军校生就出现在他眼前了，他甚至还没有来得及反应，便彻底失去了意识。

左洛欢没有放开这个集团军士兵，反而抓着他转身，借着他的光枪，射击其他的集团军士兵。

左洛欢每一发子弹都没有落空过，抓着的人是她的护盾，她只需要开枪，那一层从两个楼梯口下来的集团军就全部被灭了。

“这是哪位牛人？”躲在教室里的军校生不禁感叹，“这不得比纪越之和左洛欢他们还强？”

“别看了，我们赶紧趁机下去，找到贾教官。”那个叫金海的军校生拍了拍窗户前的几个人，催他们下去。

他们特意在各大楼弄出声响，纯粹是为了吸引集团军，给另外的军校生找到被抓教官和学生的机会。

学生很多，大多数的人都没想着能活下来。

金海带着同学们一起走下楼梯，原本已经做好了会碰到其他集团军的准备，没想到一路上看到的都是倒下的集团军。

“什么情况？”旁边的军校生踢了踢地上死去的集团军，“还有其他同学过来支援了？”

金海也不知道，他捡起这些光枪，分给其他同学，道：“我们先去其他大楼。”

一行人刚走出去，便见到一支骨骼机甲队伍如同蜘蛛般迅速爬上了对面教学楼的楼顶，再跳向另外的大楼。

“怎么可能！”有位军校生语气中掩不住的震撼，“穿着骨骼机甲都能跳得这么远，爬得这么快？这是哪个班的学长学姐？”

第一军校最优秀的一批军校生已经被选走了，但也只有三千名，剩下的人中还有不少优秀的军校生。

“我们去另外一栋楼。”金海迅速改变计划。

他们这次负责吸引四个方向的敌人，想要尽最大的可能分散那些集团军的兵力，拖延时间，让其他军校生找到教官们和同学们。

这批军校生往另一栋响起过枪声的大楼跑去，这时候，左洛欢已经把这栋楼里的集团军解决了，她的速度比队员快了不止一倍。

金海刚碰上几个集团军士兵，他来不及开枪，只能近身战斗。他将人狠狠地砸在栏杆上，目光却被下面掠过的一道熟悉黑影吸引了。

这也是人能跑出来的速度?!

大概是察觉到局面有变，越来越多的集团军士兵赶了过来。金海等人站在大楼上，开始往下射击，让那些集团军士兵只能暂时躲着。但是集团军士兵很快开始反击，他们不光有盾牌，还抬过来一箱一箱的四代机器人狗。

“撤！”金海见他们要放四代机器人狗，立刻让周围的同学准备离开。

他们还没走几步，就被旁边的同学拉住了：“快看！”

下方的那些四代机器人狗被放出来后，一个个只是闪着红眼睛，也不再四下乱蹿，身体缓慢地扭曲着，像是人工智障。

“坏了？哈哈！”有军校生没忍住发出笑声。

下方的集团军士兵怎么也想不到会发生这种事，立刻将其他圆球全部砸到地上，然而变形出来的四代机器人狗没有一个能发动攻击的。

本来要走的金海也不走了，要不是这些四代机器人狗捣乱，前两天有贾教官在，再加上他们还有骨骼机甲和武器，早就能把这些集团军士兵弄翻了。

左洛欢和她的队员行动速度极快，那几栋楼中被吸引过来的集团军士兵人数不多，处理起来也不算困难。

她朝金海所在的那栋楼扫了一眼，没有过去，骨骼机甲队员就在附近。

这几栋楼的军校生都不算多，左洛欢猜测他们可能只是为了转移视线，应该还有其他的军校生在进行着什么秘密活动。

“你们要干什么？”左洛欢揽住楼上的一个军校生问道。

“啊？”那个军校生盯着她，如临大敌，还试图架着枪对准她，“你是谁！”

左洛欢一把抓开他的枪：“下次敌人离你这么近时，先把枪拿稳了。”

说罢，她脱了骨骼机甲，露出自己的脸，又迅速穿了起来。

整个第一军校，哪有人会不知道左洛欢！这位军校生顿时也露出自己的脸：“学姐，我！”

左洛欢挑眉，是暗部的大一新生。

“学姐，你们都回来了？”

“以后再说，你们现在要做什么？”左洛欢问道。

“前两天贾教官和三百多名同学被抓走了。”这位学妹立马解释，“我们想找到他们，学校大部分地方都被那些叛变的集团军占领了。”

“只抓了三百多名军校生？”左洛欢问。

对方摇头："他们一开始在停车场就抓了两千多名学生，那天刚好是周末，后来进校的时候被风纪处拦住了，他们出示不了证件还想强行进来。"

左洛欢若有所思，恐怕风纪处也没有料到集团军会反叛。

果然，学妹接下来道："他们直接打了进来，好在教官们在，组织我们迅速集合，但是军校外面被包围了，我们在这里耗了好多天，天天游击战。"

第二十六章 爆炸

“你们觉得贾教官被关在哪里？”左洛欢问，“我去找。”

“北面实验大楼。”学妹道，“我们这几天去了其他地方，只有那边还没找。”

幸好来的是八十三军，每年第一军校的学生几乎都会被联邦几大集团军瓜分，这支集团军里面没人熟悉第一军校的地理环境，所以即便这些集团军士兵遍布第一军校，剩下的军校生借着对学校的熟悉也躲了好几天。

左洛欢抬头扫了一眼从楼下上来的七八个军校生：“我先走了。”

说罢，她用手撑着扶栏，径直跃了下去。

望着瞬间从高楼跳下去的背影，刚刚从楼下上来的人不由得问道：“怎么走了？”

“谁啊？看起来很嚣张的样子。”

“干什么？就这么走了？”

学妹指了指身后楼梯上倒下的集团军：“这栋楼的集团军被清除干净了，另外，刚才的人是左学姐。”

“左学姐，哪个左学姐？”众人一时间没有反应过来。

“左洛欢学姐。”学妹补充道。

“啊？”

“难怪连背影都这么嚣张。”

也有人想到了另一件事：“援军到了？”

“到了一点吧……”学妹遥遥看向金海那一栋楼的前方，“我们去那边。”

左洛欢到北面时，还未靠近实验大楼，便听见了一阵骚动。她快速奔去，发现军校生和集团军打成了一团，还有一堆军校生正护着受伤的教官出来。

贾教官一身狼狈，向来打理得一丝不苟的头发早已散乱不堪，他身边站着几位拿着光枪的军校生，警惕地观察着周围。

左洛欢的视线落在被前后夹击的集团军身上，看来贾教官带着学生逃出来了。

集团军表现得很糟糕，甚至称得上慌乱。

左洛欢看到还有集团军士兵将四代机器人狗往地上扔，却只等到了一个只会动的四代机器人狗，那个集团军士兵急得上脚猛踢，但也无济于事。

从左洛欢进入第一军校后，还没有发现其他机器人狗，只有四代的，但这四代机器人狗也让没有接触过机器人狗的军校生陷入了危险之中。很显然，八十三集团军就是靠着新型的四代机器人狗才压制了第一军校的学生，然而左洛欢带来了能破坏四代机器人狗的干扰器。

多亏了武器系的人。

左洛欢冲了进去，以她的身手，很快便吸引了所有人的注意。

军校生看不出来，但正护着受伤的军校生离开的康广教官一下子就认出来了这个人是谁，他心中顿时松了一口气。

有左洛欢在这，他们不会有事。

康广和一些大三、大四的军校生护着其他受伤的教官和低年级学生快速离开，寻找医疗室。

这些集团军士兵的实力一般，纯粹仗着有光枪和四代机器人狗，第一军校的学生虽然有骨骼机甲，但不是所有人都有。毕竟是公用的骨骼机甲，数量有限，局限性很大。

但现在四代机器人狗报废了，再加上有左洛欢助力，局面很快得到了控制。

左洛欢收了手中的弯刀，抬起踩着一个集团军士兵的脚，对留下来战斗的军校生道："收拾武器，准备离开。"

贾教官站在不远处看着他们，见她走过来，肯定地道："左洛欢。"

"教官。"左洛欢脱下骨骼机甲，露出自己的脸。

贾海岚拍了拍旁边扶着自己的学生，示意他松手，对左洛欢道："五天前，有集团军闯进来，仅仅八十三军还没有这么大的胆子敢做这种事，外面出了什么事？"

当天他便派了军校生闯出去求救，但那些人到现在也没有回来。

"整个首都都被控制了。"左洛欢轻飘飘的一句话，成功让旁边的军校生陷入震惊之中。

贾海岚毕竟是经历过风雨的人，冷静地问道："来了多少援军？目前情况如何？"

"各区都腾不开手，只有我们骨骼机甲队。"左洛欢道，"目前不知道军委会那边怎么样了。"

贾海岚点了点头，问："其他人在哪儿？"

"港口，待会儿我们返回。"左洛欢道。

她的视线落在远处的教官身上，尤其是康广教官，他脸上原先的那一条疤痕被人硬生生地划开了，即便擦了药，那本就狰狞的疤痕还是极为恐怖。

"这帮集团军抓住我们后，以折磨教官为乐。"贾海岚顺着左洛欢的目光看去，解释道，"康教官脾气火爆，以前教训过领头的那个，现在被报复了。"

贾海岚脸上是没有什么表情，作为一个从战场上退下来当指挥教官的人，平日里，无论他处于什么境况之中都能保持冷静的样子，但现在想起康广的遭遇，他心中仍有怒意。

那群集团军抓住他们的目的，就是折磨教官的身体，折磨学生的心理。康广原本站在人群之中，他自己主动站了出来，吸引集团军那个领头人的注意，让集团军士兵专注折磨他一个人。

左洛欢走了过去，接过康教官手中的药："教官，你的手也受伤了，我帮你。"

康广下意识地想咧嘴笑，但脸上的伤让他收敛了笑意。

左洛欢看着他的手，手指全被打断了，只有一根大拇指没事。

左洛欢找到医疗用品，上完药后，帮康广教官固定好手指："待会儿我们要回港口。"

天快亮了，任平泊也应该发现不对劲了。

早上六点时，左洛欢带着第一军校的人回到港口。这时候，其他队伍也救了不少民众回来。

“这是？”贾海岚终于露出了震惊的神色。

“一路上的居民区都被控制了，这是救出来的一部分。”左洛欢道，“还要麻烦教官在这里帮忙管理，可能会有叛徒或者伽什罗人藏在里面，第一军校生留在这儿，港口内还有受伤的清道军。”

不过清道军的伤亡太重，活下来的人或多或少都受了伤。

“这事儿交给我。”贾海岚没有干涉他们的计划，他选择留下来，扫了一眼人群，对左洛欢道，“你们万事小心。”

左洛欢去找纪越之，越往里走却越觉得气氛不对。

会议室内原先出去的人都已经回来了，所有人都在看着关远。

“出什么事了？”左洛欢推开门走进来，问其他人。

“今天凌晨，他偷偷出去联系了人。”安英景道，“之前在军舰上，我就看到他鬼鬼祟祟的。”

“我只是担心我父亲。”关远瞪着他，“联系我父亲都不行？”

“可以，但是现在谁都联系不上首都内的人，怎么就你一个人能联系到里面的人？”安英景质问他。

“我怎么知道？也许是有人找到了信号。”关远愤怒地道，“你们什么也不查清楚，在这里浪费时间质问我？”

纪越之抬眸，淡淡地道：“关键时候，宁可错杀一千，也不放过一个。”

关雪不耐烦地拍了拍桌子：“别挣扎了，要是你不心虚，跑什么？”

“你联系了谁？”左洛欢走过去问道。

“我说了，我只是想打我爸的通信，确定他有没有事。”关远翻白眼道，“这也不行？你们突然蹿出来，我还以为是有人偷袭呢！”

“联系你父亲？”左洛欢低头看着关远，“所以二十六军是叛徒？”

“别血口喷人！”关远的脸抽了抽，把自己的光脑推出来，“你们查，看看能不能从里面找到东西。”

左洛欢扫过桌上的光脑，随后拿出自己的软刃，低头贴在手指上，也不说话。

会议室此刻陷入沉默中，没有人出声，关远全部的注意力不自觉地集中在左洛欢手中的那把软刃上。他见过左洛欢用这把软刃杀人的样子，和其他人杀人时总会有各种情绪不同，她杀人时甚至不会多眨一次眼睛。

关远的脸色越来越白。

“你父亲叛逃了？”左洛欢抬眼问道。

“没有！”关远立刻否认。

左洛欢垂手，突然伸手抓起关远，将人甩在墙上。

“干什……”关远对上左洛欢冰冷至极的眼神，突然像是被卡住了脖子。

他觉得，他会死！他一定会死！

“你父亲有没有叛逃？”左洛欢问道。

随着她话音落地，她的软刃也贴上了关远的颈动脉。他甚至已经感受到软刃的锋利与冰冷了。

关远整个人都陷入僵硬中，他咬牙不语，甚至闭上了眼睛。

左洛欢忽然嗤笑一声，松开了手：“被人冤枉了，不反抗？”

关远向来看不惯纪越之和左洛欢，毕竟在首都的圈子里，成天被提及的年轻一代只有这两人。

若是他被冤枉了，不可能不反抗，还会抓住这个机会嘲笑左洛欢。

弄巧成拙。

左洛欢拉过旁边的椅子坐下：“你父亲之所以叛逃，是因为他儿子太蠢，扶不上墙？”

关远也反应过来了，露馅了，他还试图掩盖，冲过来就要打左洛欢，被旁边的江弘按在了桌上。

左洛欢拿起关远的光脑，翻着里面的通信信息，没有什么异样。最早的通信也是三天前打给他父亲的，符合他在军舰上想要联络父亲的说法。

不过……

“把光脑拿过去，问问港口幸存的人会不会恢复通话记录。”左洛欢将光脑扔给了关雪，“我记得港口有一个部门负责修复军舰的通信设备，看看光脑可不可以修复。”

关雪拿着光脑，立刻离开了。

左洛欢看着被压在桌面上的关远：“修好后，联络你的接头人，让他好好看看你。也许是最后一面。”

关远疯狂地挣扎：“随便你查！如果不是我，左洛欢，你跪在我面前道歉。”

左洛欢没有理会他，而是问纪越之：“你们有没有搜他身？”

纪越之点头：“已经搜了。”

左洛欢瞬间明白了纪越之的意思，搜了，但没有任何发现。

“这么自信，你用的不是这个光脑？”左洛欢转头看着关远，没有错过他脸上极快闪过的不自在，起身道，“看来，是扔在哪儿了……”

左洛欢说完那句话后，关远便彻底没戏了，他挣扎着想要阻拦，然而会议室这么多人，没有一个人实力比他弱。

等关远再次被压在桌子上时，左洛欢和纪越之已经走了出去。

“什么时候发现的？”左洛欢偏头看着纪越之，想要牵起他的手。

纪越之的手躲了躲：“我让其他人去搜，你……去处理伤口。”

左洛欢下意识地道：“已经处理过了。”

见纪越之沉默不语，她顺着他的目光低头看自己的胸口，才发现黑色的作战服湿了一角，是血。

一路过来闻了太多血的味道，左洛欢早就忽略了自己身上的血腥味。

“可能是之前的伤口裂开了。”左洛欢难得语塞。

纪越之想问她是不是不知道疼，话到嘴边最后变成了：“去医务室重新处理伤口。”

港口的药品有限，所以纪越之之前嘱咐过几个带队离开的人，如果有余力，可以搜些医药品回来。截至目前，他们带了很多医药品过来。

关雪和罗绍圆几个人出去找被丢弃的通信器了，左洛欢笑着问纪越之：

“你帮我？”

纪越之转身，朝前面一个医疗室走去，只留了个背影给她。

左洛欢站在原地，望着他，片刻后，她上前再一次主动牵起了他的手：“别生气。”

“我没有生气。”纪越之抿紧嘴唇道。

“嗯，没有生气。”左洛欢顺着纪越之的话，以指腹轻轻抚着他的手指，带着安慰的意味。

纪越之无法拒绝，抿紧的嘴唇松了松，垂眸看着地上。

天亮了，光线从他们身后照了过来，影子一左一右交错，两人紧紧地靠在一起。

两人走到医疗室，左洛欢坐在旁边的椅子上，纪越之拿完药便转过身来，伸出手，慢慢地将她的外套解开。

是普通的利刃伤，但贴着心脏刺了进去，无论如何都算严重。幸亏愈合药剂有用，所以左洛欢在经过了一夜的高强度打斗后才只是裂开了伤口。

纪越之用酒精棉签小心翼翼地擦干净伤口周围的血迹，再慢慢地将药涂抹在伤口上面。

“我没事。”左洛欢仰头看着弯腰的纪越之，只是一晚上没有见面，却好像隔了很久的时间，为了转移心中的情绪，她再次问，“什么时候察觉到关远有问题的？”

纪越之帮她扣好衣服 “在北区，听他同寝和其他人提起过，说他有两个光脑。”

“只因为这个？”左洛欢起身问道。

纪越之垂手：“军舰进港口的那段时间，关远消失了。”

左洛欢微微扬眉，这个她倒是没有注意。大家的注意力都在前方港口处，没人注意到控制室少了一个人。

“我调过监控，他去了卫生间。”纪越之看着左洛欢道，“半个小时内去了两次。”

军舰上各处都有监控，只有卫生间内没有。他们当时算是处于战斗状态，军舰时刻有爆炸、坠亡的可能性，在那个时候，没有哪个正常人会这么频繁地去卫生间，除非……是为了躲避监控。

关远也没有想到纪越之一下来就会查监控。

纪越之查了监控后，也没有立刻质问关远，只是暗中让人关注他的动向。没想到他又一次躲到无人处，看起来像是想要联络谁。

没过多久，关雪那边果然找到了一个光脑，被光枪打坏了一角。

“我估计他被发现后太紧张了，以至于没有打准。”关雪把光脑递给纪越之，“还能用，就是不知道他都暴露了什么信息出去。”

纪越之低头看着光脑，看着上面陌生的号码。大多数是对方打过来的，剩下的几通集中在最近这些天，都是关远打过去的。

“光脑给我。”左洛欢伸手，对纪越之道。

纪越之将光脑递给她后，她便转身往会议室走去。

关远被锁了起来，由江弘几人在旁边看着。

左洛欢低头拨打这个号码，一开始没有人接，她又连续打了几通，终于有人接了。

“关伯父，您还好吗？”左洛欢看着通信视频内的人，一脸“好心”地问道。

关远父亲一脸肃色：“这边紧急恢复了一部分通信，但是不稳定，你们已经抵达港口了？军委会现在处于危险中。”

他的镜头还特意晃了晃。

关远父亲道：“你们一定要小心……”

“关伯父，先别急着挂。”左洛欢慢条斯理地将光脑切换了一个镜头，对准被绑在椅子上的关远，“您看。”

关远父亲一脸震惊：“你们、你们这是在干什么？”

左洛欢懒得和他继续演：“做什么？当然是因为我们是叛军，但关远不配合，非要说什么守卫联邦，什么第一军校是联邦的利刃，宁死不屈。关伯父，您说，该怎么办？”

关远父亲的脸色出奇地难看。他也是第一军校的毕业生，怎么会不知道第一军校的守则。

左洛欢这明摆着讽刺的话，他要是听不明白，那也不用当集团军的领导了。

关远父亲的脸拉了下来："你们不过一万多人，左洛欢，你母亲也在我的手里，我劝你做事之前想清楚。"

左洛欢没有回应，走到关远面前："所以二十六军也反叛了？你们图什么？"

关远父亲不回答她的话，只是道："如果你放了关远，我就把你母亲带给你。"

左洛欢挑眉："关伯父，要交易前，总得让我见见我母亲。"

见关远父亲犹豫，左洛欢心中便有了数，她妈妈根本不在他手里。

关远父亲还想说什么，屏幕黑了下来，显然是左洛欢这边掉了线。

"二十六军成了叛军？"查立礼不太明白为什么。

这几年二十六军的名声快要盖过十七军了，他们还有什么不满足的，非要跟着任平泊一起作乱？

左洛欢从口袋里掏出刚才顺过来的麻醉剂，一针打在关远身上，看着他陷入沉睡中，道："任平泊就在首都。"

"二十六军的那些军火支出果然有问题？"江弘问她。

"什么支出？"纪越之没有听过这件事。

"二十六军这些年的军火支出量很大。"左洛欢看向纪越之，解释道，"之前我以为首都有集团军贩卖光枪给伽什罗帝国，现在看来并不是贩卖，而是……任平泊在首都，操控光枪输送一事以及研发新型机器人狗。"

他们在会议室还未讨论多久，原本在外面和教官一起整顿民众的严岩忽然跑了进来："总队长！左学姐！你们快出来！"

左洛欢和纪越之对视一眼，两人一起走了出去。

"什么事？"纪越之问道。

严岩喘了一口气，道：'外面街道上，任平泊出现在广告光屏上了！他在说话。"

左洛欢闻言，皱了皱眉，和纪越之立刻往外走去。

首都的广告光屏全部亮起，在安静的道路上显得极为诡异。左洛欢和纪越之仰头看去，所有广告屏上都只有一个人——任平泊。

和之前一样，他坐在一间书房内，照例看不出任何信息。透过窗户照进来的光线照在这个男人身上，更显得他成熟、俊美，任谁也无法想象这是一个因为自己无趣便要用数千万联邦民众性命取乐的人。

任平泊指间转着一支笔，漫不经心地看着镜头："骨骼机甲队一共才多少人，一万五千？这么点人，我很想知道你们怎么救下首都。"

左洛欢盯着广告光屏上的人，不错过镜头内任何一点信息。

"左洛欢，你不去军委会救人吗？纪西修和你母亲都在那儿。"任平泊停下转笔的手，颇为苦恼地道，"再不去，恐怕他们就要撑不住了。"

"这男的，心理变态吧！"江弘从后面跑了过来，听了任平泊的话，他的脸都皱了起来。

任平泊抬手转接了另一处的通信，街边的广告光屏上顿时显现出军委会的境况——周围到处是倒地的集团军士兵以及各种破碎的机器人狗零件，可以清晰地见到那边场面有多惨烈。

"对了。"任平泊"好心"地提醒，"军委会下方设下了大量炸弹，还有五个小时就会爆炸，祝你们好运。"

他最后一句话说完后，所有的广告光屏彻底黑屏了，街道上再次恢复以往的寂静。

很快，贾海岚教官走了过来，对纪越之和左洛欢道："极有可能是陷阱。"

纪越之冷静地问道："您曾经接触过任平泊，他会用这种话术当陷阱？"

贾海岚沉默了下来。

和任平泊接触过的人，对他都有一个最直观的印象——骄傲疏狂。当然，任平泊向来便有这种狂妄的本事。

"我更倾向于军委会确实被埋了大量的炸药。"纪越之淡淡地道，仿佛他的父亲并不在其中，"二十六军是叛军，他们常年进出军委会，要在下面埋炸药，并非难事。"

“二十六军？”贾海岚忍不住后退一步，“你们从哪儿得到的消息？”

二十六军这些年一直努力壮大，现在骤然发难，难怪军委会在一夜之间被捂嘴，没有办法向外面发出任何信号。

“关远私下联系他父亲，被我们发现了。”江弘在旁边解释，“而且二十六军这几年的军火支出远超十七军。”

“炸药是真。”左洛欢忽然道，“爆炸倒计时不一定是五个小时。”

能在军委会下面安放大量炸药的只能是频繁进出的集团军士兵，但任平泊……他当初能抛弃联邦，自然也能丢下二十六军。

左洛欢认为，任平泊想要看着二十六军和军委会的其他人一起葬身其中，当然还有他们这些人。

“那我们……”江弘犹豫地道，“现在就要去？”

如果五个小时的倒计时是假，那谁也不知道炸药什么时候会被引爆。

“现在去。”左洛欢垂头转了转自己的一只手腕，“既然他说了有倒计时，那就还有时间。”

“刚才地面上有大量机器人狗的碎片，二十六军应该是靠着这些才能瞬间围堵军委会。”纪越之道，“把那些干扰器全部带上。”

刚才地面上的机器人狗太多了，在首都这样的地方藏匿大量大型机器人狗的可能性太低，联系到他们的四代机器人狗用上的压缩技术，不难想象四代机器人狗只是试验品，真正有用的是大型机器人狗被压缩成巴掌大的圆球，方便携带和存储。

联邦的压缩技术才出来多久？伽什罗帝国即便得到了这个技术也没有太长时间，纪越之赌这些用上压缩技术的大型机器人狗也存在缺陷。

时间紧迫，这次有一干教官在这儿，纪越之便亲自带着骨骼机甲队伍往军委会那边奔去。

他们分成两批走，一批坐上飞行器，另一批开车前往军委会。

一路上，所有人的警惕都提到最高，以防受到机器人狗和伽什罗人的攻击。然而这一路安静得很，仿佛希望他们能直达军委会一般。

半个小时后，第一批飞行器上的骨骼机甲军率先抵达了军委会，关雪和查立礼带着人将干扰器安放在各处，并将它们全部开启，随后快速进入军委会地段。

查立礼一进去便忍不住低声骂了一声，里面的机器人狗太多了，密密麻麻地堆着，甚至看不到里面有十七军的身影。

“干扰器有用吗？”关雪问查立礼。

“等等。”

军委会占地面积大，周围有十几栋高楼，全部围着中间的一栋军政楼，他们目前还只是在外围，就已经见到那么多的机器人狗了。

查立礼往上指了指：“你带队上去，我们从侧面冲过去，总队长他们估计还要二十分钟才能到。”

关雪点头，往身后挥了挥手，带着自己的人寻了一栋楼上去了。

各栋楼上也有狙击手，不过都是二十六军的人，查立礼带着队员刚一冒头，上方便有狙击手不断地朝他们射击。

关雪快速往楼上跑去，趴在窗户前，架上枪，整个人冷静了下来。她观察着对面的狙击手。

那些人每打一枪，便会暴露自己的位置。关雪望着远处，食指微屈，用力一按，子弹脱离枪膛，她确定打中了对面的狙击手。

与此同时，众位队员也开了枪，二十六军的狙击手顿时少了一半。

二十六军虽然是一个集团军，但里面的狙击手还真没有骨骼机甲军中的数量多，毕竟纪越之这支队伍汇集了四所军校的佼佼者。

“有援军来了。”军政楼中的纪西修忽然道。

军政楼内站满了人，皆是周围大楼的工作人员。那天晚上，纪西修察觉到巡守的防卫换了人，第一反应便是要守住港口。

任平泊这么多年没出过面，现在突然出现在他们面前，以纪西修对他的了解，他显然是做好了一切准备。

因此在察觉到异样的瞬间，纪西修便做了最坏的打算。

他想，最重要的港口必须守住，这样一来，即便发生了什么事，援军还有机会进来。

十七军不能动，只有行事自由的清道军不会引起怀疑，纪西修利用方勇医生引诱清道军去了港口，通知十七军迅速赶来。

关远父亲不在军政大楼内，他原本想要让机器人狗杀尽军委会的人，然而十七军已经赶来了。

周围的信号塔以及警报器全被拆了。大楼中有不少工作人员丧命，全靠着十七军冲了进来，带着人一步一步往军政大楼退。

机器人狗太多了，十七军厮杀了几天几夜，仍不见它们数量减少。二十六军还躲在暗处放冷枪，十七军几乎撑不住了。

“援军？”军政大楼内的人们听见纪西修的话后，顿时发出一阵骚动。

纪西修指了指外面的天空：“来了。”

外面的天空突然亮起了一道深红色的烟。这是第一军校喜欢用的信号弹，但凡从第一军校毕业的人都知道。

“是第一军校的学生？”有人问。

纪西修没有说话，贾教官在第一军校，不是没有可能带着军校生出来，但也有其他的可能。

外面放信号弹的人正是纪越之。

他终于赶到了军委会附近，不光有信号弹，还有不断播放的喇叭，通知关远父亲，关远在他们手里。

这时候军政大楼的人才知道是骨骼机甲队来了。

“去找炸弹。”纪越之画了一张图给队员，他在上面标注了几个可能藏匿炸药的地方，武器系的队员也跟着过去了。

现在他们要将军委会的人带出来。

“那些机器人狗什么情况？”关远父亲站在最高的一栋楼上，望着底下那些密密麻麻的机器人狗，他后知后觉，发现了不对劲之处——它们的速度慢了下来。

“是能源不够？还剩多少，全部投放下去，我要他们全死在这里。”

“只有四个小时就要爆炸了。”旁边的人道，“我们要不要先撤退？”

关远父亲冷冷地盯了下属一眼：“撤退前救回我儿子！”

“是。”

原本潜伏着的二十六军倾巢而出，要围堵纪越之等人。他们将一箱箱压缩后的机器人狗全部倒了出来，脸上露出了得意的笑。

连训练有素的十七军都在大量机器人狗的攻击下节节败退，他们这些还没有毕业的军校生算得了什么！

“我好怕。”江弘看着那些机器人狗，抱着自己的胳膊夸张地道。

“怎么回事？”二十六军这才发现这些机器人狗的速度降了一大半，几乎像是上门送死的。

纪越之仰头，朝着关远父亲那栋楼看去，唇角勾起一个淡淡的嘲讽的笑。

二十六军完全不知道为什么好好的机器人狗会出现故障，现在它们一个个都摇摇晃晃的，完全起不了作用。骨骼机甲军又近在眼前，他们只能咬牙和骨骼机甲军搏斗。

这时，安英景走了出来，释放出大量的费洛蒙，让二十六军防不胜防。

安英景是联邦的人，二十六军叛逃之后却没有想到还有这样一个人会来对付自己。

“动手。”纪越之对队员道。

另一边，干扰器起效后，查立礼便带着队员从机器人狗中杀出一条道路，高声喊着要十七军和军政大楼的人出来。

“底下有大量炸药？”纪西修出来后，听见查立礼的话，神色一变，“通知去搜寻炸药的人全部回来，火速离开军委会。任平泊既然放了炸药，就不会让我们拆除。”

查立礼想了想：“我们去通知，你们先离开这儿。”

军委会原本就有飞行器，关远父亲打算自己带手下离开，便没有毁了这些飞行器，反而让纪西修等人得以离开了。

“那些飞行器是我们的。”关远父亲终于慌乱了起来，命令二十六军将那些飞行器打下来。

然而二十六军自顾不暇。

关远父亲眼睁睁地看着军委会的人一个个离开了，机器人狗和自己的集团军却在不断地倒下。

首都大部分的信号塔皆被毁了，只有二十六军有隐藏的可以通信的设备，关远父亲一直以为一切都在自己的掌控中，却没想到机器人狗会全部坏了。

关远父亲咬牙盯着空中飞走的军委会的人，他明明已经设想好了未来军委会重建后的样子，他也笃信他的二十六军才是联邦最强的集团军。

伽什罗人进来了又如何？他只需要权力。

任平泊说过了，他对控制首都没有兴趣。关远父亲和他是同代人，知道他向来随性，说对首都没有兴趣就是真的没有兴趣。

那控制首都的权力不就落在自己身上了？关远父亲曾经这样得意地想。

现在却被这帮人误了事。

纪西修了解自己的儿子，更了解军委会所有的结构，他提点查立礼，告诉了查立礼负责排查炸药的队员可能会去的地方。

查立礼立刻带人分头去找排查炸药的队员，很快就撞上了退出来的队员。

钱茂也在其中。

他们这队不是查立礼找到的，而是碰巧撞上的。

“先退出去，通知总队，还有十分钟就要爆炸了。” 钱茂发现时间不多了，便转身回去找其他队伍，让他们不要再试图拆除炸弹。这里的炸弹太多了，他们只能离开。

钱茂刚一出来，便撞上了查立礼。

“十分钟？”查立礼没想到的是，不光没有五个小时，任平泊甚至连四个小时的时间都不给。

“我们必须出去，提醒总队长。”钱茂道。

“十分钟后爆炸？”纪越之听到队员带来的消息，并没有露出太多惊讶的表情，他回头，望着被扣住的关远，“我们撤退，派人去找关雪他们。”

纪越之他们开始撤退，关远父亲看在眼里。见他们救走了军委会的人后，就想离开，冷笑一声：“什么也不留下，就想离开？”

关远父亲亲自下来命令二十六军拖住他们，决一死战。

他至少要让军委会那些人的儿子、女儿死在这里。

“爸！这里快要爆炸了！”关远忽然挣扎起来，对着他父亲喊道，“还有十分钟就爆炸！”

关远父亲离得太远了，听不太清关远在说什么，只能听见“爆炸”两个字，他以为儿子是在提醒自己，纪越之这些人已经发现了地下埋着的大量炸药，难怪要急着离开。

这时候，关远父亲还不知道任平泊已经将他卖了。

查立礼他们本身就是坐飞行器来的，找到关雪后，一部分人掩护着纪越之一行人离开，其他人则上了飞行器悬空等着。

骨骼机甲军经过这半年多的训练，实力大增，又在西区刚刚经历了战事，比这些一直待在首都的二十六军更加有朝气、有实力。

更何况，二十六军失去了一直依赖的机器人狗，本就慌乱，就算是关远父亲下了死令也没有办法挽回局面。

纪越之示意队员将关远的嘴堵上，把关远塞进车内，一行人快速离开了。

二十六军试图追过去，关雪带着队员在楼顶上狙击前来追击的二十六军。

“将他们的飞行器打下来！”关远父亲已经心神大乱，指着关雪那栋楼上盘旋的飞行器道。

“拜拜啦！”关雪等队员上了飞行器后，自己也迅速爬了上去。飞行器瞬间升高，远离军委会。

车内的关远疯狂地挣扎着，两个人都制不住他。

坐在前面的纪越之抬手看了一眼时间，十分钟只剩下不到十秒。

而此刻，关远父亲还在里面，面沉如水：“追上去。”

“飞行器被他们抢走了。”有下属道。

“不知道用车？”关远父亲狂躁地道，“就是爬也要追上那群王八羔子！”

这时候，有位集团军士兵开口：“我听他们说十分钟之后这里就要爆炸了。”

“什么十分钟？他们比我们还了解……”关远父亲话还未说完，便浑身僵硬。

炸药是他们做的不假，也是他们放的，但遥控在任平泊手中！他们说好了时间，但任平泊什么时候会按下按钮他们可不知道。

关远父亲一脸扭曲，还未开口，地面骤然剧烈爆炸起来，将二十六军和无数机器人狗裹挟在其中。

惊天动地的爆炸带起的气压甚至掀翻了骨骼机甲队最后面的两辆汽车，好在队员穿着骨骼机甲，从车内快速跳了出来。

空中最后撤退的飞行器也被爆发出的气压席卷，机体摇晃得厉害，驾驶员拼命控制，才不至于摔下去。

还在疯狂挣扎的关远听见爆炸声，透过被震碎的玻璃朝外看去，顿时僵住了。

前方的纪越之偏头看了他一眼，对旁边的两人做了个手势，队员便趁机将关远打晕了。

纪越之收回目光，看着前方，心绪不宁，不知道她那边怎么样了。

去往军委会的途中，左洛欢一个人坐在车顶。

也只有她敢这么做，谁也不知道敌人会从哪里冒出来，这时候坐在车顶，相当于主动吸引了敌人的注意。

不过坐在车顶自然也有好处，可以更快、更清晰地发现周围的异动。

左洛欢一路观察着，始终没有发现敌人。行程过半，她路过一栋商场大楼时，仰头看着大楼上方巨大的旋转广告灯，突然有个念头在她脑海中一闪而过。

车开远了，左洛欢皱眉，试图将那瞬间出现的念头抓住。

广告灯……

灯……

左洛欢骤然想起一件事，今天任平泊的那个视频中，他窗户的窗帘应该没有完全拉上，房间的地面上有光线，当时闪了闪。

左洛欢在中央城有一套房子，她偶尔会过去住，这栋大楼的旋转广告灯经常在白天亮着，光线强烈的时候，会照得很远，她那层对着这边的房间窗户就会出现一闪一闪的光。

左洛欢仰头看着天空，今天的天气很好，光线明亮。

纪越之出来后，远远见到左洛欢，看到她从车顶跳下来，以为有敌袭，立刻让队员停下来戒备。

左洛欢走到后一辆车前，伸手敲了敲车窗，等纪越之按下车窗后，她道："有件事我需要去确认。"

纪越之一怔，她这个时候要离开？

左洛欢抬手碰了碰纪越之的侧脸，手指下滑，抬起他的下巴，俯身在他唇上落下一吻，但很快便退开了，冷静地道："如果有时间，我会去找你。"

她几乎不给纪越之反应的时间，便转身离开了。

纪越之的指尖触着自己的嘴唇，他能清晰地感受到这是一个带着诀别意味的吻。她从来不会在外人面前对自己做这些事，何况现在情况紧急。

她要去找任平泊。

纪越之心中瞬间浮现出这个想法，他扭头看着左洛欢离开的背影，漂亮修长的手指紧紧地扣在车窗边沿，甚至有些泛白。

"继续走。"纪越之低声对前面的人道。

整个首都在一夜之间被控制，各街道全部停摆，左洛欢也没有开车，更没有使用飞行器，她一路奔向中央城，手脚上的负重带早已被取下，再没什么能限制她的实力。

中央城的门卫已经不在了，左洛欢仰头看着上方的监控，她没有穿骨骼机甲，径直走了进去。完全不在乎里面会有什么。

左洛欢每一次过来住时都是这样，走进电梯，按下上楼的按钮，看着数字不断上跳，数字停止时，电梯门打开了。

她按的是她家楼上那层。

中央城的房子一层只有一户，远处那个灯光能从她那层，一直照到顶层。

左洛欢走出电梯，便见到大门打开着，仿佛在对她说“请进”。

她还记得之前从楼上走下来的那个要分给自己烟的男人。

当时，左洛欢也没有将对方当成普通人。能住在中央城的，无论是做什么的，总会是那一行的佼佼者，可是她从来没有将他联系到任平泊身上。

毕竟任平泊离她太远，甚至不是一代人。

左洛欢将门彻底推开，走了进去。这一户的结构和她那层没有什么区别，这里甚至比她那儿更有生活气息。她朝书房径直走去，一推开门，便确定了心中的猜测。

任平泊果然是在这里录的视频。

房间内的装饰和视频中的一模一样，窗帘被拉开了，只不过里面没有人。

左洛欢的视线扫过书桌，没有发现自己想要的东西。她站在书房门口片刻，忽然转身，走出家门，从楼道处快速走了下去，到了自己那一层。

她家的房门开着。

放在以前倒没什么，但现在这套房纪越之住过，像是天乾的私人领域被人侵犯了，左洛欢的脸顿时黑了下来。

她大步走进房门，走到了玄关处，刚一转弯，便见到有个人坐在客厅的沙发上。

“你怎么知道我在这里？”客厅沙发上的男人转过头来，露出一张成熟俊美的脸，有点漫不经心地道，“你的沙发比我买的软。”

左洛欢盯着沙发上那个既陌生又熟悉的男人，走了过去：“心理出了问题，我建议去看医生比较好。”

任平泊转回头，双手交叉抵在下巴那儿：“你的戒指还在我这儿。”

他的语气熟稔得好像自己是左洛欢的朋友。

左洛欢一直在控制自己的情绪，她望着任平泊，不接他的话，反问道：“炸药还有多久爆炸？”

“小朋友，你不回答我的问题，却要我给你答案？”任平泊今天还穿了一身高级定制西装，他微微靠向沙发靠背，一条腿搭在另一条腿上，好奇地问道，“假如你死了，你那小男朋友会不会伤心？他知不知道你定做了戒指？”

任平泊拿出戒指盒，就要将它打开。

左洛欢脸色变冷：“前辈未免太可怜了，连个送戒指的人都没有。”

任平泊合上已经打开了一点的戒指盒，发出一道细微的声响，他满意地看着左洛欢变化的脸色，自顾自倒了一杯水：“说吧，怎么找到我的，解释完我可以将戒指还给你。”

“看来前辈不怎么出门，窗帘也常年紧闭着。”左洛欢也坐了下来，心中想的是以后要将任平泊坐的这张沙发换了，不知道他还碰了什么，干脆将房子里的东西全换了。

“远处一家大型商场的旋转广告灯，在天气好的时候，它会照在书房的玻璃上。”

任平泊眯了眯眼，他书房的窗帘确实常年拉着，今天是他第一次打开窗帘，因为一切快结束了。

“戒指还你。”任平泊将手中的戒指盒扔给对面的左洛欢，手搭在自己另一只手大拇指上的扳指上，“你们还真是奇怪。”

他似乎有些疑惑不解：“前一刻还厌烦对方，下一秒就能互相喜欢。”

左洛欢打开戒指盒，看着戒指还在，略微松了一口气。她将戒指放在自己的口袋中。

闻言，她的目光落在任平泊的奇怪扳指上，嗤了一声：“大概是因为你从来没有喜欢过人，所以体会不到。”

任平泊眼中闪过一瞬间的恍然，很快，他站起身：“听说你是联邦目前等级最高的天乾，既然你找到了我，干脆我们打一场，你赢了，我带着伽什罗人退出去，永不踏入联邦境内。我赢了……你们全部都得死。”

单挑，这一点左洛欢倒不意外。上一次任平泊的视频中表露出来的意思，便是要和她交手。

两人到了楼顶，任平泊看着左洛欢，道：“我允许你使用武器，或者穿上所谓的骨骼机甲也行。”

左洛欢抬眼望着他：“既然我是联邦等级最高的天乾，对付前辈一个中年人，用武器恐怕胜之不武。”

任平泊像是听见了什么好笑的事情，忍不住笑道：“我活了这么久，你是第一个这么对我说的人。”

下一刻，左洛欢感觉周围的空气似乎都凝固了，浓烈得令人窒息的硝烟弥漫在整个中央城。这是一个成熟到可怕的天乾费洛蒙，换了任何人都抵抗不了多久。

左洛欢同时释放出自己的费洛蒙对抗，作为联邦等级最高的天乾，她的费洛蒙平时多少都会收敛一些，从来没有像现在这样疯狂地释放出来。

对面任平泊的速度快得身影近乎都看不见了，左洛欢凭着感觉，侧了侧头，脚步微动，躲开他的攻击，然而任平泊已经移到她所在的位置了，一拳打中她的腹部。

近距离挨上这种力道的一拳，换作别人都会受伤严重，能不能站起来都难说，而左洛欢硬生生扛了下来，还顺势抓住任平泊的手，用力往外一掰。

任平泊屈膝，上抬，几乎要撞上左洛欢的下巴。她偏开头，双手抓住他，试图用力将他带倒在地。

这种招式对付不了任平泊，他到底比左洛欢年长一轮，她所用的招式全被他见招拆招了。

“这么多年，能在我手中过这么多招的人只有你一个。”任平泊用大拇指擦干净自己唇边的血渍，低头对地上的左洛欢道。

“是吗？”左洛欢翻身而起，“我长这么大，也从来没有输过。”

任平泊挡住她扫过来的小腿，笑了笑：“之前你问什么时候爆炸，算算时间，也快了。”

左洛欢心神一晃，下一秒脸上便被任平泊打了一拳。

她迅速拉开两人的距离，注意力高度集中：“这么说二十六军的死期也快到了。”

“你对你的小男朋友倒是信任，可惜……”任平泊说话时再次出手，“你们全得死。”

即便是说这种话，任平泊的口吻也十分随意。

“有我在，前辈的妄想注定会失败。”左洛欢眉眼中的戾气越来越重，眼底的兴奋有增无减，年轻的脸上只能见到笃定之色。

她丝毫不受身上各种伤的影响。

两人没有谁收过手，每一招都能置人于死地，到最后左洛欢几乎站立不住，单膝跪在天台上。

对面的任平泊也好不到哪里去，他到底年龄大了，如同一头渐入暮年的雄狮，即便仍旧威武雄壮，终究年岁不小。

“你很强。”任平泊摇摇晃晃地站了起来，费力地喘了喘气，道，“至少比我当年强，可惜……”

他不知道从哪里突然拿出一把光枪，对准左洛欢的额头打去。

刹那间，时间仿佛凝固了，左洛欢望着任平泊，看着他按下光枪的扳机。与此同时，她也穿上了骨骼机甲，但只来得及偏头，紧接着，她抬起手中的光枪，面无表情地射了出去。

那枚扳指，左洛欢注意很久了。

所有留存下来的关于任平泊的视频她都看过。任平泊以前并没有戴扳指的习惯，他坐在客厅沙发上时，无意识地转动扳指的姿势并不熟练，显然不习惯戴扳指，可能是最近才戴的。

一个戴不习惯的扳指，足够让左洛欢分出一丝注意力在上面。

任平泊手指动了动，按上扳指时，她便已经注意到了。

那是一枚压缩戒指，里面藏着一把光枪。

换了其他人，假如今天是左狄鸿或者纪西修对上任平泊，即便注意到了扳指，也不一定能躲得过这一枪，因为在他们心中，任平泊不是出尔反尔的人，既然一开始没有用武器，之后就不会使用偷袭的手段。

可惜，今天站在任平泊对面的人是左洛欢。她对他没有固有的印象，何况就是左洛欢自己也不信奉什么君子之道，她必须要赢，无论用什么方法。

只是左洛欢还没有走到末路，任平泊倒是先打破了规则。

第二十七章　他是她的

左洛欢的肩膀被那一枪打中了，虽然骨骼机甲挡了一半的力道，但子弹还是陷在了她的身体里。

她没有管，以手撑地，摇摇晃晃地站了起来。

对面的任平泊仰面倒在地上，左洛欢原本想瞄准他的额头，只是手偏了偏，子弹擦过他的脖子，但也没有什么区别了。

左洛欢咬牙走了过去。

任平泊脖子上的血管被打穿，他也不伸手捂住。此时他脸上竟然还带着笑，这个让联邦高层灰暗了近二十年的男人，此刻躺在地面上无法动弹，明明快要死了，却依然像个胜利者。

任平泊努力地睁开眼睛，望着一碧如洗的天空，和他当年离开联邦的那天很相似，他的眼神中有一丝惘然。

“我给过你机会了。”

任平泊忽然张口，对左洛欢说了最后一句话。

他的脸上依然带着诡异的笑。

左洛欢盯着他咽下最后一口气，这个疯子，仅仅凭着一句无聊，便害了联邦无数条生命。

她站在那儿良久，最终蹲下身子，摸了摸任平泊的脉搏，确认他真的死了，甚至还确认了他的脸没有动过手脚，是真的任平泊后，才跌坐在地上。

左洛欢收了骨骼机甲，她全身数处骨折，比起任平泊好不到哪里去，只是她还活着而已。

她面无表情地打开光脑的摄像头，对着自己的脸，努力将脸上的血迹擦干净，勉强保持一个整洁的状态。至少在她的越之面前，她不想太狼狈。

又过了片刻，左洛欢支撑着起来，在任平泊身上浇了汽油，直接就地烧了。

这是为了彻底消除隐患，不给他任何存活的机会，即便她已经确认对方死了。

望着迅速升腾起来的火焰，左洛欢眼前忽然闪过任平泊之前说的那句话：“我给过你机会了。”

什么意思？

他给了自己什么机会？

左洛欢看着火堆，任平泊那张死后也依旧带着诡异笑容的脸一次又一次地出现在她脑海中，仿若在嘲笑她。

众所周知，任平泊是个疯子，一个惊才绝艳的疯子。

或许这句话只是他死前故意在自己心中留下的一根刺，攻心而已。

左洛欢站在中央城的楼顶上，远远地望过去。街道上似乎终于有人出来了，还有飞行器停在半空中，看起来是他们队的人。就在这个时候，军委会那个方向骤然发生爆炸。

隔了那么远，她根本看不清军委会的那些大楼，但爆炸产生的余震连中央城都发生了晃动。

左洛欢心中一滞，她无法联系上纪越之，不知道他们出来了没有。她迅速转身，准备赶过去，但脑中任平泊的那句话如同魔咒般缠绕着她。

左洛欢皱眉，一瘸一拐地走着，被她碰过的地方皆留下一道深红色的手印。她自己并没有发现，她小臂的骨头已经断裂，从皮肤里露了出来。

左洛欢终于走到任平泊的房间中，她拖着疼痛的身体从书房开始翻起。房间里的东西很多，甚至有很多伽什罗帝国的机密，比如关于机器人狗芯片的资料，比如伽什罗帝国每一处研究所的位置……

这时候左洛欢才发现自己手上有擦不尽的血，她面无表情地抬起手臂看了看，脱了外套，将自己的手臂扎紧，继续寻找着她也不知道的信息。

“我给过你机会了。”

这是一个陈述句，是过去式，但他们今天才见面。

她手上不断地翻找着，脑子在高速运转，反复地想，任平泊给过她什么了？

他们今天第一次见面，他除了将戒指还给她，并没有……

左洛欢忽然一顿，快速翻出戒指盒，打开后，发现里面的还是之前订的戒指。她犹豫了一下，将戒指小心翼翼地拿了出来，取下托着戒指的黑丝绒布。

她将那块包裹着海绵的黑丝绒布撕开，露出了里面的海绵。当看到里面包裹了的一个东西后，她的身体一僵。

左洛欢将里面的东西取了出来，是一个边长不到五厘米的正方形倒计时牌，下方还有一个绿色的按钮。

一块迷你小牌子，看起来甚至有点可爱，却让左洛欢后背惊出了一身冷汗。

任平泊果然留有后招。

这倒计时让左洛欢不自觉地想起埋在军委会下方的炸药，以任平泊的性格，他想要炸平整个首都也不是不可能。

此时倒计时已经从三十秒变成了十秒，且还在继续变动。

九、八、七……

“我给过你机会了。”

左洛欢盯着手中的倒计时牌，视线不自觉地落在那个绿色的按钮上。任平泊将藏在戒指盒内的倒计时牌还给她，所以是给她一个暂停的机会？

五、四、三……

左洛欢的拇指按在绿色的按钮上，那一刹那，她完全感觉不到自己的呼吸，眼前只有跳动的数字。

按下去或许就得救了。

二……一……

左洛欢额角泛起细密的汗，突然将拇指移开了。她赌绿色的按钮并不是拯救的机会。

倒计时归零，十秒之后无事发生。

左洛欢缓缓走到阳台上，望着外面，没有任何异动。她站在阳台边上等了几分钟，依旧没有事情发生。空中的飞行器多了起来，是首都各集团军来了。

左洛欢低头看着手中的倒计时牌，她刚刚差点要按下绿色的按钮。任平泊给他的印象太疯狂，她不相信他会给自己这个机会。

相比之下……左洛欢赌这个按钮按下去才会真正出事。

任平泊和左洛欢，一个联邦二十多年前最强的天乾，一个联邦当今等级最高的天乾。他丢下那句话，左洛欢不可能不多想。

任平泊就是要她多想，要她发现这个倒计时，甚至要她按下这个按钮。

只有三十秒，转瞬即逝的机会，任谁都来不及多想，难免会下意识地按下那个绿色的按钮。

左洛欢选择了放弃，她更相信任平泊是想要她自己一手造成首都的事故。

换言之，如果首都发生了爆炸，选择按下这个按钮的人是左洛欢，即便她没死，也将永远成为联邦的罪人。

左洛欢看完了任平泊书房内所有有用的资料，然后一把火将它们烧了个干净。

她走出中央城，要去找队员，让他们再一次确定首都下方没有埋其他的炸药。

她上了街边的一辆车，没开多久，便被人拦了下来。是十七军的人，领头的是纪西修。

周围的十七军士兵架着枪对着她这辆车，透过前面的车玻璃，纪西修隐约见到了车内的人。他抬手，示意十七军士兵放下枪，自己走了过去，敲了敲车窗。

左洛欢放下车窗："纪叔，越之出来了？"

纪西修扫了一眼她那副凄惨的模样，淡淡地问："你要这样子去见他？"

左洛欢已经尽量将脸上的血迹擦干净了，但她其他地方可不好看，是个人有双眼睛都能知晓她经历了一场恶战。

"你妈妈带着人去修信号塔了。"纪西修道，"我们出来的时候，小越和他的队员还在里面，不过他们的飞行器出来了，说是没事。"

现在他们要去其他被侵入的居民区，将居民救出来。前几天，二十六军的士兵每天都在播放屠杀平民的视频，扰乱集团军的心神。

知道纪越之和她妈妈没有事，左洛欢肉眼可见地轻松了起来，她转头对纪西修道："任平泊死了。"

纪西修脸上没有露出什么惊讶的神色，实在是现在车内的左洛欢太狼狈，他很怀疑她为什么还清醒着。

能让左洛欢伤到这种地步的人屈指可数，刚才他便猜到她和任平泊交过手了。

"我怀疑首都其他地方还有炸药。"左洛欢道，"希望纪叔能派人去查查。"

既然十七军的人出来了，她也没有必要去找骨骼机甲军了。

"可以。"纪西修对后面的人做了个手势，找来一个医务兵，凉凉地道，"你先处理下伤口，再去找我儿子。"

左洛欢没有拒绝，但她眉宇中始终带着急躁，隔几分钟便问医务兵好了没有。

"得先将你的骨头接上去才行，有点痛。"医务兵还想去找麻醉剂，结果左洛欢将人拉了回来，让他就这么接。

"我赶着去见人，麻烦快一点。"左洛欢道。

"那也得打麻醉剂。"医务兵不赞同地道。

左洛欢直接按住他的手，用力一捏："现在可以继续了？"

医务兵错愕。

行，年轻人就是生猛。

医务兵将左洛欢身上大大小小的伤口包扎完，她又借了一件十七军的外套，直接飚车往军委会的方向开去。

纪越之他们开着车往港口去，沿途整顿和搜寻周边，并不知道左洛欢到了已经被夷为平地的军委会，然后又循着他们的车轮印追了过来。

纪越之带队返回港口，中途遇到居民区便停了下来，搜寻外加救援。在他们第三次搜救民众时，左洛欢终于找了过来。

她没有立刻上前，而是将车停在后面，透过车子的挡风玻璃望着最前方的纪越之。

队员接了不少民众出来，他站在车旁，和江弘低声说着话，偶尔偏头对其他队员嘱咐着什么。

左洛欢的视线落在纪越之的侧脸上，即便周围站满了人，她的第一眼永远只能见到他。

江弘对纪越之说了什么，他回复了一句后，便低头看着光脑，神色间隐隐透着落寞。

那个瞬间，左洛欢的心口像是被人攥住了。她见不得他露出这种神色。

她的越之不该被这种情绪干扰。

"首都的信号临时恢复了。"江弘道，"可以维持三个小时。"

"先联系港口那边。"纪越之说完，低头看了看自己的光脑，想要联系左洛欢，却又怕干扰她。

江弘现在陆陆续续收到了江家那边的消息，他看到一条关于左洛欢的消息，下意识地抬头，想告诉纪越之，结果看到了他后面的人，不由得一愣。

纪越之顺着江弘的目光看去，见到了他心中想念的人。此刻她就在他的身后，温柔地望着他。

左洛欢用眼睛描摹他的脸，想要一点点刻在心中。他现在还带着队伍，周围又有那么多的民众，她不想破坏他的形象，只是这么看着他。

纪越之却不在乎，他那双在阳光下更显漂亮的眼睛微微睁大，望着身后的人，下一秒便大步跨了过去，双手紧紧地揽住左洛欢的脖颈。

左洛欢一怔，最终伸手抱住纪越之。

旁边的江弘有眼色地转身离开了，去忙活其他的事了。

抱住他后，左洛欢空落落的心才被填满了。她伸手摸了摸他的后背，安抚着怀里的人："我没事，任平泊死了。"

若是往常，"任平泊死了"这句话势必会引起纪越之的注意，毕竟关于任平泊的消息，在他脑中盘旋了无数遍。但是现在，他什么也听不进去，脑中乱糟糟的。

纪越之的半张脸埋在左洛欢的肩膀上，嗅着她身上散不开的血腥味。他也知道，这不是她原来的那身衣服。他眉心微微蹙着，眼眶渐渐红了。

温热的液体砸在她的脖颈上，让她的身体一僵。即便是当初中毒导致的脑袋痛，也比不上现在，此时此刻，她第一次明确地知道了什么叫疼。

左洛欢的上半身微微后仰，伸手捧起他的半张脸，仔细地看着他红了的眼眶，靠近了温柔地吻了吻他的眼角，低声地哄道："别哭。"

纪越之双眼微闭，又一滴泪顺着他的脸颊滑下。他控制不住自己的情绪。

之前分开时，左洛欢不顾其他人在，捏着他的下巴留下一个吻。纪越之从那个吻中尝出了告别的意味，她是抱着非生必死的念头离开的。

作为总队长，他没有办法拒绝。左洛欢是联邦等级最高的天乾，除了她，没人能对付任平泊。

左洛欢垂眼，用指腹轻轻地擦拭他的泪。过了一会儿，她想要扫去这种气氛，她靠在纪越之耳边，低声道："我们越之的眼泪要留着以后……用。"

她说的话暧昧极了，纪越之抬起一双氤氲湿润的眼睛，又乖又顺从地道："好。"

左洛欢的喉咙发紧，最终只能将人抱住："你真是……"

因为军委会的人被解救了出来，整个首都再一次被联邦掌控，很快有军队过来接管，骨骼机甲队暂时得到休整。

两天后，十七军在首都的地下发现了大量的炸药，如果左洛欢当时按下那个绿色按钮的话，足够炸平整个首都。十七军的士兵整整拆了五天才将这些炸药拆完。

左洛欢得到这个消息时，正在中央城的房子里。她的楼上已经被十七军全部清理干净，她过来将这套房子里的东西全部换了一套新的。

这次没有完全按照她的习惯来，添了很多东西，适合地坤。

沙发也换了最软的那种，房子内铺满了柔软的地毯，所有地坤能用上的东西，一件未漏。

纪越之还不知道左洛欢做的事，这几天，纪西修带着他一起，为恢复首都正常运行而努力着。

左洛欢受伤不轻，被勒令休养，这才有时间做这些事。

任平泊一死，各区的那些机器人狗得不到补充，伽什罗人逐渐被击退，联邦终于得到了暂时喘息的机会，接下来军委会要部署反扑计划，纪越之等人也参与其中。

左洛欢没去，直接由江弘告知。

十天过后。

整个首都再次恢复了正常的生活，少了一个二十六军，对普通民众而言，并没有发生太大的变化。

左洛欢的伤好得差不多了，身上只剩下一些疤痕没有完全消退，她已经好多天没有见过纪越之了。

纪西修有意带着纪越之，借着这次事件，让纪越之快速熟悉和处理类似的情况。

正在左洛欢犹豫着要不要去找纪越之时，纪西修的通信突然打了过来。

“纪叔……”

左洛欢的话还未说完，便被纪西修打断了，他神色复杂：“你来南城大楼接小越。”

“他怎么了？”左洛欢不等纪西修回答，直接拿起钥匙冲了出去。

纪西修在心中叹了一口气：“总之给你半个小时，过来，想办法把小越带走。”

左洛欢开着车，一路狂踩油门，脑中闪过无数种可能，最终只剩下纪越之受伤的猜测。

她失了理智，完全没有察觉到纪西修眼中的复杂。

一路飚到南城大楼，左洛欢从车上跳了下来，朝大厅跑去。

“这里。”纪西修就站在大厅的一侧，招手让她跟过来。

“越之他怎么了？”左洛欢奔过去，迫不及待地问道。

纪西修扫了一眼她的脸色，并未言语。他带着左洛欢穿过大楼，来到后门处，指着外面的一辆黑色商务车的后座："小越在里面，你带他离开。"

说完，纪西修转身离开了。

左洛欢望着纪西修的身影，感觉很不对劲，但她担心纪越之，也来不及多想了，快步走近车身，打开后座的车门。

才一打开，左洛欢便闻到了铺天盖地的鸢尾香。她心神一震，立刻进入车内，迅速关上车门。

纪越之侧躺在座位上，额间布满了细汗，眉头紧紧地蹙着，显然很不舒服。

车内掩盖不掉的鸢尾甜香，让左洛欢顿时明白纪越之出了什么事。

他的潮期到了。

不该是这个时间段，他的潮期原本至少还有几个月才到。

左洛欢坐了下来，伸手将人扶了起来，释放出一点天乾费洛蒙，包裹着他。

纪越之这才微微松了松眉头，他睁开眼睛，看着对面的人，有些痴迷地靠进左洛欢的怀里，全身心地依赖着她。

"哪里难受？"左洛欢担心他的身体，毕竟他的潮期提前了太长时间。

纪越之不语，挣扎着要起来。潮期来势汹汹，让他浑身无力，连骨头似乎都发着酸，几次都要跌倒，被左洛欢扶着才不至于跌坐在地。

他浑身烫得厉害，连呼吸都是热的，勉强坐在左洛欢的腿上。他伏在她肩上，将自己的后颈直接暴露在天乾眼中。

这是一个臣服的姿态，地坤将自己的弱点完全暴露给天乾，再没有什么比这样的举动更讨天乾欢心了。

左洛欢眼中温柔和暴虐各占一半，她克制着不去碰他。他等了一会儿，没有等到她，有些难耐地蹭了蹭她，嘴唇讨好般亲在她的耳垂上。

"越之。"左洛欢抬手轻轻地按在他的后颈上，另一只手揽住他的腰，让他不要再蹭了。

"嗯？"从左洛欢进来释放费洛蒙后，纪越之便彻底放松了警惕，神志早已模糊，只剩下些本能，勉勉强强地应了一声。

左洛欢担心他的身体出问题，但车内极度浓郁的鸢尾香，清晰地表明他的情况已经等不了。

左洛欢安抚着他那因为天乾强势的费洛蒙引起的战栗，偏头吻了吻他的侧脸，才将他放在后座，让他躺下休息。她自己则出来了，走向驾驶座，开车往中央城去。

纪越之稍微清醒了一些，闭着眼睛侧躺在后座上。

等到了中央城地下停车场，左洛欢将人抱出来时，纪越之又开始难受了，浑身烫得厉害。

“马上到家了。”左洛欢安抚着纪越之，抱着他进入电梯。

纪越之意识模糊，双手揽着左洛欢的脖颈，安静地靠在她的肩上。

左洛欢踢开自己房子的门，将人抱进卧室放在床上。她还未转身，便被纪越之拉住了手，显然他不想她离开。

左洛欢在他额间轻轻地吻了吻，哄道：“我去准备好东西，很快就回来。”

纪越之没有松手，这种时候，他没有多少理智残存，只想要她留下来。

地坤潮期长达几天，不准备好东西，到时候受罪的还是他。

左洛欢强行拉开他的手，快步走出房间，去拿潮期所需要的一切东西。幸而这次换掉房子内的东西时，她专门准备了这些。

她只是没想到这么快就能派上用场。

左洛欢带着东西进卧室时，纪越之已经将自己的衣服扯得乱七八糟，脸蹭着她的枕头，喉间又带着哽咽的喘气声。

她将东西放在一旁，解开他的外套，将他拉了起来。

左洛欢将他拉进怀里，伸手帮他脱掉衣服。

他大概对刚才她强势拉开自己手的事有些记仇，张开口，咬在她的肩膀上，但仅咬了一半便舍不得继续了，想必是怕咬疼了她。他又隔着白衬衫，安抚似的蹭了蹭。

左洛欢偏头看着他的举动，不由得被逗笑了。她拉着他的手，放在自己的领口，道：“我们越之想要什么，自己来取。”

纪越之微微仰头，抿唇望着左洛欢片刻，努力分辨她的意思，然后才抖着手去解她的扣子。

左洛欢捉住他的手，亲了亲他白皙的手指："没关系，我来。"

潮期的地坤敏感、娇气，这是他们第一次结合，她不想让他留下不好的印象。

左洛欢单手将自己的衬衣解开，另一只手揽着纪越之，不让他倒下去。

纪越之背对着左洛欢，忽然扭过头望向她，也不言语。

左洛欢不免愣了愣神，但很快便收敛了情绪，将他揽了起来，让他背靠在自己身上，亲吻着他耳后，微凉的唇不断在他后颈流连，安抚着他。

过了一会儿，她才低声温柔地问道："怎么了？"

纪越之沉默许久，才缓缓道："想看着你。"

左洛欢闻言，道："好，看着我。"

左洛欢眼中带着笑意，顺势亲了亲纪越之的手心。

纪越之睁大了那双漂亮的眼睛，原本抬起的手无力地垂下了。

卧室内，天乾的费洛蒙如同编织了一个巨大的安全的笼子，将潮期的地坤完全包裹了进来。

左洛欢伸出一只手，将纪越之的脸扭回来："我们越之不是要看着我？"

说话间，她盯着纪越之，不错过他脸上的任何神情。

纪越之想要她抱着自己，于是伸手将她拉了下来。

卧室内地坤的费洛蒙肆意弥漫，鸢尾香带着浓郁的甜味无意识地缠着天乾。

纪越之乖顺地伏在左洛欢的肩上，身上散发着浓郁又成熟的鸢尾香。

左洛欢抚着他的后颈，沉默不语。他本身情况特殊，加上刚才受到刺激，竟控制不住掉了眼泪。

她只顾着哄他，也没了心思。

"要不要？"左洛欢忽然从床旁边的外套兜内翻出一个盒子，低声问纪越之。

纪越之看着盒子内的东西，不由得怔住。

那是两枚戒指。

他久久地看着盒子里的东西，眼泪不自觉地滴在左洛欢手上。

左洛欢说喜欢他在床上哭，也确实喜欢，但不是现在。

看着纪越之无声地掉着眼泪，她的心口像是被人用力搅了一遍，下意识地哄道："别哭。"

纪越之这么好哄，自然努力地控制自己，伸出自己的手，道："那……你帮我戴。"

"好。"左洛欢低头拿出一枚戒指，认真、小心地戴在纪越之的无名指上。

那些不安、委屈此刻全部消失不见了，他的眼中只剩下对面这个人，她在帮自己戴戒指。

纪越之一想到这些，便生出无限的勇气。

"你要不要帮我戴？"左洛欢举着盒子问纪越之。

纪越之点头说要，然后小心翼翼地将另一枚戒指套进左洛欢的无名指上。

戴好后，他伸出自己戴着戒指的手，和左洛欢这只手并在一起，抬眼望着她："好看。"

左洛欢愣了一下：他太乖了。

左洛欢反倒希望他能更任性、娇气一点。

"越之。"

"嗯？"

纪越之的心神全放在两人的戒指上，他有些茫然地应了一声。

"待会儿不舒服的话，就告诉我。"左洛欢用指腹按了按纪越之。

他体内还残留着之前的费洛蒙，势必会吃些苦。

纪越之乖乖地点头，伸手环住左洛欢的脖子，主动伏在她的肩膀上。

这一次，左洛欢没有任何收敛，强势的费洛蒙铺天盖地地覆盖、压制着纪越之的费洛蒙。

纪越之伏在左洛欢的肩上，眼睛不由得微微睁大，这种从骨子里被另外一个人压制的感觉，任何一个人都会生出不适感。

与此同时，他体内残存的天乾费洛蒙被左洛欢的费洛蒙刺激了出来，两种天乾的费洛蒙一旦碰撞，弱势的那一方会感到剧烈的痛苦。

纪越之体内残存的天乾费洛蒙本就不多，左洛欢的费洛蒙等级又太高，没有多久，他那些残存的天乾费洛蒙便彻底转化了，只剩下甜腻的鸢尾香，混合着大量的至寒冰雪的气息，然后它们像冰雪一样逐渐被融化，散发出清淡且香甜的雨后水汽。

没有了残存的天乾费洛蒙对抗，那庞大而又强势的至寒冰雪费洛蒙让纪越之不安至极，那双漂亮的眼睛被逼得再次沁出水雾，他在抵抗刻在骨子里的不安。

天乾带着掠夺的姿态，磅礴的费洛蒙让他难免有些害怕，但他依旧只是紧紧地抿着唇，安安静静地埋在左洛欢的颈窝处。

不过很快，带着冰冷寒意的天乾费洛蒙发生了转变，抚慰、庇护着地坤，让他的不安逐渐消失了。

另外一种感觉开始席卷。

冰雪和鸢尾真正融合，这种融合带来的极致快感，让纪越之无法忍耐，手紧紧地攀在左洛欢的肩上。

他终于彻底属于她了，无论是身还是心。

连续几天的潮期，饶是纪越之体质不错，也总会熬不住，天刚刚亮，他就窝在左洛欢的怀里睡下了。

窗外有几道光线洒了进来，纪越之被光照了眼睛，无意识地皱了皱眉。

左洛欢伸手挡住纪越之的眼睛，抬手点开了光脑，将卧室的窗帘调好，不让外面的光线进来。

片刻后，她低头望着又一次沉沉睡去的人，轻轻拨开他额角汗湿的碎发，又控制不住地吻了吻他的唇边。

陷入沉睡中的纪越之没有躲开，不自觉地朝着左洛欢怀里靠，无意识地呢喃着什么。

左洛欢低头，凑近一听，才听见他在喊“姐姐”。

她一怔，随后将他抱紧了。

怎么会有这么乖的人？怎么都不会反抗？

如果不是左洛欢及时将他的手指分开，恐怕他还会伤了自己。

仿佛想起了什么，左洛欢伸手握住纪越之的一只手，看着两人交握的手指上那素白色的戒指。

方才，连她那么仓促的举动，他也没有半点不情愿，眉眼间泛着浅浅的笑意，望着她，要她帮他戴上。

这么乖的人，她居然因为不敢接近，错过了那么长时间。

纪越之醒来的时候，已经接近黄昏。

他抬起自己戴着戒指的手看了看，眼角无意识地弯了弯，随后仰头亲了亲左洛欢的下巴。

“醒了？”左洛欢觉少，多数时间只是在闭目养神，察觉到有柔软温热的东西碰了碰自己的下巴，便睁开了眼睛，捉住纪越之的手问道。

听见她的声音，纪越之耳尖一热，他还记得这几天她在他耳边低声哄他的话。

“渴不渴？”左洛欢问他。

纪越之摇头，想说自己不渴，但要开口说话时，才发现嗓子竟然发不出什么声音。

左洛欢起身将人抱着坐在自己腿上，伸手从床头柜拿起旁边的水壶，倒了一杯水，用指腹碰了碰他的唇：“哭哑了。”

纪越之靠坐在左洛欢的怀里，雪白的脸上泛起一片粉色。潮期的时候，他总是控制不住，会发出啜泣的声音。

“先喝完这杯水。”左洛欢倒没有想太多，认真地喂他喝水。

纪越之的双手虚虚地捧着玻璃水杯，杯底是左洛欢在托着，他仰头，慢慢地吞咽着温水，嗓子才好了一些。

“还要不要？”左洛欢见杯中的水见了底，拿下来问道。

纪越之靠在她的怀里点头，放下的两只手无意识地拉着左洛欢的一只手。

左洛欢低头看他，纪越之低头把玩着她的手，显然没有松开的意思。

她也不在意，单手又倒了杯水，慢慢地喂着他喝。

纪越之喝了一半便偏开了头，他喝不下了。

左洛欢把杯子放下，抱着他，帮他套上软绸长衣："我点了东西，你要在外面吃，还是在这里吃？"

纪越之坐了起来，搂着左洛欢，脸蹭在她的颈窝处："都好。"

左洛欢原本想说在卧室吃，但想着他爱干净，所以选择在外面吃了。

"明天早上，我们去方勇医生的诊所检查身体。"左洛欢将人放在椅子上，单膝跪在他旁边，握着他的手道。

潮期提前这么久，来势汹汹，她不放心。

纪越之抿着唇，垂眼看着她。他抽出了自己的手，用指尖一点点描摹着左洛欢的脸。

左洛欢望着他白皙修长的手指，敏锐地察觉到他的情绪不对。

等他的指腹勾勒完，她起身将他抱了起来，自己则坐在椅子上，让他坐在自己腿上。

这种亲密的姿态让他稍微安心了一点，他的双手攀着左洛欢的肩膀，安安静静的，也不出声。

左洛欢单手抚着他清瘦的脊背，另一只手打开点的食物，拿起一块糕点，哄着他吃下去。

她没有半点不耐烦，甚至希望他能够稍微任性一点。

她哄着纪越之吃了一些东西。

他则低头玩着左洛欢的一只手，状似不经意地问她："过几天去好不好？"

他还想和她单独待着，并不想这么快去见其他人。

左洛欢愣了愣，立刻答应："好。"

纪越之一直绷紧的身体这才松懈下来，靠在她的肩膀上："姐姐，我累了。"

"洗完澡再去睡一觉。"左洛欢抱着他去了浴室，但进去之后，原本说累了的人又露出一双漂亮的眼睛勾着她。

最后纪越之离开浴室时，比进去时还要狼狈。

两人的事情自然瞒不住，纪越之身上的天乾费洛蒙根本掩盖不了。

“服了左洛欢，费洛蒙攻击性这么强。”罗绍圆在路上碰见了纪越之，原本是汇报一些事情的，但是没待多久罗绍圆就扛不住了，飞快地说完就溜了。

“什么费洛蒙？”安英景还没得到消息，也没见过纪越之和左洛欢两人，只听见了罗绍圆在抱怨，于是问道，“你去找左洛欢打架了？她都能杀了任平泊，十个你也打不过她一个人。”

“我倒是想和她打架，就是没见到人。”罗绍圆嘀咕道。

“那你说什么？”安英景问她。

“总队长身上全是左洛欢费洛蒙的味道，啧啧，左洛欢简直霸道得……”罗绍圆摇头说了一半，忽然想起对面的人曾经骗自己的事，顿时收了嘴。

但安英景已经明白过来左洛欢和纪越之的事情了，他拉住想要逃走的罗绍圆：“所以你什么时候和我在一起？”

“大、大庭广众下的，你别强迫我一个天乾！”罗绍圆用双手拉住自己的衣服。

“你已经对我做了那种事，不想负责？”安英景呵了一声，“听说北方军校的教官今年会去联合军校交流，到时候我应该问问北方军校的学生，是不是都像你一样。”

罗绍圆急了：“我们俩的事，不准告诉教官！”

安英景：“谁让你不想负责。”

罗绍圆：“我负责！”

安英景松手，抚平她的衣领：“你说的，要负责。”

这次事件过后，左洛欢暗中申请了一支队伍，准备将在任平泊住处发现的那些关于伽什罗帝国的计划捣毁。

但任平泊此人心计太深，谁也不知道那儿的计划是真是假，或许只是陷阱。无论如何，都需要人去试探一回。

左洛欢甚至觉得这是任平泊故意留给她的，他死了之后依旧能玩弄人心，想必一定不会觉得无聊。

像这种人，无法用常理度之。

不过当前最紧要的事情，是纪越之的费洛蒙发育问题。

左洛欢找时间重新约了方勇医生，带着纪越之过去检查。

其实离两人结合已经有大半个月时间了，但纪越之身上的天乾费洛蒙还残留了不少。

方勇一做检测就什么都知道了，不由得在心中暗暗咂舌：像左洛欢这种等级的天乾，恐怕也只有等级快接近她的纪越之能承受得了。

因为要全身检测，于是左洛欢一个人留在外面。方勇一边帮纪越之检查，一边问他："上次约好检查，又临时取消，是你不舒服？"

方勇的话隐晦，但眼神好懂。

纪越之在外人面前向来能控制住表情，冷静地摇头："我想她多陪着我。"

这倒是让方勇惊讶了，他看着纪越之身上检测出来的左洛欢的费洛蒙浓度，一副若有所思的样子，然后直白地道："她这种等级，应该极其重欲强势才对。"

这是天乾刻在骨子里的基因。

纪越之怔怔地望着检查室内的灯，她在他潮期时一直很克制，甚至没有在他身上弄出多少痕迹。

"成熟了。"方勇看着检测仪器的屏幕忽然道，"估计你的身体没什么事了。"

也亏得左洛欢的费洛蒙够强，才能完美地压制纪越之残存的那点天乾费洛蒙。

从某种意义上讲，这两人确实是天生一对。

方勇没听见声音，转头去看发呆的纪越之。年轻人在这方面还是好懂的，他笑了笑："之前的话别往心里去，左洛欢这个人，别的不说，我最佩服她能忍。她喜欢你这件事，没有问题，我估计她就是不想你难熬。"

方勇从口袋里拿出本子，快速开了几副药方递给纪越之："你留着，每个月可以喝一次，对身体好。”

“谢谢方医生。”纪越之收了药方，心中却在想其他的事。

因为检查结果显示没什么问题，甚至纪越之的身体在往好的方向发展，左洛欢才微微松了一口气。

回去的路上，纪越之一心想着如何才能让左洛欢不那么克制。

第二十八章 戒指

左洛欢带队离开的那天晚上，纪越之才得到消息。在理智上，他知道军委会的安排没有问题，但在感情上，他始终无法接受。

这次派出去的队伍基本上等同于先遣部队，有去无回的可能性极大。

左洛欢甚至都没有亲自来和他告别，大概是怕自己会分心，只是留了一条离别的消息。

纪越之看着那条消息良久，最终回复了一个字：“好。”

原本她早该走了，是因为他处于潮期才一直留在首都。

地坤会有几天极度渴望天乾的费洛蒙，希望天乾陪在身边，左洛欢一直做得滴水不漏，不会让纪越之觉得难受。

两人一分开便是大半年。

但这半年来联邦好消息不断，伽什罗帝国那边屡屡出事，当然在左洛欢所查探的地方中，也碰见过陷阱。

任平泊一手虚虚实实的把戏玩得极好，即便是死了，也有击杀联邦集团军的布置。好在有左洛欢的先遣队探路，联邦集团军伤亡大大减少。

等左洛欢率队撤回联邦后，她一出港口便想要去找纪越之，不过他不在。

他前天离开首都去了南区，要几天后才会回来。

纪越之也在忙，左洛欢便没有打扰他。

纪越之从南区回到联邦后便往中央城去，这半年来他都住在那里。

到了中央城后，纪越之仰头见到那亮着的一盏灯时，不由得愣在原地。

他有些难以置信，又不敢联系左洛欢。他猜测，会不会是左家的人来拿东西？

纪越之在楼下仰头看了一会儿，屋里的灯一直未灭，他终于走了上去，安静地站在电梯内，脑中闪过千百种想法。

在电梯打开的那一瞬间，日思夜想的人却站在外面。

纪越之愣愣地望着左洛欢，她瘦了。

“过来。”左洛欢刚刚收到江弘的消息，知道纪越之回来了，原本想要出去找他，却在玄关光屏中见到自己这层有电梯上来，立刻猜到是他回来了。

纪越之闻言，瞬间朝外面的左洛欢扑去。

左洛欢抱住他：“我还想着要去接你回来呢！”

江弘一定是回家之后再给她发的消息。

纪越之闭上眼睛，埋在左洛欢的怀里，低声道：“你回来了。”

“嗯，我回来了。”左洛欢抬起他的脸，吻了下去。

她回来那一天就发现这里一直都有人住，卧室的痕迹最明显，显然纪越之最常待的地方就是卧室。

卧室内还有淡淡的鸢尾香，她最常穿的那件衣服被纪越之拿了出来，放在床上。

两人这么长时间没有见面，左洛欢体谅纪越之刚刚回来，于是牵着他进了浴室，亲自帮他放好水，要他泡完澡后好好休息，之后她便出去等着了。

偏偏纪越之不领情。他一个人在浴缸中待了片刻，忽然对外面的左洛欢说自己难受。

左洛欢以为纪越之出了什么事，快步进来问他怎么了，结果被一把拉进了浴缸。

圆形浴缸不小，两个人在里面绰绰有余，纪越之将她拉了进来，不等她反应，便朝她移了过去。

左洛欢浑身湿透，也不恼，见纪越之移过来，便下意识地将他抱住，哄着她：“乖一点，好好洗澡，待会儿早点休息。”

明明他眉宇间带着疲倦，还不安分。

纪越之听见左洛欢这么说，恼意顿生，张口用力地咬在她的肩膀上。

她总是这样，好像自己对她完全没有吸引力。

他才不要这种温柔。

纪越之想着半年未见，她却并不想要和自己更亲密，眉眼的恼意更甚。

左洛欢偏头去看像是小猫一样咬着她的人，忍不住笑了几声："别咬疼了自己。"

肩膀上骨头多，不好咬，左洛欢甚至主动把自己的手指递给纪越之，让他发泄。

纪越之抬头看着面前的手指，又看了看脸上一直带着笑意的左洛欢，皱着眉头，竟真的咬了上去。

第二天，两人都有假期，但谁也没有出去，都留在这儿。

江弘原本还想约左洛欢出来玩，毕竟半年没见了，结果一早上打通信过去，刚刚表明意图，左洛欢便说不去，没空，直接将通信挂断了。

江弘有点费解。

虽然左洛欢以前没少挂断他的通信，但这次语气中的暴躁清晰可见。

江弘想了想，再看了一眼时间，恍然大悟：这是潮期到了。

天乾潮期冲动、暴躁是最常见的症状，不过以前左洛欢很少表现出来，最多心情不好，一个人坐在旁边不说话，或者找人打架，去射击场射击，等等。她发泄的途径，基本是武力发泄。

其实天乾潮期最好的安抚还是地坤，不过这也成了很多天乾私生活混乱的原因之一。

左洛欢挂完通信后也发现自己的情绪不对，她低头看了一眼还在沉睡的纪越之，起身出去给自己倒了一杯冰水。

两人半年未见，左洛欢原本就处于半失控的状态中，也就靠着这么多年修炼的忍耐力，保持着一张还算冷静的面孔，现在再碰上潮期，又闻过了他的味道，控制力几乎跌为负数。

左洛欢连续喝了好几杯冰水，她怕自己失去控制会伤了纪越之。

她心绪纷杂，根本没有注意到原本躺在卧室床上的人从里面走了出来。

纪越之随意套了一件白色衬衫便出来了，见左洛欢背对着他仰头喝水，他走上前，搂住她的腰：“你要走？”

左洛欢对纪越之没有防备，被他从后面抱住才发现他醒了，她放下水杯，偏头问：“起来喝水，怎么不睡了？”

纪越之贴在左洛欢身上，轻声道：“你不在。”

左洛欢分开他抱着自己腰的手，转身原本要说什么的，却见到他衣衫不整还赤着脚走出来的模样，皱着眉，拿过吧台椅子上的大衣裹住他，随后将人抱坐在椅子上。

纪越之见左洛欢皱眉，在她弯腰替自己扣大衣扣子时，伸出指尖，轻轻地抚平了她的眉心。

“别乱动。”左洛欢捉住他的手，低声斥道。

他现在的一举一动，在左洛欢眼中都像是撩拨。

听见左洛欢的话，纪越之那双漂亮的眼睛微微睁大，这是她第一次凶他。

即便是当初两人并不“熟悉”时，左洛欢也从来没有凶过他。

纪越之眉心微蹙，仰头望着没有任何反应的左洛欢，嘴唇不由得抿成了一条线，那点委屈不断地堆积、攀升：“你凶我？”

左洛欢一怔，扣大衣扣子的手一顿，下意识地想解释，但骤然发觉，有一滴泪砸在了她的手背上。

左洛欢心中烦躁，又舍不得他难过，伸出手，想替他擦拭眼泪，但又没控制住力道。

纪越之向来能第一时间感知到左洛欢的情绪，明明昨天晚上那么温柔克制，今天早上怎么变得这么烦躁了？

他的余光见到吧台上还带着冷气的玻璃杯时，终于明白她怎么了。

他那点委屈瞬间消散了。

“姐姐……”纪越之站起身，靠近左洛欢，还带着湿润的眼睛望着她，“我帮你。”

左洛欢拧眉：“你先休息一天，我出去。”

她总怕伤了他。

纪越之不可能让她现在离开，他伸手解开大衣扣子，双手揽住她：“我休息好了。你要去找其他人吗？”

“我只喜欢你一人，去找谁？”左洛欢捏着他下巴，眉梢间渐生戾气，她问纪越之，“真的要我留下？”

“这是你的房子。”纪越之想起什么，眼尾渐渐泛起一抹淡红，他将自己无名指上的戒指递给左洛欢看，“我是你的，为什么还要离开？”

没有任何一个天乾不喜欢这种地坤，左洛欢越是爱，心中的暴虐感就越深。左洛欢清楚，她只是仗着他喜欢自己而已。

一年后，两人迎来毕业典礼，这届毕业生没有烈盾纪念章，但有功勋加身。

左洛欢和纪越之是这其中的佼佼者，原本大一入学前被传得沸沸扬扬的对手，在毕业典礼这天，却是携手走上台的。

台下传来一片尖叫声。

两人于台上相望，垂落的手紧紧交握着，无名指上的戒指隐隐闪着光。

—全文完—

番外一 结婚吧

等到毕业后，骨骼机甲已经在联邦快速铺开了，同时第一批组建的骨骼机甲军也成为首支独立出来的军队，负责进攻伽什罗人。

伽什罗帝国失去任平泊在联邦的操控和内应，西江流放星的矿料控制权也重新回归联邦，机器人狗产量暴跌，再加上联邦的骨骼机甲不断优化，如今的伽什罗人如同丧家之犬到处逃窜。

“我们队长这次休假多少天？”左洛欢抵着纪越之亲昵地问道，随后她揽着他的腰，将他抱坐在玄关柜上。

“十五天。”纪越之长睫微颤，想起前段时间她在某个时刻喊过他这个称呼，偏过头来反驳，‘你已经不归我管了。”

左洛欢独自带队去执行任务后，在军委会的授意下，她那队便脱离了纪越之的管控。

显然左洛欢也想起了同样的事，低头笑了几声：“那你也是我的队长。”

她要无赖，纪越之明明有些气恼，但对上她的眼睛，最终还是搂着她的脖子，将自己的唇送了上去。

左洛欢确实做到了，一旦纪越之说不要，她便会停下来。

然而，等左洛欢潮期过了之后，纪越之彻底明白了一件事：潮期的天乾恶劣至极，又霸道异常，完全不能指望处在潮期的左洛欢会对他好。

自然，潮期过后，左洛欢花了好一段时间才将他哄好。

纪越之不在队内，暂时掌控骨骼机甲队的人便是查立礼，安英景和罗绍圆这段时间则负责去军校挑选新的骨骼机甲队员。

“这几个人素质不错，我觉得可以招进来。”罗绍圆兴致勃勃地道。她就喜欢这种能打的队员。

安英景瞥了一眼那沓文件：“这几个人别想了，他们明显要去左洛欢那边的先锋队。”

罗绍圆的脸一黑：“怎么所有能打的人都要去左洛欢那边？骨骼机甲队很差？”

“作为打败任平泊的唯一一人，左洛欢有优先选择权。”安英景吹了吹指尖，“再者说，这几个人也不适合我们队。”

骨骼机甲队需要的是服从命令的高水平队员，但这几个人一直都是刺头。

罗绍圆撇嘴：“当初为什么不选我去先锋队？”

“江弘、关雪那些人一个都没进去。”安英景懒懒散散地翻着其他资料，“所有厉害点的人都留给了总队，你没能去先锋队不是很正常？”

说起这个，安英景到底还是佩服左洛欢看人和训人的本事，短时间内就将先锋队做到和骨骼机甲队齐名。

“算了。”罗绍圆打了一个呵欠，“这几个人就不要了，明天我们去看看其他人。”

“明天不行。”安英景道。

“为什么？”罗绍圆不解。

“我潮期快到了。”

罗绍圆一听便皱起了眉头：“你又拿这件事来骗我。”

安英景费洛蒙特殊，据说潮期也和其他地坤不同，这一年来他没少骗自己。

安英景伏在桌面上，脸贴在文件上，冰冰凉凉的触感让他稍微舒服了一点：“不信算了。”

“你总这样。”罗绍圆不敢信，“总是用此事骗我。”

安英景直起身，翻开文件：“你不想，我找其他人。”

他这种随意的口吻，顿时让罗绍圆急了：“怎么还能找别人？你……我不同意。”

“你凭什么不同意？”安英景昏昏沉沉的，但脸上依然冷静。

“我们都已经交往了！”罗绍圆把他手上的文件全抢了过来，也顾不上骗不骗了，“那、那我明天就陪陪你。”

安英景不理她，一个人靠在椅子上，气息明显乱了。

罗绍圆以前也见过他这副模样，但事后才知道安英景在骗她。

骗就骗了，罗绍圆心想，随后起身，想去拉起安英景，带他回他的卧室，结果手才碰上他的手臂，便发现隔着衣服都烫手。

“你真的不舒服？”罗绍圆心中藏不住话，顺嘴就说了出来。

安英景挥开她的手，起身要自己离开：“我在骗你。”

罗绍圆手足无措地看着他跌跌撞撞地要走出去，最后在他快要跌倒时，快速将他捞起，老老实实地道歉：“我不是故意误会你，对不起。”

安英景垂着头，良久后才抬起脸，伸手用力地去戳罗绍圆的脸颊：“反正你又不喜欢我，管我干什么。”

罗绍圆捏住他的手，小声地嘀咕：“你怎么知道我不喜欢你？”

要是不喜欢，就不会一次又一次心甘情愿被骗了。

换作其他人，早被她来来回回揍死了。

安英景的手又捏了捏罗绍圆的脸颊：“真的？”

“真的。”罗绍圆干脆破罐子破摔地道。

“那我录下来。”安英景想要打开光脑，但几次都没有成功。

向来急躁的罗绍圆这时倒变得极有耐心，抱着他重新坐下，握着安英景的手，帮他打开光脑，启动录音。

“说。”安英景扭头看着罗绍圆，“你把刚刚的话重复一遍。”

罗绍圆仔细地观察着他，发现他神情恍惚，完全靠意志力在撑着。

虽然他演技向来都能以假乱真，但罗绍圆依然再次选择相信他，对着光脑道：“我喜欢你。”

“你是谁？”安英景即便已经到了迷糊的程度，也仍旧知道关键所在。

“罗绍圆喜欢安英景。”罗绍圆对着光脑再一次说道，随后把录音关了，问安英景，“这样总行了吧？”

安英景还算满意：“那就这样吧，我要睡了。”

平时不是潮期，非要骗她，如今真不舒服了，安英景反而没有了其他心思。

“你现在睡不着。”罗绍圆道。

“睡得着。”安英景和她吵了起来。

最后罗绍圆选择投降，带着安英景去自己卧室睡觉。显然处于潮期的地坤没有天乾陪着根本睡不着，最后他又爬起来碎碎念，折磨罗绍圆。

“我现在确定你没有骗人。”罗绍圆被折磨得头疼，地坤在潮期都是这样吗？

实在是受不了安英景的碎碎念和动手动脚，罗绍圆直接用嘴封住了他的嘴。

“唉——”关雪托腮看着下方的队员训练，长叹一声，“总队长肯定去找洛欢了，剩下我们这些单身狗在这儿。”

“要是实在闲，你可以去训练。”江弘道。

“不去，没意思。”关雪躺在地上，“钱茂那边说好了要做的新武器还没有给我呢！”

江弘看着光脑，突然站了起来，把地上的关雪吓一跳：“怎么了？”

她还以为出了什么事。

“我刚刚看到军委系统收到了一封申请书。”江弘重新蹲下，“总队长要结婚了。”

关雪顿时来精神了：“什么时候？”

从左洛欢和纪越之互相戴了戒指之后，所有人就在想他们什么时候结婚，但一年都过去了，还是没有动静。

“半年后，现在只是申请。”江弘放大了申请书，“我看他们想把伽什罗帝国那边的事解决大半后再结婚。”

“我得想想送什么礼物。”关雪道，“幸好还有半年的时间准备。”

江弘心里酸酸的，怎么左洛欢都快结婚了，他还是光杆司令一个？

左洛欢自然不知道好友的想法，申请书是她写的。

即便到了现在，纪越之也依旧没有什么安全感，偶尔会从睡梦中惊醒，之后会看着她许久才舍得睡下。

他不知道自己的一点动静都会被她发现，在他重新睡熟后，她才会睁开眼睛，将他拥入自己怀里。

“我们越之当初的瑜伽课，”左洛欢扶着他的腰，低声说道，“没有白上。”

纪越之扬起脸，用那双漂亮至极的眼睛望着左洛欢：“本来……就是为你选的课。”

左洛欢愣了愣，随即将人紧紧抱住。

“半年后，我们结婚吧！”在攀上顶峰的那一刻，左洛欢牵过纪越之的手指，在无名指上留下一吻。

即便纪越之已经收到了申请书的消息，但此刻依旧控制不住情绪的变化，喉间隐隐有泣音，他答应下来：“好。”

两只手在雪白的床上相互交缠，无名指上的戒指在灯光的照耀下，发出耀眼的光芒。

番外二 贪念生，爱欲起

左洛欢跟踪纪西修的儿子好久了，之前只是想知道纪西修的踪迹，但后来渐渐变了味，每天能看他一眼便会无比高兴。

纪越之。

他叫这个名字。

左洛欢爬在学校最高的那棵树上，远远地望着坐在教室内写字的纪越之。他长得漂漂亮亮的，手指也干干净净。

如果能和他做朋友就好了。

那时候还小的左洛欢心中只有这么一个简单的想法。

两人是一个学校的，又同在尖子班，教室离得不算远。那段时间左洛欢连上学都变得积极，很少逃课了。

她经常路过纪越之的班级，透过窗户能见到他挺直脊背，坐在桌前看书，一张雪白的小脸漂亮得耀眼。

大概这么过了半个学期，左洛欢终于主动迈出了那一步，找到一个机会，在学校的角落堵住了纪越之，强势地道："交个朋友。"

是她。

纪越之一眼便认出了左洛欢，她总是在周一的时候上去做检讨，成绩排名却时常和自己排在一起。

父亲说她是左将军的女儿，天赋极高。

她要和自己做朋友？纪越之有些好奇。

不知道她是去打架了还是从哪个洞里钻过来的，纪越之还未想明白，便见到她身后不远处有人在打架，那是他班上的同学。

纪越之皱起漂亮的眉心，望了左洛欢一眼，快步离开了。他是纪律委员，在体育老师不在的时候，是需要管纪律的。

等纪越之拉开打架的两位同学，再想回来找左洛欢，却发现她已经走了。

他几次在学校遇见她，想上去和她说话，但她似乎并不想再理会自己。

纪越之对他人的情绪向来敏感，原本踏出去的一步又收了回来，只是从此之后，便对左洛欢又多了几分关注。

他们一年一年长大，纪越之渐渐发现左洛欢经常打架，是因为那些人总爱欺负低年级的学生，但她在检讨的时候不会说这些，只说看那些人不顺眼。

左家女儿张狂的名声也是从那时候传出来的。

有时候，纪越之见到她和江家独子一起说笑玩乐也会不高兴。

明明是她过来说要和自己做朋友的，后来却不理他了。

其实他更后悔，那次离开前应该答应她的，或者让她等一等。

后来有一次，秋季运动会上，他参加的项目太多，体力不支，倒在操场上，再醒过来时，便是在左洛欢的背上。

她背着他跑向最近的医务室。

纪越之安静地趴在她的背上，意识不算太清醒，心想，他们又不是朋友，为什么还要背他？然而他揽着她的手却紧了又紧。

左洛欢察觉到了，以为他在挣扎，偏头对他解释道："我带你去医务室，很快就到。"

纪越之听着她说话，望着她的侧脸。现在的她和那个站在主席台上嚣张做检讨的人完全不同，温和至极。

他心中对能和她成为朋友的江弘渐生微妙的妒意。

如果他们那时候能做朋友，她是不是会一直都这么对他？

或许他可以主动一点。

左洛欢将纪越之放在医务室内，跑过去让医生来看他情况如何。他想等医生离开后主动问一问她，那时候说的话还作不作数，但她已经离开了。

纪越之垂眸坐在医务室内，她该是个好心的人，对朋友、对陌生的受欺负的低年级学生……所以才会主动背着他过来。

可他不想要这种好。

纪越之仰头看着窗外，他想要她只对自己一个人好，满心满眼都是他。

贪念生，爱欲起

番外三 穿越星河

毕业后，纪越之留在了首都指挥部，左洛欢则另外创建了军团。

她这军团规模不大，却吸引了各大军校最优秀的同期生，更有还未毕业的优秀军校生提前申请加入她的军团。

于是，左洛欢成功引起了各军团的愤慨。

这些军校生本该被他们瓜分的！如今她横插一脚，把他们的人全勾走了，各军团谁不恨得牙痒痒？

偏偏各军团还没有办法申诉！

因为左洛欢走的全部是明路，没有半点可以指摘的地方。

再说……

指挥部那群老狐狸里又进了只新狐狸，谁不知道那位是左洛欢的另一半，往往想找左洛欢麻烦的各军团还没动手就先被他料理了。

各军团只能认命，眼睁睁地看着几大军校的优秀学生的申请表如同雪花一般，不断地飞到左洛欢手里。

好在左洛欢挑剔，能留在她军团的军校生不多，大部分被打回去了，也算是给各军团留了一些。

至于各军团心中的憋屈，就不在她的考虑范围内了。

左洛欢带着自己的军团四处游走，清除一些残余的伽什罗人，处理大量隐藏着的失去控制的机器人狗。

军团这几年遭遇了各种大大小小的伏击，数不清多少次死里逃生，好在功夫不负有心人，联邦大部分领域中的麻烦都被他们清扫完了，不会再有危险。

“听说左洛欢要回来了？”

“真的假的？前几天他们不是还在卡金星？我都在新闻上看到了！好家伙，伽什罗人真的恶毒，尤其是那个任平泊，谁会猜到一个普通星上会藏着那么多的新型机器人狗！”

“幸好过去的是左洛欢的军团，换了其他军团怎么也得伤亡大半。”

舰场周围来往的不少人望着对面记者围成的通道，小声地议论着。

前段时间，卡金一战在各大平台“刷屏”，只要没断网的人都知道左洛欢军团在那次战斗中发挥的作用。

按理她现在应该还在卡金星清扫战场，但昨天有消息泄露，说她今天回首都，所以那帮记者连夜来了舰场，想要蹲守她，以得到第一手采访资料。

这个通道是专供军团进出的，和民众通道分开了，普通民众最多只能在远处看看。

记者们拿了证件，也只能站在两边，进不去。

记者们从大半夜等到清晨，已经好几拨军舰进进出出了，但始终没有见到左洛欢军团的踪迹，不过谁也没离去。

“有人出来了！”

终于又有人从通道口出来了，记者们纷纷打起精神，结果出来的是首都巡守军员。

虽然一排排军员身高腿长，极为养眼，但记者们像是被戳破的气球，全部泄气了。

不是左洛欢。

“等等，她真回来了！”

挤在通道两边的记者群中忽然有人高喊一声，众人立刻朝通道口看去，下意识地架起摄像机。

左洛欢就缓步跟在那支巡守军最后，闲庭信步一般。她明明穿戴整齐，连扣子最上面一颗都扣了，偏偏眉眼疏散，带着说不清道不明的狂意，让人无法从她身上移开目光。

记者们纷纷高喊左洛欢的名字，试图引起她的注意，想要采访到第一手资料。

“左洛欢，请问你们是如何发现卡金星上有那么多新型机器人狗的？”

“你们军团只有不到一千人，不和上面报告，不申请外援，直接清扫卡金星上新型机器人狗的行为是否太过鲁莽？假设出事了，你们军团的人和卡金星将会受到重创。”

“左洛欢……”

无数闪光灯对准刚从通道口走出来的左洛欢，记者们紧张地等待她开口的第一句话。

可等她越走越近，众人才发现她身上的军服还沾着斑驳干涸的血迹，尤其是袖口处，一片深色。

通道两边记者们的声音忽然减弱了一些，他们这时候才想起来——这可是位杀神。

左洛欢的目光扫过周围的记者，神色微冷，她独自脱队，急匆匆地赶回来，是因为纪越之的生日快到了，原本想偷偷给他惊喜，结果一出来见到这么多记者。

不用说，纪越之很快就会知道她回来了。

“结果已出，不必假设。”左洛欢转脸看向喊得最大声的那个记者，冷冷地丢下这句简短的话便匆匆离去了。

记者们眼睁睁地看着左洛欢离开，互相看了看同行，谁也不敢追上去。

靠得近了，他们甚至能闻到一股淡淡的血腥味，不知道左洛欢身上的血从何而来，肯定不是机器人狗的。

左洛欢才走出舰场，通信器便接连振动，全是留言，她低头点开，最上面几条是留在卡金星上的指挥发来的。

“收尾结束，清扫完毕，准备回归。”

她继续往下翻，翻到最后一条留言，忽然身体一僵。

那条留言是她上星舰后，纪越之发过来的。

左洛欢因为急着赶回来，走的路线又偏又乱，跃迁次数极多，几乎全程都没有信号，以至于现在到了舰场才收到消息。

纪越之的留言只有一句话：“我在停车场 B5 层。”

左洛欢：“……”

看来也不能完全怪那些记者，她上星舰的时候纪越之便已经收到了消息。

不知道为何，左洛欢莫名有些心虚，一边往 B5 层赶去，一边思索到底是谁暴露了她回来的事。

B5 层也是军部专用，停了不少军部的飞行器。

左洛欢直接往属于指挥部的那块地走去，一眼便见到了纪越之的飞行器停在最中间。

临近飞行器前，她忽然脚步一顿，想起自己一身脏污。

这时，飞行器的门自动开了，纪越之坐在里面，一双清冷的眼睛看了过来。

“……”

左洛欢喉头不由自主地一紧，她忍住拔腿就跑的冲动，缓步走向飞行器内，大跨步坐了过去。

她与纪越之隔了大半个座位。

“你……怎么过来了？”左洛欢有些讨好地问道，右手则不着痕迹地背在身后。

“首都所有媒体记者都过来了，为什么我不能来？”纪越之冷冷地问道。

他不高兴了，这是左洛欢心中的第一反应。

“能来。”左洛欢斩钉截铁地道。

纪越之不理她，转过脸，抬手按了按面前升起的面板，飞行器的门这时候突然关上，飞行器自动开了出去。

飞行器内一度十分沉默，最后还是左洛欢打破了沉默，她有些讨好地对旁边垂眸不语的纪越之认真地道：“越之，生日快乐。”

同时，她解开军装的外套，从贴身的口袋里小心翼翼地拿出一个巴掌大的盒子递到他面前。

今天是纪越之生日。

这是半年前左洛欢特意在卡金星上订的礼物。

最开始她不过是带着军团去另外一个星上清扫，结束后顺道过去拿礼物。结果卡金星上藏着的伽什罗人见到了左洛欢的军团，一个没忍住，率先主动跳了出来。

不过左洛欢军团内的人都是精英中的精英，那些伽什罗人一有异动就被发现了。

唯独没想到的是，卡金星上还藏了那么多的新型机器人狗。

虽然费力，但能解决，左洛欢也就没有请求支援，何况她的军团也需要真正的历练。

飞行器内，纪越之到底没有忍住，偏过脸看向左洛欢，漆黑漂亮的眼中并没有她想象中的喜悦，反而透着几分难过。

左洛欢一急："你不喜欢这份礼物？"

她当即就要收回去。

纪越之这才伸手抓住那个礼盒："没有不喜欢。"

她送的每一份礼物，他都喜欢。

不等左洛欢反应过来，纪越之忽然抬手抱着她，将脸埋进她的脖颈上，许久才低声道："你……平安回来，就是最好的礼物。"

那天卡金星的消息传过来时，纪越之险些没站稳。

数量那么庞大的新型机器人狗，左洛欢的军团规模又那么小，他知道她厉害，但依旧克制不了心中滋生的惧怕。

由爱生怖，他太害怕她出事。

若是他能和她一起就好了。

纪越之心中开始后悔，只是他选择了站在首都指挥部，为左洛欢的将来扫平所有的阻碍。

左洛欢回拥过去，手搭在纪越之的后背上，轻轻地安抚着，随后低头亲了亲他露在外面的耳朵："我没事。"

"有血腥气。"纪越之埋在她肩颈上低声道。

纪越之对气味敏感，现在又靠左洛欢这么近，整个人像是被血腥味包裹了。

“不是我的血，是那帮伽什罗人的血。”左洛欢稍微撒了个小谎。

她身上沾染上的大部分血迹确实都是伽什罗人的，但右手小臂上之前有道伤，原本快痊愈了，不过这次因为急着回来，星舰跃迁次数太多，导致伤口裂开了。

过了一会儿，纪越之才缓过来，外露的情绪全部收敛，又恢复成那个清清冷冷的指挥模样。

左洛欢心中有些可惜，不过这点可惜在对方主动亲过来的瞬间便消失得无影无踪了。

然而纪越之也真的只是亲了一下，亲完便往后退，淡淡地看着左洛欢，开始算账：“从卡金星到首都星，至少需要两天的时间，你怎么做到一天回来的？”

左洛欢：“……”

当然是因为她走了非法路线。

非法路线是联邦对未完全开发的危险区域设的总称。

“怎么感觉所有人都知道我回来了？”左洛欢试图转移话题。

纪越之瞥了一眼左洛欢，终于决定放过她：“卡金星上的一家媒体拍到你开着星舰离开。”

比起首都星的记者，指挥部得到消息的时间更早。何况……指挥部谁不知道纪越之生日快到了。

傻子都知道左洛欢要赶回来。

“那帮媒体真是吃饱了……”左洛欢抱怨道，卡金星乱成那样，还不忘八卦。

飞行器掠过首都上空，偶尔有不经意抬头的民众见到它在蓝天上划过的影子。

“生日快乐，越之。”飞行器内，左洛欢对上纪越之的眼睛，再一次认真地道。

这一次，纪越之终于发自内心地露出笑容，如春花绚烂。

——这是他暗恋多年的人，也是愿意为了给他庆生，穿越星河的人。